Widmung

Für Michael und seine Freunde

Danksagung

Mein besonderer Dank gilt Isolde für die stete Erinnerung, Paul-Steffen für einen konkreten Auftrag und Engelbert für die Inspiration.

Mein Dank gilt den Marktgemeinden Krumbach und Tamsweg für die freundliche Unterstützung bei der Veröffentlichung.

Das Vermächtnis der Termiten

Roman von
Erich Cibulka

© 2020, Erich Cibulka

Autor: Mag. Erich Cibulka
Lektorat: Dr^{in}. phil. Renate Moser
Umschlaggestaltung: Hannes Klein/jkdtp
Portraitfoto: Robert Harson
Covermotiv: Pixabay/11891922

Verlag: myMorawa von Dataform Media GmbH
ISBN: 978-3-99093-929-1 (Paperback)
ISBN: 978-3-99093-930-7 (Hardcover)
ISBN: 978-3-99093-931-4 (e-Book)
Printed in Austria

Das Werk, einschließlich seiner Teile, ist urheberrechtlich geschützt. Jede Verwertung ist ohne Zustimmung des Verlages und des Autors unzulässig. Dies gilt insbesondere für die elektronische oder sonstige Vervielfältigung, Übersetzung, Verbreitung und öffentliche Zugänglichmachung.

Inhaltsverzeichnis

Anstelle eines Vorwortes 7
Der jüngste Tag...8
Die Klausur...17
Der Sprung ins Fegefeuer..27
Macht und Lust 41
Schein statt Sein 59
Aufbruch zu neuen Ufern...95
Licht ins Dunkel...142
Jenseits der Grenze...176
Anstelle eines Nachwortes..211

Anstelle eines Vorwortes

Die zwei wichtigsten Tage in deinem Leben sind
der Tag, an dem du geboren wirst,
und der Tag, an dem du herausfindest, warum.

(Mark Twain)

Entzieh dich nicht dem einzigen Geschäfte,
Vor dem dich schaudert, dieses ist das Deine:
Nicht anders sagt das Leben, was es meine,
Und schnell verwirft das Chaos Deine Kräfte.

(Hugo von Hofmannsthal)

Der jüngste Tag

„Suche Mann mit Pferdeschwanz. Frisur egal!"

Dieser doch ziemlich derbe Witz fiel Marlene Heidrich ein, als sie mit einer Mischung aus Ekel und Erregung das Buch auf ihren Bauch sinken ließ. Erst vor wenigen Tagen hatte ihr alter Schulfreund Heinz König, inzwischen erfolgreicher Anwalt im mittleren Alter und trotzdem noch kindisch, vor allem wenn er etwas getrunken hatte, diese Zote bei einem Heurigenbesuch zu fortgeschrittener Stunde hinausgeprustet. Sie hatte das damals nicht besonders witzig gefunden, und umso mehr war sie unangenehm überrascht, dass sie jetzt bei der Lektüre ihres derzeitigen Lieblingsautors, John Irving, so rüde daran erinnert wurde.

Sie war auf Irving gestoßen, als sie eines Abends noch nicht schlafen wollte und ziellos zwischen den Fernsehprogrammen herumzappte. Es war eine ähnliche Situation wie heute. Sie war für einen Workshop, den sie moderierte, in irgendeinem Hotel. Sie hatte keine Lust, mit den Teilnehmern an der Bar herumzuhängen, Business-Latein zu spinnen, was mindestens so eindrucksvoll wie Jäger- oder Fischerlatein ist, sich dabei mehr oder weniger zufällig durch üppigen Genuss alkoholischer Getränke mit den Anwesenden zu fraternisieren, um sich dadurch für weitere Aufträge zu empfehlen. Also kuschelte sie sich in ihr Bett und verfolgte ziemlich unaufmerksam verschiedene Fernsehsendungen gleichzeitig.

Wenn man bei über dreißig Programmen immer nach wenigen Eindrücken weiterschaltet, dann hat man letztlich den Eindruck, mehrere Filme oder Serien und diverse Sportevents und Shows parallel zu sehen. Und trotzdem ist man von keinem Inhalt wirklich berührt. Es ist sogar so, dass man noch zusätzlich über die Ereignisse des vergangenen Tages und die Herangehensweise an den Workshopablauf des nächsten Tages sinnieren kann. Und nachdem man dann so überhaupt nicht konzentriert ist, sich nicht im Hier und Jetzt, sondern im Nirgendwo befindet, ist man auch so richtig unbefriedigt und unleidlich.

In genau dieser Stimmung stieß sie auf den Beginn des Filmes „Garp". Sie hatte noch nie davon gehört, sie konnte in keinem Fernsehprogramm eine Inhaltsbeschreibung nachlesen, aber nachdem sie im Vorspann sah, dass mit Robin Williams einer ihrer Lieblingsschauspieler mitwirkte, blieb sie dabei und unterdrückte die Gewohnheit, weiterzuschalten. Und dann war sie sofort von der Skurrilität der Grundidee fasziniert. Eine amerikanische Krankenschwester besteigt im Militärlazarett einen schwerverwundeten Kampfflieger, der aus irgendwelchen Verletzungsgründen eine Dauererektion hat, fickt ihn ordentlich durch und lässt sich nicht nur mit seinem letzten Atemzug anhauchen, sondern von seiner letzten Ejakulation schwängern. Und sie tut das nicht aus Geilheit oder Perversion, sondern weil sie einfach ein Kind, aber sicher keinen Mann haben will. Dieses Kind ist Garp, dessen Lebensgeschichte im Film erzählt wird, und die nicht weniger schräg als seine Zeugung ist.

Von da an war sie Irving-Fan, egal ob als Roman oder die Verfilmungen. Sie war fasziniert von der beiläufigen Erzählform, in der die kleinsten aber auch die bedeutendsten Dinge des Lebens abgehandelt wurden. Und sie bewunderte Irving für seine Leichtigkeit, die Dinge zu beschreiben. Denn thematisch machte er es sich nie leicht. Dann schon eher formal. Einen klaren Beginn und ein klares Ende hatte kaum eines seiner Werke. Und ob aus einem Nebenstrang etwas Bedeutsames wurde, oder ob er plötzlich wieder versiegte, schien manchmal abhängig von der Laune oder spontanen Fantasie des Autors. Insofern war ihr klar, dass man Irving einfach liebte oder hasste, sie konnte sich einen Mittelweg eigentlich nicht vorstellen. Und sie liebte ihn.

Und noch etwas zog sie an. Es kamen immer wieder erotische Sequenzen vor. Manchmal waren sie zart und harmlos wie die sexuellen Jugenderfahrungen von Garp. Oder das Grundmotiv von „Witwe für ein Jahr", wo die Hauptperson als Sechzehnjähriger einen Sommer hindurch von einer erfahrenen Frau in die Liebe und den Sex eingeführt wird. Manchmal waren sie handfest und derb wie die Vergewaltigung im „Hotel New Hampshire" und die inzestuöse Liebe zwischen zwei Geschwistern. Doch selbst das hat eine heitere Note, wenn ausgerechnet die lesbische Jodie Foster in der Verfilmung die Schwester spielt.

Heidrich war in ihrem Job als Beraterin sehr erfolgreich. Seit vielen Jahren war sie Partnerin einer großen Unternehmensberatung. Doch so sehr es ihr gelang, ihre Kunden in den Bann zu ziehen und mit ihrer charismatischen Art in schwierigen Situationen eines Projektes den Umschwung zu schaffen, so wenig konnte sie diese Erfolge in ihr Privatleben mitnehmen. Ihre längste Partnerschaft hatte knapp zwei Jahre gedauert. Und das war bereits am Ende ihres BWL-Studiums an der WU-Wien gewesen. Kurz nachdem die Sponsion vorbei war, und das Trainee-Programm bei Procter & Gamble begonnen hatte, drängte sich der Job fast magisch in die Beziehung. Sie hatte nie das Zukunftsbild gehabt, eine biedere Hausfrau und Mutter zu sein. Sie dachte immer, dass es eine ausgewogene Balance zwischen Beruf und Partnerschaft geben könnte und müsste. Doch immer, wenn eine Entscheidung anstand, entschied sie sich für den Beruf.

Schleichend und unmerkbar verabschiedete sie sich damit aus dem Kreis der Partnerschafts- und Heiratskandidaten. Gerade als sie erstmals ihre biologische Uhr ticken hörte und sich ernsthaft überlegte, ob sie nicht vielleicht doch einmal ein Kind haben wolle, stellte sie fest, dass sie schon seit geraumer Zeit nicht einmal in die Nähe einer Zweisamkeit gekommen war. Damals, sie war Mitte der Dreißiger, versuchte sie wieder Kontakt zu den Jugend- und Studienfreunden zu finden und nach Partnern Ausschau zu halten. Doch rasch war ihr klar, dass jene Männer, die interessant waren, schon vergeben waren. Und jene, die frei waren, bei denen war es kein Zufall, sondern die hatten wirklich markante Defizite in der einen oder anderen Weise.

Dann wechselte sie in die Beratung. Und damit war alles wieder anders. Denn ständig wechselnde Herausforderungen und Auftraggeber verlangten ihr alles an Engagement und Herzblut ab, was sie zu bieten hatte. Und als sie nach einigen Jahren das Gefühl hatte, dass sie nunmehr etabliert war und sicheren Boden unter den Füßen spürte, war sie Anfang Vierzig. Damals hakte sie das Thema Kinder endgültig ab. Nur den Sex konnte sie noch nicht abhaken. Und wenn es auch viele Männer gab, die sicher nicht beziehungsfähig waren, so gab es doch auch immer wieder einen, der ihre sexuellen Bedürfnisse befriedigen durfte oder musste. Doch auch da war ihr Anspruchsdenken immer mehr ein Hindernis. Zu oft hatte sie am Morgen danach erlebt, dass ihr Bekannter der letzten Nacht beim Frühstück nicht in der Lage war, eine Kommunikation zu pflegen, die sie als anregend empfand.

Dazu kam noch, dass sie sich selbst immer öfter kritisch im Spiegel betrachtete, wenn sie morgens ungeschminkt davorstand. Und da konnte sie nicht umhin, sich einzugestehen, dass ihre besten Jahre vorbei waren. Und diese Seite wollte sie auch nicht gern herzeigen. Also verlegte sie sich darauf, nur mehr auswärts Sex zu haben und dann noch in der Nacht den Heimweg anzutreten. Damit musste sie auch nicht die Intimität eingehen, dass ein Fremder ihre Wohnung sieht.

Die zweite Lösung war, dass sie eine gewisse Virtuosität bei der Selbstbefriedigung entwickelte. In ihren Jugendjahren hatte sie dabei immer ein gewisses Unrechtsgefühl empfunden, doch dieses verlor sich zusehends. Es war nicht so, dass sie es oft machte, aber mit der Gewissheit, dass sie sich damit etwas Gutes tat. Und sie konnte sich dabei das geben, was sie gerade brauchte. Manchmal zarte Streicheleinheiten, manchmal harte Stöße, wofür sie auch die verschiedensten Hilfsmittel verwendete, die gerade verfügbar waren. Sie hatte sogar den Verdacht, dass manche Produktmanager in der Kosmetikbranche sehr genau wussten, wofür verschiedenste Artikel wie Deostifte, Parfüm-Flacons oder Haarspraydosen noch verwendet werden können. Und für diese Betätigung war ihr die Lektüre von Irvings amourösen Abenteuern immer eine gute Stimulanz gewesen.

Umso mehr war sie nun frustriert und irritiert, dass die Szene, die sie gerade gelesen hatte, bei ihr eher Abscheu als Anregung erzeugt hatte. In „Gottes Werk und Teufels Beitrag" spielt ein Foto eine spezielle Rolle. Auf diesem Foto liegt eine Frau mit gespreizten Beinen nackt auf dem Rücken. Über ihr steht ein Pony, und die Frau steckt sich den Ponypenis in den weit aufgerissenen Mund. Zwar stellte sie sich die nackte Frau durchaus appetitlich vor, und auch der große Ponyschwanz hatte seinen Reiz, doch die sodomitische Kombination war ihr nicht angenehm.

Gerade heute Abend hätte sie sich gerne Anregung und Wohlgefühl geholt. Denn ihr Mandat für morgen war mehr als ungewiss und chaotisch, was sie gar nicht schätzte. Sie war direkt von einem anderen Workshop nach Krumbach angereist, hatte im Schlosshotel eingecheckt und sich nach einem kleinen Abendessen rasch ins Zimmer zurückgezogen. Immer wenn sie an die bevorstehende Klausur dachte, beschlich sie ein Gefühl, das sie bereits als Anfängerin in der Beratung gehasst hatte.

„Was wollen die von mir? Wie kann ich helfen? Ich habe eigentlich keine Ahnung, worum es geht und was ich tun soll!" Einerseits war ihr klar, dass sie dank ihrer Erfahrung jedenfalls einen Ansatzpunkt finden würde, aber das Briefing für die Klausur war so vage, dass sie das Gefühl nicht loswurde, dass es eigentlich nicht ihrem Qualitätsstandard entsprach, solch einen Auftrag anzunehmen. Und sie hatte gehofft, dass sie bei Irving eine Prise Leichtigkeit des Seins tanken könnte, Ablenkung, und wenn möglich eine nette Anregung für eine genussvolle Masturbation finden würde. Doch jetzt zerschellte sie fast an der Brutalität der Welt, die eine Frau dazu bringt, sich einen Ponypenis in den Mund zu stecken.

Ärgerlich legte sie das Buch auf das Nachtkästchen und sinnierte, warum Irving eine derartige Provokation in sein Buch einpackte. Zugegeben, der Roman rüttelte ohnedies an einigen Grundfesten. Ging es doch um ein Heim für Waisen und seinen Leiter, der einerseits jenen Kindern eine Heimat bot, die keine Eltern hatten oder deren Eltern die Kinder nicht wollten, und der andererseits mittels Abtreibung jene Mütter von ihren Embryos befreite, die keine Waisen ins Heim stecken wollten. Sie empfand die Grundbotschaft als im besten Sinne feministisch und aufgeklärt, wenngleich sie mit der Gleichzeitigkeit von Gottes Werk, der Entbindung, und Teufels Beitrag, der Abtreibung, ihre Probleme hatte. Doch musste man das Drama einer kranken Hure mit einem sodomitischen Bild derart überspitzen? Hatte diese arme Kreatur jemals eine Chance auf ein anderes Leben? Ist es nicht eine Fiktion, dass man jederzeit einen anderen Weg einschlagen kann? Ist wirklich jeder seines Glückes Schmied, oder gibt es Rahmenbedingungen, aus denen es dann kein Entrinnen mehr gibt? Oder gibt es Momente, wo das Schicksal einen an eine Weggabel führt, wo man seine Zukunft grundlegend verändern kann? Ausgerechnet diese Art von grundsätzlichen Gedanken hatte sie sich an diesem Abend nicht gewünscht.

Sie legte ihre Armbanduhr auf das Nachtkästchen und suchte nach dem Wecker, um ihn zu stellen. Dabei entdeckte sie die hotelobligate Bibel neben ihrem Bett.

„Ja, und was fällt dir zu Gottes Werk ein, wenn doch des Teufels Beitrag überall zu sehen ist", durchzuckte es sie. Sie spürte ihre Geringschätzung gallig in sich. Als Kind hatte sie die Intuition, dass Gott etwas

Reales und Großartiges ist. Doch mit dem Älterwerden hatte sie so viel Unvollkommenheit kennengelernt, die Niederungen des Menschlichen, die Intrigen, den Konkurrenzkampf um den Platz an der Sonne, dass ihre naive Überzeugung, dass alle Menschen doch grundsätzlich das Gute wollen, in Vergessenheit geraten war. Sie wusste, dass sie diese Überzeugung noch immer suchte, doch die Wirklichkeit schien sie etwas anderes zu lehren. Zwar war es ihr Beruf, als Beraterin Lösungen zu finden und das Bestmögliche machbar zu machen, doch gerade darum hatte sie oft erlebt, wie Kleinigkeiten, momentane Befindlichkeiten, persönlicher Stolz und Eitelkeiten große Lösungen verunmöglicht hatten. Und sie hatte begonnen, nicht mehr das Beste anzustreben, sondern das Machbare. Und irgendwie war sie damit auf das Mittelmäßige, das Durchschnittliche zurückgefallen, hatte ihre Träume und Ideale gebogen und letztlich ihren Leistungsbeitrag auf Folgeaufträge und Honorarvolumen uminterpretiert.

„Wenn die Welt nicht mehr von mir will, dann gebe ich ihr eben, was sie will", war ihr stilles Credo geworden. „Doch bin ich dadurch anders als die Hure, die sich einen Ponyschwanz in den Mund steckt, weil es Menschen gibt, die sich das gerne anschauen?"

Sie blätterte gedankenverloren durch die Bibel und überflog die Kapitelüberschriften. In ihrer Kindheit hatte sie sich ganz gut darin ausgekannt. Jetzt kam ihr manches vertraut und vieles recht fremd vor. „Vielleicht finde ich einen Denkanstoß in der Apokalypse! Das bedeutet ja immerhin Offenbarung", dachte sie und blätterte weiter nach hinten. Und so fand sie sich plötzlich in der Apostelgeschichte und las „Saulus vor Damaskus". „War das nicht der Typ, der die ersten Christen verfolgte und steinigte?", fragte sie sich. „Und irgendwas hatte es dann mit Damaskus auf sich, aber was war das bloß?"

Also begann sie zu lesen: „Saulus wütete immer noch mit Drohung und Mord gegen die Jünger des Herrn. Er ging zum Hohepriester und erbat sich von ihm Briefe an die Synagogen in Damaskus, um die Anhänger des neuen Weges, Männer und Frauen, die er dort finde, zu fesseln und nach Jerusalem zu bringen. Unterwegs aber, als er sich bereits Damaskus näherte, geschah es, dass ihn plötzlich ein Licht vom Himmel umstrahlte. Er stürzte zu Boden und hörte, wie eine Stimme zu ihm sagte: Saul, Saul, warum verfolgst du mich? Er antwortete: Wer bist du, Herr? Dieser sagte: Ich bin Jesus, den du verfolgst. Steh auf und geh in die Stadt; dort wird dir gesagt werden, was du tun sollst. Seine Begleiter standen sprachlos da; sie hörten zwar die Stimme, sahen aber niemand."

Und dann fiel ihr der weitere Verlauf der Geschichte wieder ein. Aus Saulus wurde Paulus. Und Paulus wurde einer der umtriebigsten und erfolgreichsten Apostel, der vor allem die heidnischen Völker in Kleinasien missionierte und zahlreiche urchristliche Gemeinden gründete, ehe er in Rom als Märtyrer hingerichtet wurde. Doch war so eine schlagartige Veränderung wirklich denkbar? Konnte jemand von einem Tag auf den anderen sein ganzes Leben auf den Kopf stellen? Manchmal hörte man von Menschen, die nach einem traumatischen Erlebnis, wie zum Beispiel einem Unfall oder nach einer schweren Krankheit, ihr Leben von Grund auf änderten. Sonst verliefen Änderungen eher schleichend und unauffällig, und oft konnte man gar nicht nachvollziehen, wann und wo das Schicksal seine Weichen gestellt hatte.

In den meisten Fällen war diese schleichende Änderung eine Änderung zum Schlechteren. Ein langsames Vergessen der Ideale, eine steigende Anfälligkeit für Beliebigkeit und Sachzwänge. Aber wahrscheinlich war es für Saulus auch traumatisch, dass sich plötzlich der Himmel öffnet und ihn eine Stimme anspricht. Natürlich würde es jeden Menschen zum Nachdenken anregen, wenn er plötzlich persönlich von Jesus angesprochen wird. Und noch mehr, wenn einem dieser vorwirft, dass man ihn verfolgt. Würde man es gerne hören, dass man durch sein Tun Christus gerade neuerlich ans Kreuz nagelt?

Aber hieß es denn nicht, dass Christus erst am Ende der Geschichte wiederkommt und Gericht über die Menschen hält? Wieso zeigt er sich dann Saulus an einem beliebigen Tag? Konnte es sein, dass der jüngste Tag nicht der letzte in der Menschheitsgeschichte sein würde, sondern dass der jüngste Tag immer der gegenwärtige ist? Sind nicht die vergangenen Tage alle schon alt und die zukünftigen noch gar nicht da? Ist demnach das Heute der jüngste Tag? Stehe ich damit auch jeden Tag vor dem göttlichen Gericht? Muss ich mich jeden Tag wieder neu für eine Richtung entscheiden? Kann ich meinem Leben auch immer wieder einen Neuanfang geben, wie es Saulus tat? Doch woher nehme ich die Gewissheit, welcher Weg der richtige ist?

Mit diesen fragenden Gedanken fiel sie in einen tiefen Schlaf.

Die Klausur

Als der Wecker läutete, wusste sie zuerst nicht, wo sie sich befand. Es war ihr schon öfter passiert, dass sie in Zeiten, wo sie ständig in unterschiedlichen Hotels nächtigte, da sie von einem Kunden zum nächsten weiterfuhr, die Orientierung verlor, wenn sie plötzlich aufwachte. Einmal musste sie in der Nacht aufs WC und fand im Dunklen den Weg nicht. Sie war nicht mehr in der Lage, sich an die Anordnung des Zimmers zu erinnern und tapste unbeholfen durch den Raum. Beinahe hätte sie dadurch den Kasten mit dem WC verwechselt.

Doch dann fiel ihr ihr aktueller Auftrag ein, und sofort stellte sich wieder dieses unbehagliche Gefühl ein, das sie schon am Abend belastet hatte. Zwar hatte Manuel Wittsohn, der Personalchef, sie telefonisch gebrieft, aber das war eben eher Anlass zur Sorge als Hilfe gewesen. „Liebe Frau Heidrich, ich bin ja so froh, dass sie als Vollprofi uns bei der Klausur unterstützen können. Ich muss nämlich ehrlich gestehen, dass ich nicht genau weiß, was auf uns zukommt. Herr Turan hat mich beauftragt, das ganze Managementteam zu einer Strategieklausur einzuladen. Allerdings hat er mir trotz eingehender Rückfragen keine Andeutungen gemacht, was der Anlass oder das Ziel der Klausur ist. Wir starten daher im Blindflug und müssen dann je nach Entwicklung der Dinge darauf reagieren. Da ist es natürlich super, dass sie so viel Erfahrung mit der Moderation von Gruppen haben. Ich muss mir daher keine Sorgen machen, dass wir das nicht hinkriegen!"

„Da macht es sich wieder einer einfach", hatte sie sich gedacht. „Wenn es schief geht, dann war ich es, und wenn es erfolgreich ist, dann war es das Management." Sie würde aber jedenfalls einmal mit einer Raumaufstellung beginnen und jeden Teilnehmer interviewen. Dabei würde sie schon heraushören können, worum es geht. Und vielleicht könnte sie sich noch kurz vor Beginn mit Turan abstimmen, welche

Achsen für die Aufstellung passend wären. Sie hatte schon einiges über Wolfdietrich Turan gehört, aber noch nie direkt mit ihm zusammengearbeitet. Er dürfte ein charismatischer, aber auch polarisierender Mensch sein. Denn jeder, der ihn kannte, hatte eine sehr pointierte Meinung. Macher und Umsetzer waren die häufigsten Begriffe, die für ihn verwendet wurden. Aber auch Choleriker, Egomane und Machtmensch waren gängige Vokabel. Aus ihrer Erfahrung wusste sie, dass diese Begrifflichkeiten oft bei erfolgreichen Top-Managern zusammentrafen. Sein Werdegang war beeindruckend. Und jetzt war er eben seit einigen Jahren geschäftsführender Gesellschafter von „mobitronics", einer Softwareschmiede, die sich auf Informations- und Spieleportale für den Mobilfunkbereich spezialisiert hatte. Er hatte das Unternehmen selbst gegründet und damit einen echten Riecher bewiesen. Denn kaum war die Mobiltelefonie den Kinderschuhen entwachsen und begann im Zusammenspiel mit dem Internet zum zentralen Informationsumschlagplatz zu werden, boomte das Unternehmen sensationell.

Der Klausurbeginn war erst für 10:30 Uhr angesetzt, damit alle gemütlich aus Wien anreisen konnten. Sie hatte mit Manuel Wittsohn vereinbart, dass sie mit einem leichten Warm-up vor dem Mittagessen starten würden. Am Nachmittag wäre dann Zeit für einen Business-Review und eine Lagebeurteilung, am Abend war ein lockeres Kamingespräch geplant, und der zweite Tag würde unter dem Motto „Zukunftsplanung" stehen.

Seit 10:00 Uhr war sie im Konferenzraum, um letzte Vorbereitungen zu treffen und die Teilnehmer zu begrüßen. Wittsohn war als erster gekommen und ziemlich nervös. Er war für HR & Legal verantwortlich und daher auch in vertrauliche Themen immer sehr früh involviert. Umso irritierter war er, dass er diesmal den Zweck der Klausur nicht richtig einschätzen konnte. Er hatte eine Fahrgemeinschaft mit Gerhard

Hornsteiner gebildet, dem CIO und langjährigen Weggefährten von Turan.

„Wahrscheinlich geht es Wolf vor allem um Teambuilding! Wir hatten in letzter Zeit enorm viel um die Ohren und nur wenig Gelegenheit, uns einmal richtig auszusprechen. Viele Menschen sagen ihm zwar nach, dass er ein Elefant im Porzellanladen ist. Er hat aber auch ein sehr gutes Gespür dafür, was in der Gruppe nötig ist."

Sie wurden von Petra Wende, der Kommunikationsleiterin, und Melchior Sedek, dem Finanzchef, unterbrochen, die ebenfalls gemeinsam angereist waren. Heidrich war froh, dass mit Wende zumindest eine weitere Frau da war, da reine Männergruppen oft einen etwas gewöhnungsbedürftigen Umgang pflegen.

„Hallo Frau Heidrich, mein Name ist Sedek, Mel Sedek."

„Und ich bin Petra", stellte sich Wende vor. „Und nicht Kaspar, obwohl ich mit Melchior gekommen bin."

Das Lachen über diese ungezwungene Vorstellung half Heidrich, die Anspannung abzubauen. „Herzlich willkommen! Ich glaube, wir werden noch das akademische Viertel abwarten. Herr Turan und Herr Lippert fehlen noch."

„Georg ist schon da, aber er hängt noch am Telefon – wie immer", erwiderte Petra Wende.

„Zeitdisziplin und geordnete Besprechungen werden Sie in der IT-Branche noch nicht oft erlebt haben, oder?", ergänzte Sedek.

„Na ja, dafür haben sie aber viel Pioniergeist, das macht wieder viel wett. In anderen Branchen ist es vielleicht strukturierter, aber das heißt auch nicht immer zielorientierter."

„Da haben Sie sich aber jetzt sehr diplomatisch aus der Affäre gezogen!"

„Ich habe gerade mit Wolf telefoniert", sagte Georg Lippert, der Vertriebsleiter, als er den Raum betrat. „Wir sollen schon beginnen, er ist gleich da. Er ist schon auf 180, weil der Seitlinger, sein Fahrer, sich schon wieder an die Verkehrsregeln hält. Da werden wir wieder was ausbaden müssen! Kann mir eigentlich irgendwer sagen, worum es heute und morgen geht?"

„Grüß Gott, Herr Lippert! Danke, dass sie mir den Ball zuwerfen. Wir sind hier zwei Tage in Klausur, um an der Unternehmensstrategie zu arbeiten. Wo stehen wir gerade? Was läuft gut? Wo müssen wir uns verbessern? Wo können wir sofort ansetzen? Das sind die Fragen, mit denen wir uns beschäftigen wollen. Es gibt dafür kein enges Zeitkorsett, sondern nur einen roten Faden, auf den ich als Moderatorin achte. Sie werden also genug Zeit haben, um alle Themen, die Ihnen wichtig sind, zu besprechen.

Nachdem wir gleich beginnen sollen, und Sie sich ja alle ohnedies sehr gut kennen, schlage ich vor, dass wir ohne große Vorstellungsrunde starten. Herr Wittsohn hat Ihnen ja sicher bereits erzählt, wer ich bin.

Also fangen wir mit einer einfachen Übung an: Ich stelle mich hier in die Ecke des Seminarraums. Betrachten Sie diese Ecke als Nullpunkt. Die Wände zu meinen beiden Seiten sind jetzt Achsen. Auf der einen Achse beschreiben wir die Klarheit Ihrer Firmenstrategie und der Ziele, die andere Achse beschreibt das Ausmaß der Zielerreichung. Sie sollen sich daher zweierlei überlegen – erstens: Wie klar sind mir die Ziele? – zweitens: Wie viel haben wir schon erreicht? Dann stellen Sie sich bitte am Schnittpunkt beider Bewertungen so im Raum auf, wie es Ihrer Einschätzung entspricht. Bitte orientieren Sie sich aber nicht an den anderen, es soll wirklich jeder seiner eigenen Überzeugung folgen. Ich werde

Sie dann danach befragen, warum Sie ihre jeweilige Position gewählt haben."

Sie war nicht überrascht, dass die meisten bei der Klarheit über die Strategie einen sehr hohen Wert wählten. Bei einem langjährigen Managementteam durfte man das auch erwarten. Dafür gab es bei der Einschätzung der Zielerreichung doch einige Unterschiede. Der Vertriebs- und der Finanzchef waren recht zufrieden, Hornsteiner, der Technikchef, und Wittsohn, der Personalchef, waren am unzufriedensten. Petra Wende, die für Marketing und PR zuständig war, stand zwischen diesen Gruppen.

„Frau Wende", sagte Heidrich, „Sie stehen etwa in der Mitte der Gruppe. Warum haben Sie diesen Platz gewählt?"

„Sehen Sie, wir haben alle ziemliche Klarheit, wo wir hinwollen. Wir haben in unsere Positionierung auch wirklich viel Zeit und Hirnschmalz investiert. Ich bin aber nicht zufrieden damit, dass wir unsere Stärken bisher vor allem im Business-Segment voll ausgespielt haben. Wir haben Verträge mit allen großen Telcos und unsere Spiele laufen dort auch sehr erfolgreich. Wir könnten aber ein noch viel größeres Rad drehen, wenn wir die Endkunden auch direkt ansprechen würden. Das gäbe natürlich Konfliktstoff mit unseren Partnern, aber der Massenmarkt wird ja auch von anderen Anbietern von Internetdiensten sehr gut bearbeitet. Ich meine, wir sollten uns nicht nur als Lieferant der Telekomindustrie verstehen, sondern uns ein Beispiel an Firmen wie Google nehmen und direkt ins Endkundengeschäft einsteigen. Da liegt das eigentliche Gold vergraben."

„Apropos Gold! Herr Sedek, was sagen Sie als Finanzchef dazu?"

„Sie sehen an meiner Position, dass ich mit unserer Entwicklung sehr zufrieden bin. Wir haben bisher immer unseren Businessplan übertroffen. Zugegeben, wir waren in der Planung sehr vorsichtig und konservativ, vor allem was das Fremdkapital angeht. Damit konnten wir in der Entwicklung keine ganz großen Sprünge machen, aber wir haben uns stetig verbessert, erwirtschaften schon seit einigen Jahren einen schönen Gewinn und finanzieren damit ein solides Wachstum. Um in den Massenmarkt zu gehen, müssten wir diese Strategie komplett über Bord werfen. Ich bin mir nicht sicher, ob das gut wäre. Denn bis jetzt hat nicht nur mobitronics profitiert, sondern auch wir haben sehr schön damit verdient. Wenn wir das jetzt ändern, müssten wir sehr viel mehr ins Risiko gehen und gefährden damit auch unseren eigenen Goldesel!"

„Da hast du absolut recht", dröhnte es plötzlich aus der anderen Ecke des Raumes. Während der letzten Sätze war Wolfdietrich Turan hereingekommen.

Heidrich war überrascht, wie wuchtig sein Auftritt war. Er war sicher über 1,90 Meter groß und hatte wahrscheinlich um die 140 Kilogramm. Auf dem großen, massigen Körper saß auch ein großer Kopf mit breiter Stirn und kantigem Kinn. Er kam auf sie zu und drückte ihr mit seinen Pranken die Hand.

Und kaum war er da, übernahm er auch schon das Kommando. „Was macht ihr denn da? Warum steht ihr so in der Gegend herum?" Marlene Heidrich erklärte ihm in gebotener Kürze die Raumaufstellung.

„Aha, und ihr glaubt also alle, dass euch die Strategie klar ist? Dann setzt euch einmal schön nieder. Ich glaube, ich habe eine dicke Überraschung für euch!" Während sich alle einen Sessel fanden, wuchtete er sich auf eine Tischplatte und grinste über das ganze Gesicht, als er ihre fragenden Blicke sah.

„Also – to keep a long story simple: Ich war letztes Wochenende in London und habe die Firma verkauft!"

Diese Mitteilung schlug ein wie eine Bombe. Zuerst herrschte kurz absolute Stille, und dann brach es gleichzeitig aus allen heraus. Warum? An wen? Was heißt das? Das kann doch nicht wahr sein! Machst du Scherze? Spinnst du? Heidrich überlegte fieberhaft, was das für ihre Moderation bedeutete, doch Turan hatte gar nicht vor, ihr die Zügel wieder in die Hand zu geben.

Die Tür ging neuerlich auf, und eine Kellnerin schob einen Wagen mit Gläsern und einigen Flaschen Champagner auf Eis herein.

„Stellen Sie das ruhig gleich hier ab. Ich mache das schon", sagte Turan und turnte mit überraschender Behändigkeit vom Tisch. Und schon öffnete er mit seinen riesigen Händen die erste Flasche und schenkte die Gläser ein.

„Kommt her und nehmt eure Gläser! Das ist ein Riesenerfolg, den wir begießen müssen!"

„Ich glaube, Herr Turan, das sollten Sie uns allen erst erklären", warf Heidrich ein. „Ich habe den Eindruck, wir verstehen alle noch nicht so recht, was da vorgeht."

„Das kann man wohl so sagen", stimmten die anderen bei.

„Ok! Ich möchte mich bei euch allen bedanken. Wir haben in den letzten Jahren eine tolle Firma aufgebaut. Und jetzt stehen wir am Gipfel! Mel hat Recht, wenn er sagt, dass die nächste Stufe auch viel Risiko bedeuten würde. Daher habe ich mich entschieden, dass ich dieses Risiko nicht mit meinem eigenen Geld eingehen möchte. Stattdessen mache ich jetzt Kasse! Ich habe daher alle meine Anteile verkauft. Jetzt werdet ihr auch verstehen, warum mir zum Feiern ist. Aber das heißt nicht, dass ich jetzt gleich ganz aussteige. Ich bleibe euch noch erhalten."

„Jetzt sag schon endlich, an wen du verkauft hast", forderte ihn der Chefjurist auf.

„An Vodafone", antwortete Turan.

„Das kann doch nicht wahr sein! Da verlieren wir doch sofort France Telecom und die T-Mobile und alle anderen als Kunden."

„Jetzt verstehst du auch, warum ich zuletzt alle Verträge neu verhandeln wollte und für die 5-Jahresklausel diesen Rabatt gewährt habe. Wir sind jetzt mindestens fünf Jahre mit allen im Geschäft und keiner kann aussteigen. Das habe ich genau geprüft. Und in dieser Zeit werden wir bei Vodafone sauber integriert. Was danach ist, kann sowieso keiner genau sagen."

„Was meinst du mit integriert?", fragte Sedek.

„Na ja, die Vodafone wird uns zuerst als Competence Center für „Mobile Infotainment" andocken. Wir werden erst einmal als eine eigene Firma mit P&L-Verantwortung fortbestehen. Dadurch bleibt einmal alles stabil und für die Mitarbeiter ändert sich nichts. Unser Knowhow ist schließlich das Asset, um das es geht. Ich bin daher auch weiterhin Managing Director. Zusätzlich ziehe ich in den Europa-Vorstand ein und kann auch von dort mitwirken, dass nichts schiefläuft. Später werden wir die Entwicklung und den Vertrieb spalten. Da wird dann sicher alles ganz anders werden."

„Und was bitte heißt, dass wir die Entwicklung und den Vertrieb spalten?", fragte Georg Lippert, den wie immer bei Veränderungen ein aufsteigendes Panikgefühl befiel.

„Ja, das würde mich auch interessieren", unterstützte ihn Hornsteiner. „Schließlich bin ich für unsere Produktentwicklung zuständig, und ich bin mir nicht sicher, ob ich mich da unterordnen möchte."

„Ok, ok. Ich sehe schon, ihr wollt sofort ans Eingemachte gehen. Das zeichnet euch besonders aus, dass ihr sofort auf den Punkt kommt", entgegnete Turan.

„Also schauen wir uns das einmal an: Für Mel und Manuel bleibt alles gleich. Ihr werdet aber schrittweise eure Prozesse an die Governance von Vodafone anpassen müssen. Das heißt, die Planungsprozesse und Berichtsformate übernehmen wir schrittweise innerhalb der nächsten ein bis zwei Jahre. Damit werdet ihr auch zu Projektleitern für die Integration. Marketing und Sales werden sich sehr eng mit den Vodafone-Vertretern abstimmen müssen. Ehrlich gesagt habe ich da noch keine genaue Vorstellung, wie das aussehen wird. Aber jedenfalls ist der nationale Vertrieb vertraglich abgesichert. Zum Beweis dafür wird Georg auch zu meinem Stellvertreter befördert."

„Na bravo, aber was wird mit mir? Immerhin gehören mir auch einige Prozente dieser Firma", urgierte Hornsteiner.

„Ja, ich weiß", erwiderte Turan. „Das sollte dir auch die Umstellung erleichtern. Vodafone wird dir ein tolles Paket schnüren! Du bekommst für deine Anteile einen Riesenbatzen Geld – zusätzlich zu einer großzügigen Abfertigung und allen Nebengeräuschen."

„Soll das heißen, dass die mich raushaben wollen? Das kann doch nicht dein Ernst sein! Ich habe Jahre in unser Baby investiert und jetzt bin ich nicht mehr gut genug? Was glaubst du eigentlich?"

„Jetzt sei nicht angerührt. Das ist doch ein Bombengeschäft! Es ist dir doch auch immer ums Geld gegangen. Und jetzt machst du eben Kasse!"

„Ich fasse es nicht! Glaubst du wirklich, dass es mir nur ums Geld geht? Da hätte ich doch gleich in der Beratung bleiben können. Da habe ich auch toll verdient. Ich habe doch sowieso alles, was man braucht.

Aber das hier ist etwas anderes. Auf unsere Firma bin ich stolz, das ist alles, was mir wichtig ist. Da hängt mein Herzblut dran, und du tust so, als wäre das einfach nur ein Job! Ich dachte, du siehst das auch so. Und jetzt erkenne ich, dass du immer nur eine Exit-Strategie verfolgt hast. Du hast mich ganz schön ausgenutzt und servierst mich jetzt ab."

„Sei doch nicht so melodramatisch! Du bist doch kein Romantiker. Es gibt doch wohl keinen Menschen, der so sachlich und nüchtern ist wie du. Und wenn du es so siehst, dann gibt es nur Vorteile: Mit dem Fallschirm, den du jetzt erhältst, wirst du nie wieder arbeiten müssen. Du kannst alles machen, was du willst!"

„Ich mache bereits das, was ich will – nämlich hier! Aber dass du mich im wahrsten Sinne des Wortes so verkaufst, hätte ich nie erwartet. Du bist ein echtes Arschloch!" Hornsteiner war während der letzten Worte bereits aufgestanden und zur Tür gegangen. Und diese Tür schlug wie ein Rufzeichen nach dem Arschloch zu, als er den Raum verließ.

„Scheiße", sagte Turan in die entstandene Stille hinein.

„Na ja, ich kann ihn aber schon verstehen", meinte Heidrich. „Ich glaube nicht, dass Sie sich da jetzt einmischen sollten", knurrte Turan.

„Na ja, dann würde ich vorschlagen, dass wir jetzt einmal die Mittagspause einlegen. Ich denke, wir haben am Nachmittag noch einiges aufzuarbeiten."

„Der fängt sich schon wieder. Wahrscheinlich rechnet er jetzt schon seinen Kontostand durch", beruhigte Turan.

„Da bin ich mir nicht so sicher", entgegnete Petra Wende und drückte damit die Stimmung der ganzen Gruppe aus.

Der Sprung ins Fegefeuer

"Das Leben ist Arbeit", sollte eigentlich der letzte Gedanke Gerhard Hornsteiners sein.

Doch, so wie schon sein ganzes Leben hindurch, lief sein Gehirn einfach weiter und kommentierte und sezierte alles, was geschah. Müsste es nicht eher „Das Leben ist bloß Arbeit" lauten? Oder: „Das Leben ist nur Arbeit". Er verband mit dieser Frage ein unangenehmes Gefühl. Als würde das Leben etwas großes Ganzes sein, dem man etwas wegnimmt, und es auf etwas Kleines reduziert. Aber was wäre dann die Ergänzung zur Arbeit, die zweite, fehlende Hälfte, die das Leben wieder ganz und vollkommen macht? „Arbeit ist Kraft mal Weg" und „Leistung ist Arbeit in der Zeit", durchzuckten ihn Erinnerungsfetzen aus der Schule. Aber stimmte das überhaupt? Plötzlich war er sich nicht mehr sicher. Das war doch unglaublich. Ein ganzes Leben in den Diensten der Naturwissenschaft und Technik, und jetzt zweifelte er an einfachen Formeln aus der ersten Stunde Mechanik. Aber es war zu spät, um irgendwo nachzusehen.

Er hatte überschlagsweise ausgerechnet, dass sein Fall maximal zwei Sekunden dauern würde. Das war keine exakte Berechnung, aber er hatte die Höhe der Burgterrasse, sein Körpergewicht und die Erdanziehung in eine Beziehung zueinander gesetzt. Und er konnte sich üblicherweise auf seine Schätzungen verlassen. Seine mathematische Ausbildung und seine Erfahrung bildeten einen gesunden Hausverstand, auf den er sich bestens verlassen konnte. Zahlen, Diagramme, Ursachen und Wirkungen, Prozesse, Flowcharts, Gesetzmäßigkeiten, logische Ketten und vieles mehr waren seine Welt, seine Heimat. Selbstverständlich verließ er sich nicht immer auf Schätzungen. Er war sogar sehr gewissenhaft in seiner Methodik, an Probleme heranzugehen. Es galt immer wieder Hypothesen aufzustellen, zu prüfen, Störvariablen auszuschalten, Ergebnisse zu falsifizieren. Er war wirklich gut in diesen Dingen. Und er war froh über den alten Sir Karl Popper, der das Falsifizieren eingeführt hatte.

Einer seiner Lieblingsprofessoren an der Universität war Rupert Riedl gewesen. Eigentlich ein Biologe, genau genommen ein Meeresbiologe, aber er hatte sein Forschungsgebiet immer expansiv ausgelegt. Und so wurde er Spezialist für Erkenntnistheorie und Evolutionsfragen. Hornsteiner hätte die Vorlesungen und Kolloquien für sein technisches Studium gar nicht belegen müssen, aber er fand die Veranstaltungen grandios. Riedl hatte nämlich eine unglaubliche Gabe, die Dinge plakativ und lebendig zu erzählen. Und so hatte Riedl fest am Fundament seines Weltbildes mitgebaut.

In der Evolution gibt es die Stellgrößen „Zufall" und „Notwendigkeit". Durch Zufall entsteht etwas, z.B. eine Zellmutation, und die äußeren Umstände, die Lebensbedingungen, prüfen, ob es sich dabei um einen Vorteil oder einen Nachteil handelt. Das ist das Prinzip der Auslese. Wer einen Vorteil als erster hat, der setzt sich durch und hat die Nase vorn. Wer einen Nachteil hat, der scheidet aus. In der Natur durch Gefressenwerden, also durch Tod. Poppers Verdienst für die Wissenschaftstheorie war, die Auslese auf Hypothesen zu übertragen. Eine Hypothese musste nicht mehr ihre Richtigkeit beweisen, also einen echten Vorteil haben, sie durfte nur nicht falsch sein, also keinen tödlichen Nachteil haben. Das ist für den anwendungsorientierten Techniker eine hervorragende Vereinfachung, denn eine Annahme gilt so lange als wahr, bis sie widerlegt wird. Und der zweite Vorteil ist, dass, wenn die Hypothese widerlegt ist, die Hypothese stirbt, und nicht derjenige, der sie aufgestellt hat. Das Prinzip von Versuch und Irrtum findet Anwendung, aber vereinfacht und damit beschleunigt. Der Forscher braucht nicht mehr die letzte Wahrheit zu finden, sondern es genügt eine relative

Wahrheit, eine momentane Wahrheit. Und wenn sich diese momentane Wahrheit als Unwahrheit herausstellt, dann ist das kein Fehler, sondern man hat sogar dazugelernt. Das ist sehr praktisch, wenn man zu Wahrheit und Unwahrheit eine distanzierte Beziehung hat. Man muss sich nicht mit den letzten Fragen beschäftigen, man muss nicht Verantwortung übernehmen, man kann einfach zu späterer Zeit etwas anderes behaupten.

Schon Bundeskanzler Bruno Kreisky hatte, angesprochen auf solche Widersprüche, einem Journalisten gegenüber gesagt: „Ja gestatten Sie, dass ich etwas dazugelernt habe." Und Nationalratspräsident Andreas Khol hatte die perfekte Zusammenfassung und Verknappung dieses Prinzips geschafft: „Die Wahrheit ist eine Tochter ihrer Zeit!"

Bereits als Kind hatte sich Gerhard Hornsteiner für das Forschen, Konstruieren und Basteln begeistert. Angefangen hatte es mit Matador-Baukästen und Lego-Steinen. Dann kamen die Elektronikteile von Fischer-Technik dazu, die Chemie-Baukästen und natürlich auch die elektrische Eisenbahn von Kleinbahn sowie die Carrera-Autobahn. Aus allem gemeinsam konnten ganze Städte errichtet werden, wieder umgebaut, ergänzt, abgerissen. Der Baumeister wurde zum Schöpfer. Er konnte seine Fantasie schweifen lassen, Ideen gebären, in Bauplänen konkretisieren und nach Möglichkeiten zur Realisierung suchen. Was geht? Was geht nicht? Auch er war Versuch und Irrtum gefolgt. Er hatte Fragen gestellt, Antworten gesucht, gefunden und wieder verworfen. Vieles konnte er selbst erforschen, manche Hilfe kam von seiner Mutter, doch das meiste fand er in den Büchern.

Seine Mutter war eine gute Mutter gewesen. Sie hatte alles für ihn geopfert und eingesetzt. An seinen Vater konnte er sich nicht mehr erinnern. Er war erst zwei Jahre alt, als der Vater bei einem Autounfall ums Leben kam. Zu einer Zeit als die Autos noch keine Sicherheitsgurte hatten, keine Airbags, ABS und Bremsassistenten. Es war nie ganz klar gewesen, warum das Auto von der Landstraße abgekommen war und sich in den Baum gebohrt hatte. Es gab keine Bremsspuren. Vielleicht war er eingeschlafen oder er war zu schnell in die Kurve gefahren oder er wollte einem Tier ausweichen oder er war abgedrängt worden oder vom Gegenverkehr geblendet, oder, oder, oder.

Die Mutter hätte eigentlich als Hausfrau zu Hause bleiben sollen. Aufgehen in ihrer Fürsorge für den kleinen Gerhard hätte sie wollen. Und hoffentlich auch bald in der Fürsorge für eine kleine Maria. Der Tod des Vaters stellte diese Pläne auf den Kopf. Keine Maria! Keine Hausfrau! Dafür alleinerziehende Mutter und ein anstrengender Beruf als Krankenschwester. Mit vielen Nachtschichten. Damit sie tagsüber Zeit hat für das Kind. Dazwischen bloß stundenweise Schlaf. Sie hat sich nie beklagt, zumindest nicht bei ihrem Sohn. Hat ihm mit dem kargen Einkommen alles geboten, was möglich war. Eine kleine Zweizimmer-Wohnung in einem Neubau. Im Wohnzimmer ein Ausziehbett für die Mutter und der große Bücherschrank, im Kinderzimmer der Esstisch und ein Wandverbau, in dem alles untergebracht war, was die Kleinfamilie besaß. Aber immerhin ein eigenes Bad und Klo. Kein Etagenklo wie in den Altbauten. In den großen Ferien fuhren sie auf Sommerfrische aufs Land. Nur für die Schiausrüstung fehlte das Geld, und so musste er später bei den Schulschikursen mit einer alten Leihausrüstung in der Anfängergruppe mitfahren. Das war für seine Stellung in der Klasse ein schwerer Rückschlag. Er galt wegen seiner guten Noten ohnedies als Streber. Und dann diese Schande beim österreichischen Nationalsport!

Aber dafür hatte er dieses wunderbare Spielzeug, mit dem man so viel bauen konnte. Und er hatte die Bücher seiner Eltern. Die technischen Fachbücher seines verstorbenen Vaters und die Romane und Reiseberichte seiner Mutter. Mit diesen Büchern hatte er sich schon vor der Volksschule das Lesen selbst beigebracht. Später fand er in den

Fachbüchern alles, was er für seine Bauvorhaben brauchte. Dafür war ihm in der Schule recht fad. Er hörte nur mit einem Ohr zu, und trotzdem behielt er alles im Gedächtnis. Dafür konnte er gleichzeitig an etwas anderes denken, vor allem an seine Baupläne. Er fand es normal, immer gleichzeitig an verschiedenen Dingen herumzudenken, gleichzeitig mehrere Probleme zu bearbeiten. Einige wenige Male hatte er einen Klassenkollegen zu sich nach Hause eingeladen. Er wollte ihn mit seinen Konstruktionen beeindrucken und dadurch ein bisschen mehr Anerkennung finden. Doch rasch stellte er fest, dass ihn die ewigen Anfängerfragen und das Unverständnis eher frustrierten und behinderten. So blieb er nicht nur ein Einzelkind, sondern auch ein Einzelgänger. Er fühlte zwar den Wunsch nach Freunden und einer Zugehörigkeit zu einer Clique. Doch er hätte dafür so viel von seinen Neigungen und Interessen aufgeben, zurückschrauben und herunter dämpfen müssen, dass ihm dieser Preis zu hoch erschien.

Später entdeckte er, dass auch die Mädchen eine Faszination auf ihn entwickelten. Er begann, sie während des Unterrichts zu beobachten. Besonders wartete er auf die Momente, wo ein bisschen Kleidungsstoff verrutschte und einen Blick auf die bloße Haut freigab. Oder wenn eine aufzeigte, und sich ihre Bluse straff über den jungen Busen spannte. Manchmal konnte man richtig die Brustwarze erahnen. Er prägte sich diese Bilder gut ein, denn sie dienten ihm später am Tag als Gedankenstütze für seine Masturbation. Er hatte die Selbstbefriedigung eher zufällig entdeckt, aber großen Gefallen daran gefunden. Und so unterbrach er seinen Nachmittagsablauf, der von rasch erledigten Hausaufgaben, Lesen und diversen technischen Konstruktionen geprägt war, mehrmals, um sich seinen sexuellen Fantasien hinzugeben. Bald stellte er fest, dass von erwachsenen Frauen deutlich mehr Reize ausgingen als von seinen gleichaltrigen Klassenkolleginnen. Und so erweiterte er seine

Beobachtungen auf die Straßenbahn, den Supermarkt, Spaziergängerinnen. Und er begann, ins öffentliche Bad zu gehen. Im Winter ins Hallenbad, im Sommer ins Freibad. Nachdem er nicht ständig den Frauen auf den Busen und zwischen die Schenkel starren konnte, schwamm er zwischendurch immer wieder ein paar Längen. Dabei stellte er fest, dass man während des Schwimmens perfekt grübeln und Probleme wälzen konnte. Besonders während des Kraulens war man nicht in Gefahr, durch eine Konversation abgelenkt zu werden. So trat er also einem Schwimmverein bei und ging nunmehr mindestens dreimal in der Woche zum Training. Das verband viele Vorteile. Er sah regelmäßig leicht bekleidete Frauen aller Altersklassen, konnte während der Trainingszeit seinen Gedanken nachhängen und baute zunehmend Muskeln auf, was seiner physischen Erscheinung deutlich mehr Kontur gab. Mit der für ihn typischen Ausdauer und Konsequenz spulte er sein Programm ab und wurde mit einer Goldmedaille bei den Wiener Jugendschwimmmeisterschaften und einer Bronzemedaille bei den Jugendstaatsmeisterschaften belohnt. Nur der Sex spielte sich weiterhin in seiner Fantasie ab.

„Wie bin ich eigentlich auf meine Kindheit gekommen?", durchfuhr es Gerhard Hornsteiner. War es wirklich möglich, dass er seine ganze Kindheit und Jugend in zwei Sekunden durchdenken und überblicken konnte? Doch noch ehe er darauf eine Antwort fand, drängte sich ein neues Erinnerungsbild auf.

Er sah sich im Festsaal der Technischen Universität im Kreise seiner Studienkollegen, gemeinsam feierlich angetreten und festlich gekleidet, um die Promotionsurkunden zum Doktor der technischen Wissenschaften entgegenzunehmen. Wie stolz wäre seine Mutter gewesen, wenn sie diesen Moment noch erlebt hätte. Sie wäre schon auf das Doktorat so stolz gewesen. Und dann sogar noch „mit Auszeichnung"! Seine Mutter war im Jahr nach seiner Matura, die er natürlich auch mit

Auszeichnung abgelegt hatte, während seiner Zeit beim Bundesheer gestorben. Innerhalb weniger Monate hatte sie der Krebs aufgefressen und dahingerafft. Nun war er also Vollwaise, ohne Familie und ohne Freunde. Er war auf sich allein gestellt. Zwar erhielt er eine Waisenrente, aber trotzdem gab er das zeitaufwändige Schwimmtraining auf und übernahm neben dem Doppelstudium der Technischen Mathematik und der Informatik einen Teilzeitjob bei Siemens. Dort war er nach einer Ferialpraxis bereits bekannt und wegen seiner ruhigen Zurückhaltung und seiner raschen Auffassungsgabe sehr beliebt. Er war recht flexibel einsetzbar und daher einem Projekt-Pool zugeteilt worden. Das bedeutete, dass er bei Forschungs- und Umsetzungsprojekten mitwirkte, wenn in Spitzenzeiten ein besonders hoher Ressourcenbedarf gegeben war. So war er immer wieder mit neuen Fragen und Themen konfrontiert und konnte sich nicht über Eintönigkeit und Langeweile beschweren. Natürlich erfüllte er zu Beginn nur Teilaufgaben und arbeitete den erfahrenen Projektmitarbeitern zu. Doch im Laufe der Zeit wurden die Arbeitspakete größer und verantwortungsvoller. Trotzdem litt sein Studienfortschritt nicht darunter. Ganz im Gegenteil. Seine praktischen Erfahrungen beflügelten seinen Lerneifer, um auch die theoretischen Grundlagen immer mehr zu vertiefen. Sein Einsatz und sein Engagement wurden von Siemens mit einer Ausbildung in Projektmanagement und der Aufnahme in einen speziellen Talenteförderpool belohnt. Nach der Erlangung des Titels Diplomingenieur wurde er Vollzeitmitarbeiter und erstmals mit der Leitung eines Projektes betraut. Trotzdem verließ er Siemens nach dem Abschluss des Doktoratsstudiums.

Er war zufällig bei einer Jobmesse an der Universität vorbeigekommen und an einem Infostand mit einer Recruiterin der Boston Consulting Group ins Gespräch gekommen. Er sah sie hinter ihrem Counter stehen und schaltete sofort auf seinen Frauenbeobachtungsmodus. Mit ihrem blonden Bubikopf, dem blauen Businesskostüm, dem dezenten Make-up und den leuchtend roten Lippen wirkte sie wie eine Stewardess, die nur darauf wartete, seine Wünsche zu erfüllen. Sie passte mit ihrem perfekten Auftritt gar nicht in das saloppe, unordentliche Umfeld der Universität. Er schlenderte langsam, sich alle ihre Formen einprägend, vorbei, als sie ihn ansprach.

„Hi, interessierst du dich für BCG?"

„Was ist BCG?"

„Die Boston Consulting Group – ein internationales Beratungsunternehmen. Suchst du einen Job?"

Er suchte keinen Job, sondern eine Frau. Wie schon lange. Nur war er eben nicht der aktive Typ, der einen Kontakt von sich aus herstellte. Aber hier war es ihre Aufgabe, Leute anzusprechen und ihr Unternehmen vorzustellen. Das war eine gute Gelegenheit, mit ihr im Gespräch zu bleiben.

„Ich habe schon einen Job, ich arbeite bei Siemens."

„Und ich dachte, du bist Student und schaust dich nach einem Job um."

„Ja, das stimmt ja auch teilweise. Ich bin auch Student. Aber nicht mehr lange. Ich habe in einigen Tagen meine Promotion. Und zusätzlich arbeite ich bei Siemens."

„Du siehst aber noch recht jung aus, dafür dass du schon promovierst."

„Ja, ich bin trotz Doppelstudium und Job noch in der Mindestzeit! Aber ich bin schon 26."

„Oh Gott, bist du ein Genie?", lachte sie.

Und er fand dieses fröhliche Gesicht wunderschön. Musste man ein Genie sein, um zwei Diplomstudien in 10 Semestern und ein Doktorat in 4 Semestern zu machen?

„Und wie alt bist du?", hörte er sich zu seiner eigenen Überraschung fragen.

„Ich bin 29."

„Und arbeitest du für BCG?"

„Ja und Nein. Ich arbeite für eine Agentur. Und BCG ist unser Kunde. Wir haben die Aufgabe, BCG auf der Jobmesse zu präsentieren und interessante Kandidaten zu einer Bewerbung zu bringen."

„Was muss man denn können, damit man für BCG interessant ist?"

„Jedenfalls soll man eine universitäre Ausbildung haben oder kurz vor dem Abschluss stehen. Die Studienrichtung ist dabei nicht so wichtig. Aber sehr gute Noten sind jedenfalls Pflicht. BCG will nur die Besten rekrutieren. Auslandserfahrung ist sehr vorteilhaft, sehr gutes Englisch ist unumgänglich. Berufserfahrung hilft, ist aber keine Voraussetzung. Und dann sollte man natürlich auch ein gutes Auftreten haben. Jedenfalls gibt es ein mehrstufiges Auswahlverfahren, das man überstehen muss, und bei dem langjährige Berater testen, ob man dazu passt. Dabei versuchen sie herauszufinden, wie man an Dinge herangeht. Die Methoden, die Denkansätze sind ihnen wichtiger als das reine Faktenwissen. Wissen kann man nachlesen, speichern, abrufen. Aber wie man damit umgeht, das ist der entscheidende Unterschied zwischen Losern und Winnern."

„Und du meinst, ich könnte zu den Winnern gehören?"

„Na, was hast du denn vorzuweisen?"

„Soll ich dir jetzt mein Leben erzählen, während wir hier herumstehen? Wollen wir nicht lieber in die Mensa oder in ein Kaffeehaus gehen?"

„Ich muss noch eine Stunde hier am Stand bleiben, danach muss ich einen Sprung ins Büro. Aber wir könnten uns etwa um 6 Uhr treffen. Was hältst du vom Palmenhaus im Burggarten? Vielleicht können wir bei diesem schönen Wetter sogar noch auf der Terrasse sitzen."

„Ja, super! Wie heißt du übrigens? Ich bin der Gerhard."

„Ich heiße Vera. Vera Gneissl."

Er hatte nicht geahnt, dass man so leicht mit einer so hübschen Frau eine Verabredung treffen könnte. Natürlich hatte sie den ersten Schritt gemacht, aber dann war es ihm ganz leichtgefallen, dem Gespräch seine Richtung zu geben. Und jetzt wollte er am Ball bleiben.

Im Palmenhaus erzählte er von seinem Leben und sie von ihrem, während sie ein kleines Abendessen zu sich nahmen. Sie merkten rasch, dass sie großes Interesse aneinander hatten. Zuerst bestärkte sie ihn darin, sich bei BCG zu bewerben. Dann bestärkte sie ihn, noch auf einen Drink in die Sky-Bar zu gehen. Dann bestärkte sie ihn darin, mit ihr nach Hause zu kommen. Und dann bestärkte sie ihn darin, in ihr ganz stark zu sein. Wieder, und immer wieder.

„Ich verhungere! Wenn ich jetzt nichts esse, muss man auf meinen Grabstein schreiben, dass ich mich zu Tode gebumst habe."

„Was willst du haben? Wir könnten uns „Ham and Eggs" machen - oder einen Tiefkühlgermknödel."

„Ja, genau in der Reihenfolge!"

Und während sie dann herzhaft zulangten, gestand er ihr, dass sie ihn mit diesem herrlichen Mehrstundenfick aus dem Stande der Jungfräulichkeit erlöst hatte. Sie konnte es zuerst gar nicht glauben, war dann richtig gerührt, und forderte letztlich den Beginn der nächsten Runde ein.

In den nächsten Wochen war er in seinem Siemens-Projekt so lustlos und unengagiert wie noch nie. Er verbrachte so viel Zeit wie möglich mit Vera, vorzugsweise im Bett, und träumte von einer großen Karriere in der Beratungsbranche. Wenige Tage nach seiner Bewerbung war er kontaktiert worden. Seine exzellenten Studienergebnisse, seine Berufserfahrung in Projekten, seine Selbständigkeit, die er bewiesen hatte, und seine Ausdauer und mentale Kraft, denen er seine Schwimmerfolge verdankte, waren für BCG höchst interessant. Und so wurde er durch den mehrstufigen Assessment-Prozess mit Interviews und Fallstudien geführt. Seine Leistungen waren beeindruckend, allerdings gab es auch einen Partner, der sich um seine psychische Stabilität Sorgen machte und dies in seinem Bericht vermerkte.

„Der Kandidat GH verfügt über bewundernswerte, kognitive Fähigkeiten. Allerdings habe ich Zweifel an seinen sozialen Skills. Er dürfte zu einer leichten Form des Autismus neigen, was bei Hochbegabten gar nicht untypisch ist, da sie keine adäquaten Partner finden. Ich sehe zwei Gefahren: 1., dass er ein schlechter Teamplayer ist und 2., dass er wie ein Vulkan irgendwann ausbricht, nachdem er lange genug still hineingeschluckt hat."

Trotzdem wurde ihm ein Vertragsangebot unterbreitet, das deutlich besser war als bei Siemens. Einige Wochen später begann er als „Consultant" das Einschulungsprogramm. Zuerst wurde er für zwei Wochen nach München geschickt, wo er das sogenannte Exoten-Training, die betriebswirtschaftliche Einführung für Nicht-Wirtschaftler besuchte. Danach startete das sechsmonatige Einstiegstraining mit Seminaren,

Workshops und eLearning-Einheiten. Er kam dabei in verschiedene Büros in Europa und lernte zahlreiche Neueinsteiger und viele etablierte Berater, die als Trainer und Coaches tätig waren, kennen. Das was er erlebte, war genau nach seinem Geschmack. Fordernde Case Studies mit hohem Zeitdruck und langen Arbeitstagen, zielorientiertes Vorgehen ohne Schnörkel, theoretische Konzepte vom Feinsten und Tutoren, die sich völlig mit den Zielen und Methoden der Firma identifizieren. Alles strahlte eine elitäre Atmosphäre aus, entstanden aus der Gewissheit, dass es für jedes Problem eine Lösung gibt. Als Strategieberater waren sie gewohnt, Themen auf vielschichtigen Ebenen zu analysieren und auch ihre Lösungen mehrdimensional zu entwickeln. Es ging nicht nur darum, innerhalb eines fixen Regelwerkes alle Optimierungen vorzunehmen, sondern die optimale Lösung konnte auch darin bestehen, die Regeln zu ändern und ein neues Spiel zu beginnen. Schnell erkannte er die Analogie zur Lehre vom „survival of the fittest", die das Wirtschaftsleben dominierte. Die Schnellen fressen die Langsamen, die Großen fressen die Kleinen, die Cleveren fressen die Dummen. Und in diesem Kampf um Kunden, Marktanteile, Umsatz und Gewinn, Wachstum oder Untergang, galt eine zentrale Maxime: „Gut ist, was wirkt!" Jede Maßnahme, jede Finte, jeder Kunstgriff, jeder Trick war richtig und gut, wenn er zum Erfolg führte. Das Prinzip, dass der Zweck die Mittel heiligt, war allgegenwärtig. Erfolgreich sein war das Ziel. Und jeder Weg, der zu diesem Ziel führte, war ein guter Weg.

Parallel zum Einstiegstraining arbeitete er bereits in seinen ersten Projekten. Er hatte schnell verstanden, worum es ging, und daher war er erfolgreich. Und erfolgreich sein hieß, sich einen Namen machen, gefragt sein, Karriere machen, Geld verdienen. Das Geld wurde angelegt in teuren Anzügen, Penthouse-Wohnung, Sportwagen, Schiurlauben am Arlberg oder in Cortina, Badeurlauben auf Mauritius oder den Malediven. Mit 31, nach nur 5 Jahren, wurde er Partner und hatte damit einen ersten Gipfel erreicht. Vera hatte er bald aus den Augen verloren, Freunde fand er keine bei den Projekten, eher nur Bekannte, Klienten, Neider, Konkurrenten. Und er spürte, dass es auf seinem Gipfel ziemlich einsam war, aber das war er ja schon sein ganzes Leben gewohnt.

Er lernte Wolfdietrich Turan bei einem Restrukturierungsprojekt kennen. Turan hatte sich als Umstrukturierungsmanager bei den Grazer Stadtwerken einen Namen als Troubleshooter gemacht. Nun war er Geschäftsführer einer Software- und Systemlösungsfirma. Diese war als Tochterunternehmen einer großen österreichischen Bank aus einer Ausgliederung entstanden. Er verfügte über beträchtliche personelle Überkapazitäten und hatte ursprünglich nur die Bank als Kunden. Die Aufgabe bestand nun darin, neue Produktlinien zu definieren, die auch drittmarktfähig waren. Damit sollte die vorhandene Arbeitskraft besser genutzt werden. Trotzdem war es unumgänglich, auch einen Personalabbau durchzuführen. Dieser musste aber sozialverträglich, also still und unauffällig, abgewickelt werden, um das Image der Bank nicht zu beeinträchtigen.

Schon beim ersten Zusammentreffen zeigte sich, dass Turan für diese Aufgabe nur bedingt geeignet war.

„Das ist wieder typisch für die Banker", begann er sein Projektbriefing.

„Einerseits soll ich meine Firma als Profitcenter führen und bekomme von meinem Aufsichtsrat beinharte Ergebnisziele. Gleichzeitig schiebt man mir aber das ganze Personal mit unglaublichen Konditionen zu und verlangt von mir, dass ich alle – auch die Arbeitsverweigerer – mit Glacéhandschuhen angreife. Wenn es nach mir geht, würde ich die Hälfte der Leute rausschmeißen. Das würde für die bestehenden Aufträge allemal reichen. Und für das Neugeschäft hole ich mir junge

Leute, die nicht durch das Paradies der Banksozialleistungen verdorben sind."

Turan war das Musterbeispiel für einen Macher und Umsetzer. Er hatte ein unglaubliches Gespür für neue Geschäftsideen und deren Realisierung. Er lebte für seinen Beruf und ging in seiner Aufgabe voll und ganz auf. Es war ihm aber vollkommen unbegreiflich, dass es auch Menschen gab, die einfach einen simplen „9 to 5-Job" wollten, um Geld zu verdienen.

Schlussendlich war ihr Projekt sehr erfolgreich und warf für die Bank einigen Profit ab. Trotzdem war Turan immer auf der Suche nach einer Alternative. Eines Tages konfrontierte er Hornsteiner dann mit der Idee, „mobitronics" zu gründen. Hornsteiner sollte sich mit einem 10%-Anteil beteiligen und die Funktion des CIO übernehmen. Der Rest ist österreichische Wirtschaftsgeschichte – die Gunst der Stunde, unternehmerisches Geschick und harte Arbeit trugen ihre Früchte. Bis Turan die Früchte erntete und das Unternehmen an Vodafone verkaufte.

Wie hatte er sich in Turan so täuschen können? Oder hatte er sich in sich selbst getäuscht? Warum hatte er geglaubt, dass diese Firma mehr als ein vorübergehendes Projekt sein würde? Hätte er nicht wissen müssen, dass man mit Flöhen aufwacht, wenn man sich mit Hunden - oder gar einem Wolf - ins Bett legt? Aber entsprach dieses Vorgehen nicht genau den Empfehlungen, die er seinen Kunden gegeben hätte? Hatte sich seine kalte Logik vielleicht gar am eigenen Beispiel falsifiziert?

Aber eines war gewiss: In diesem Leben würde er keine neue Theorie mehr prüfen ...

Macht und Lust

Das Mittagessen war eher einsilbig verlaufen. Turan war enttäuscht, dass sein Triumphtag nicht anständig gewürdigt wurde. Er sprach rege dem Wein zu und ärgerte sich, dass die anderen wortkarg blieben. Deren Gedanken kreisten jedoch um die Folgen dieser schwerwiegenden Weichenstellung. Auch der emotionale Ausbruch von Hornsteiner wirkte nach. So hatte ihn noch keiner erlebt. Er war bekannt als brillanter Denker und kühler Kalkulator. Dass er nunmehr Emotionen zeigte und die Firma als sein Baby bezeichnete, war sehr überraschend. Was würde diese Situation noch ans Tageslicht bringen? Welche Überraschungen würde das Schicksal noch bringen?

Marlene Heidrich dachte auch an das Schicksal und die Gedanken, die sie am Vorabend gehabt hatte. Irgendwie wurde sie den Eindruck nicht los, dass sie heute Zeugin einer wichtigen Situation geworden war. Nach diesem Vormittag würde mobitronics nie wieder sein wie zuvor.

Turan riss sie aus den Gedanken. „Wir machen um 14:00 Uhr weiter. Es wäre nett, wenn Sie dann alle wieder zusammentrommeln könnten. Gerhard ist anscheinend auf seinem Zimmer und verzichtet auf unsere Gesellschaft. Sagen Sie ihm doch rechtzeitig Bescheid."

Zurück im Seminarraum berichtete Heidrich, dass sie Hornsteiner nicht im Zimmer angetroffen hatte. Er hatte auf ihr Klopfen und einen Anruf über das Zimmertelefon nicht geantwortet.

„Vielleicht ist er spazieren gegangen. Nachdem er gemeinsam mit Herrn Wittsohn gekommen ist, kann er nicht allein abgereist sein."

„Petra, ruf ihn mal am Handy an. Nachdem er ja heute so sensibel ist, hebt er vielleicht ab, wenn eine Frau anruft", spottete Turan.

Während Petra Wende das Handy hervorkramte, öffnete sich die Tür und die Hotelmanagerin kam mit bleichem Gesicht herein.

„Ich glaube, es ist etwas Schreckliches passiert. Unser Gärtner hat im Wald einen Toten entdeckt! Der Kopf ist zerschmettert. Er dürfte von der Burgterrasse gestürzt sein. Nachdem Herr Hornsteiner dort oben sein Zimmer hat, habe ich die schlimmsten Befürchtungen."

Kurze Zeit später herrschte die grausame Gewissheit. Der Tote war Gerhard Hornsteiner. Die alarmierte Polizei fand seinen Ausweis in der Innentasche seines Sakkos. Der Postenkommandant überbrachte die Nachricht in den Seminarraum, in dem sich bereits lähmende Stille breitgemacht hatte.

„Herr Turan, ich bedaure sehr, dass ich Sie unter diesen Umständen kennenlerne", sagte der Polizist. „Wir gehen davon aus, dass Ihr Kollege über die Brüstung gefallen ist."

„Nein, das war kein Unfall, das war ein Selbstmord!", erwiderte Turan tonlos.

„Herr Hornsteiner hat heute etwas erfahren, das ihn ziemlich aus dem Gleichgewicht gebracht hat. Ich hätte das niemals für möglich gehalten. Sie werden verstehen, dass ich Ihnen die Hintergründe nicht im Detail erzählen kann. Es handelt sich um wichtige Firmengeheimnisse. Aber ich bin sicher, dass Gerhard nicht irrtümlich abgestürzt ist. Ich glaube, dass ich für alle spreche, wenn ich sage, dass wir jetzt zu schockiert sind, um weitere Erklärungen abzugeben. Wenn es für Sie in Ordnung ist, würden wir gerne einen Moment allein sein und dann rasch abreisen."

„Ja, ich verstehe das. Nachdem es keine Hinweise auf Fremdverschulden gibt, können Sie sich alle frei bewegen. Allerdings werden wir Sie alle noch für unseren Bericht brauchen. Das muss aber nicht heute sein. Herr Turan, ich möchte Ihnen noch meine Anteilnahme aussprechen und darf mich jetzt zurückziehen", antwortete der Postenkommandant.

Nachdem er gegangen war, sagte Turan: „Ich bin so schockiert, dass ich jetzt gar nicht darüber sprechen möchte. Es ist mir Gerhards Reaktion absolut unverständlich, ich hatte erwartet, dass wir heute Abend ein großes Fest für unseren Erfolg feiern. Stattdessen haut dieser ... – mir fehlen die Worte – die Nerven weg. Diesen Fehler dürfen wir jetzt allerdings nicht auch machen. Daher: Frau Heidrich, ich erinnere Sie an die Vertraulichkeitserklärung. Sie sind nicht ermächtigt, darüber, was heute hier passiert ist, zu sprechen. Das gilt auch für alle anderen. Petra, du bereitest sofort eine offizielle Stellungnahme vor. Es versteht sich wohl von selbst, dass der Vodafone-Deal darin nicht vorkommt. Wir stimmen dann telefonisch die Endfassung ab. Diese gilt verbindlich für alle! Wenn diese Geschichte durchsickert, und damit das Geschäft noch den Bach runtergeht, wird mich derjenige kennenlernen, der geplaudert hat! Ich hoffe, ich habe mich klar ausgedrückt!"

Damit verließ er die Runde und bestellte seinen Fahrer zur Abreise. Franz Seitlinger, der Chauffeur, verlud das Gepäck und machte dabei einen ziemlich unsicheren Eindruck. Er hatte den Tod von Hornsteiner mitbekommen, konnte sich aber keinen Reim darauf machen. Natürlich wollte er wissen, was passiert war, aber er kannte Turan gut genug, um zu wissen, dass das jetzt eine sehr explosive Situation war. Also schwieg er und hoffte, dass Turan bei der Fahrt etwas gesprächiger würde.

Turan dachte nicht einen Moment daran, etwas zu sagen oder zu erklären. Seitlinger war einfach ein Erfüllungsgehilfe, den er als Fahrer benutzte. Niemals würde ihm in den Sinn kommen, ihn überhaupt als Menschen mit Fragen und Bedürfnissen wahrzunehmen.

Er ließ ihn den Koffer verstauen und sagt bloß: „Los gehts. Ich will nach Hause. Aber flott!"

Als sie endlich nach einigen Ortsdurchfahrten die Autobahn A2 erreicht hatten, knurrte er von der Rückbank: „Mensch Seitlinger, jetzt geben Sie endlich Gas!"

„Ich fahre doch eh schon 160", lautete die vorsichtige Antwort.

Doch heute war nicht der Tag für Diskussionen mit Turan.

„Los, fahren Sie rechts ran. Jetzt gleich! Da am Pannenstreifen!"

Und als Seitlinger die Anweisung erfüllt hatte, und der schwere 7er-BMW zum Stehen gekommen war, schwang sich Turan trotz seiner Masse mit bemerkenswerter Geschwindigkeit aus dem Wagen und riss Seitlingers Fahrertür auf.

„Raus jetzt! Ich fahre selbst!"

Seitlinger machte Platz auf dem Fahrersitz, Turan stieg ein, und ehe er es sich versah, stand Seitlinger allein in einer Wolke aus aufgewirbeltem Staub auf dem Pannenstreifen, während Turan mit quietschenden Reifen losstartete und Richtung Wien davonbrauste.

Für die Strecke von Wr. Neustadt, wo er Seitlinger zurückgelassen hatte, bis zu seiner Villa in Mödling, war es bei Tempo 200 und mehr nur ein Katzensprung. Er ließ den Wagen in der Einfahrt stehen und hatte auch keine Lust, sein Gepäck auszuladen. Erstmals dachte er wieder an Seitlinger, der ihm jetzt diese Arbeit nicht abnehmen konnte.

„Verdammt, heute muss ich aber wirklich alles selbst machen." Und so goss er sich auch selbst einen sehr breiten Streifen karibischen Rum in ein Glas, als er den großen Wohnsalon seines Hauses betrat.

Er ließ sich in seinen wuchtigen braunen Lederfauteuil fallen, den er so liebte. Er war im englischen Landhausstil gehalten und stand damit im deutlichen Kontrast zu der sonst sehr modern und kühl gehaltenen Einrichtung. Dadurch war aber auch jedem sofort klar, dass das der Platz des Meisters war, den man tunlichst nicht in Beschlag nehmen sollte. Er stürzte den Rum in zwei großen Schlucken hinunter und schenkte gerade nach, als seine Frau Lisa durch die große Terrassenschiebetür aus dem Garten hereinkam. Sie hatte noch die Gartenschere in der Hand, und die grünen Grasflecken an den Knien ihrer Hose zeigten, dass sie wohl gerade wieder den aussichtslosen Kampf gegen das Unkraut geführt hatte. Turan konnte diese Hingabe gar nicht nachvollziehen. Dafür würde er einen Gärtner beschäftigen. Aber er verstand seine Frau auch sonst schon lange nicht mehr. Seit die Kinder aus dem Haus waren, beschäftigte sie sich seiner Ansicht nach nur mehr mit Nebensächlichkeiten - Vernissagen moderner Kunst, karitativen Umtrieben wie der Mithilfe bei der Wiener Tafel und eben dem Garten. Dazu auch noch die Pilates-Stunden und der lästige Stepper, für den im Obergeschoß extra ein Platz gefunden werden musste, da er ihn auf keinen Fall im Wohnzimmer mit Blick auf den Fernseher stehen haben wollte.

Wozu sollte das gut sein? Sie war jetzt Mitte Vierzig und trotz ihres Trainings war sie eben nicht mehr knackig wie früher. Ihr Körper hatte auf ihn schon lange nur mehr geringe Anziehungskraft. Sie war für ihn eine charmante Begleiterin bei diversen Events und Empfängen. Auch als vor einiger Zeit ein Magazin eine Homestory über ihn gebracht hatte, kam seine Frau sehr gut an. Sie war ein perfektes Dekor für seine persönliche Erfolgsgeschichte, genauso wie die teuren Bilder an den Wänden. Sex war für ihn wie Atmen. Und so nahm er sie, wenn er das Bedürfnis und gerade keine Alternative hatte. Er respektierte sie aber als Mutter seiner Kinder. Doch wieso wollte sie ihm unbedingt eine Vertrautheit aufzwingen und eine Zweisamkeit aufrechterhalten, die er so nie angestrebt und gelebt hatte?

Er stammte aus Tamsweg und war in sehr einfachen bäuerlichen Verhältnissen aufgewachsen. Der kleine Hof seiner Eltern lag etwas unterhalb der Wallfahrtskirche St. Leonhard. Der Blick auf die Kirche gefiel ihm. Aber er fühlte sich auch stets unter den Augen der katholischen Kirche beobachtet, die in seiner Mutter eine strenge Fürsprecherin hatte. Die Mühen des Alltags versuchte sie durch jenseitige Heilsversprechungen erträglich zu machen. Sie ertrug die ärmlichen Lebensverhältnisse in der Erwartung ewigen Seelenheils nach dem Tod. Sein Vater war ein knorriger Land- und Forstwirt. Die harte Arbeit im Stall bei den wenigen Kühen und Schweinen sowie im Wald, den er überwiegend mit Körperkraft bearbeitete, da das Geld nicht für entsprechende Maschinen reichte, hatte ihn einsilbig und hart gemacht. Seit ihm ein Baumstamm den Fuß zerquetscht hatte, war er noch stiller geworden. Wolf war sich sicher, dass er gerne laut geflucht hätte wegen der Ungerechtigkeit des Lebens, aber angesichts der bigotten Gläubigkeit seiner Frau hatte er es sich abgewöhnt, Äußerungen über sich und sein Schicksal zu machen.

Für ihren Sohn plante die Mutter jedoch auch in der irdischen Welt ein besseres Leben. Nachdem ihm die Holzarbeit von klein auf vertraut war, träumte sie davon, dass er nach der Schule eine Tischlerlehre beginnen würde. Später würde er dann eine eigene Werkstatt haben und als Meister ein angesehener Tamsweger sein. Immer wieder sprach sie davon, dass er dann der erste ihrer Familie sein würde, der bei den Vereinigten zu Tamsweg Mitglied werden könnte. Diese Handwerkerzunft, die schon 1738 gegründet worden war, und enge Kontakte mit der Kirche pflegte, war für sie der Inbegriff des sozialen Aufstiegs.

Für ihn sah Aufstieg aber anders aus. Das war ihm klargeworden, als in den 70er-Jahren ein junger Lehrer aus Graz ein paar Tage bei ihnen zu Gast war. Sie hatten seit einiger Zeit zwei Zimmer als Quartier für Sommerfrischler hergerichtet. Der Lehrer war ein armer Schlucker und verbrachte einen Wanderurlaub im Lungau. Abends saß man dann in der Stube und spielte Karten. Dabei erzählte er über Graz, dessen beinahe italienisches Flair, die vielen Studenten, die jeden Abend die Beisln bevölkerten, und den Steirischen Herbst, der mit Wolfgang Bauers Theaterstück ‚Gespenster' für einen handfesten Skandal gesorgt hatte. Für den jungen Wolf war es unvorstellbar, dass auf einer Bühne nackte Schauspieler zu sehen gewesen waren. Doch was ihn aus sexuellen Gründen anzog, war für den Lehrer eine politische Aussage. Er hielt ein Plädoyer für die Befreiung des Individuums von der Bevormundung durch die Gesellschaft.

Der Mutter stand der Mund offen, und sie war sprachlos. Der Vater erhob sich und sagte: „Du ziehst morgen aus, du Saubartel!" Dann drehte er sich um und schlurfte davon. An der Tür hörte man noch laut und deutlich: „Scheiß-Kummerl, dreckiges!"

Wolf verstand damals nicht, worum es ging. Und warum sexuelle Freizügigkeit eine kommunistische Verirrung sein sollte. Als er versuchte, den Lehrer danach zu befragen, war dieser sehr zurückhaltend geworden.

„Schau Wolf, jeder muss selbst wissen, was für ihn richtig ist. Deine Mutter hat dafür die Kirche. Dein Vater seine Arbeit und den örtlichen Bauernbund."

Bevor er in seinen klapprigen VW-Käfer einstieg, drückte er ihm ein Buch in die Hand.

„Dieses Buch handelt auch von einem, der Wolf heißt. Vielleicht macht es dir Spaß."

Dann verschwand er für immer aus Wolfs Leben. Doch der Seewolf von Jack London begleitete ihn noch viele Jahre als Vorbild. Und wie Wolf Larsen im Buch setzte er sich während der Hauptschulzeit mit seiner enormen Körperkraft gegenüber seinen Alterskollegen durch. Er musste keine Gewalt anwenden, da alle großen Respekt vor ihm hatten. Schon allein die Vorstellung, welche Schmerzen er mit seinen kräftigen Pranken zufügen könnte, machte alle Burschen zurückhaltend und gefügig. Nur einmal - er war gerade erst vierzehn Jahre geworden - wagte ihn ein Betrunkener beim sommerlichen Feuerwehrfest anzupöbeln. Er war ein bekannter Wirtshausraufer aus einem Nachbarort, der sich anscheinend überschätzte, da er einige Jahre älter war. Und so ergab sich aus einem nichtigen Anlass ein Wortgeplänkel, dem der andere einen kräftigen Schubser folgen ließ. Einen Moment später lag er mit gebrochener Nase auf dem Boden.

Der Vorfall sorgte in Tamsweg für Aufsehen. Zwar gab es manche, die meinten, es hätte sich ja nur um Notwehr gehandelt. Andere waren sich aber sicher, dass Wolf nur darauf gewartet hatte, endlich einmal seine Kraft auszuprobieren. Der Vorteil war, dass seine Mutter einsah, dass er seine Lehre nicht in Tamsweg absolvieren könnte. Zu sehr waren ihr die schiefen Blicke und das Getratsche unerträglich. Und so legte sie dem Sohn nahe, seine Berufsausbildung in der Erzbischöflichen Stadt Salzburg fortzusetzen. Salzburg war Wolf immer unsympathisch gewesen. In Erinnerung an die Erzählungen des Lehrers zog es ihn nach Graz. Und er wollte auch keine Lehre absolvieren und Tischler werden. Es erforderte von ihm einige Überredungskunst, doch letztlich wurde er wirklich nach Graz geschickt und er durfte an der BULME Wirtschaftsingenieurwesen studieren. Allerdings musste er als Zugeständnis an die Mutter und auch aus finanziellen Gründen zustimmen, dass er im Internat des Bischöflichen Seminars in Graz untergebracht wurde. Umso glücklicher war er über das Ablegen der Matura und das Erreichen der Volljährigkeit. Endlich war damit der Einfluss der Mutter und der Kirche vorbei.

Er inskribierte an der Fakultät für Maschinenbau und Wirtschaftswissenschaften der TU Graz und zog in ein normales Studentenheim. Seinen Lebensunterhalt verdiente er sich zuerst als Kellner in einem der vielen Studentenlokale. Einmal musste er einen Streit zwischen zwei Gruppen verfeindeter Studenten schlichten. Eine Schar von sechs katholischen Studenten der Carolina ließ zu fortgeschrittener Stunde ein Stiftungsfest in seinem Lokal ausklingen. Gerade als einer von ihnen einen Trinkspruch auf ihre bereits verstorbenen Bundesbrüder hielt, und dabei besonders die ehemaligen Bundeskanzler Raab und Gorbach würdigte, traten zwei Angehörige der Burschenschaft Germania in das Lokal.

Obwohl zahlenmäßig klar unterlegen begannen die beiden Schlagenden sofort mit ihren Schmähungen der Katholischen.

„Schau, die Kerzenschlucker sind auch da! Da müssen wir uns gleich hinsetzen, damit sie uns nicht an den Arsch gehen, die schwulen Scheinheiligen", sagte der eine unüberhörbar.

Sofort sprangen die Carolinen auf und drängten mit ihrer Übermacht gegen die Germanen. Doch diese wichen keinen Schritt zurück und teilten heftige Faustschläge aus. Im Nu flogen die Tische und Stühle und die restlichen Besucher schrien entsetzt auf. Es brauchte nur wenige Augenblicke bis Wolf Turan hinter der Theke hervorkam, sich zwischen die beiden Parteien presste und nach beiden Seiten ordentliche Prügel austeilte. Mit wildem Gebrüll stieß und trat er gegen die Streithähne und trieb sie alle gemeinsam aus dem Lokal. Draußen in der kühlen Nacht verflog die Aggression sehr rasch, und die beiden Gruppen entfernten sich in entgegengesetzte Richtungen.

Als er wieder zurückkam, stellte er die Tische und Sessel an den richtigen Platz zurück und munterte die verbliebenen Gäste auf.

„Ok, alles ist wieder in Ordnung. Die haben genug für heute. Und für euch gibts eine Runde aufs Haus, damit ihr euch wieder beruhigt!"

Nachdem er diese Runde ausgeschenkt hatte, fragte er einen allein an der Bar stehenden jungen Mann, was er gerne trinken würde.

„Was darf es sein? Wein? Bier? Ein Schnapserl?"

„Nein danke, mir reichts für heute" war die Antwort. „Aber ich kann dir vielleicht ein Angebot machen. Ich organisiere verschiedene Events, und da könnte ich jemanden wie dich für meine Security gut gebrauchen. Wäre das was für dich?" „Was hätte ich denn dabei zu tun", fragte Turan mit Interesse.

„Schau, es ist eigentlich ähnlich wie das Kellnerieren. Du arbeitest auch am Abend und in der Nacht. Aber du stehst nicht hinter der Bar, sondern hältst bei meinen Clubbings alles im Blick. Oder du machst den Türsteher."

Nach kurzer Zeit war man sich einig. Daraufhin arbeitete Wolf Turan den Rest seines Studiums für Heinz Jochhofer, der sich mit seinen Veranstaltungen in Österreich noch einen großen Namen machen sollte. Besonders liebte er die Sommermonate, wo er für ihn in Kärnten tätig war. Er organisierte den Einlass im „Drop In" in Pörtschach und im GIG in Velden und war bald so berühmt wie Conny de Beauclair im Wiener U4. Dabei lernte er auch die Schickeria des Wörthersees kennen. Die wichtigen Entscheider aus Wirtschaft, Politik und Medien waren genauso darunter wie jede Menge Adabeis und Möchtegerns. Und dann gab es noch zahlreiche Groupies und It-Girls, die nur darauf warteten, gepflückt zu werden. Auch diese Ernte fuhr er gerne ein.

Außerdem sprang er einige Wochen nach den Ereignissen in seinem Lokal bei der Burschenschaft Germania ein. Der Mut der beiden Studenten, sich gegen eine Übermacht zu stellen, hatte ihn sehr beeindruckt. Es entsprach seiner Überzeugung, dass sich im Kampf des Lebens die Mutigen und Stärkeren durchsetzen würden. So hatte sich der Mensch aus einer schleimigen Urmasse heraus entwickelt. Und so würde er sich aus der Masse der durchschnittlichen Bevölkerung heraus entwickeln. Moralische Rücksichten und kirchliche Regeln der Nächstenliebe und Vergebung kamen ihm als Zeichen der Schwäche vor. Deshalb war ihm auch der Katholizismus seiner Mutter immer zu beengend gewesen. Seine Jahre im Internat des Bischöflichen Seminars hatten ihn endgültig den Respekt vor der Kirche verlieren lassen. Er empfand sich als Freigeist, dem alle Türen offenstanden, wenn er nur durchgehen wollte. Dieses Freiheitsprinzip und der elitäre Anspruch der Burschenschaft zogen ihn an. Die Begriffe Ehre und Vaterland nahm er dafür in Kauf, ohne davon angesprochen zu sein. Denn mit Nationalismus hatte er nichts am Hut. Um sich völkisch zu definieren, war er viel zu individualistisch oder auch egoistisch.

Dank seiner Größe und Körperkraft war er bald ein gefürchteter Fechter. Er hatte damals sein Zimmer im Studentenheim aufgegeben und war in das Germanenhaus gezogen, wo er regelmäßig auf dem Paukboden anzutreffen war. Er focht mehrere Mensuren und zog sich nur einmal vor einer Semesterabschlusskneipe einen kleinen Kratzer an der Wange zu, der mit nur zwei Stichen genäht werden musste.

Wenige Tage später stand er wieder einmal am Eingang des „Drop In" in Pörtschach. Zahlreiche Prominente, die er zum Teil schon länger kannte, wie Udo Jürgens oder Niki Lauda, waren schon eingetroffen und hatten mit ihm einige Worte gewechselt. Plötzlich fuhr eine dunkle Limousine vor. Er wollte den Fahrer sofort wegweisen, als bereits die hintere Türe aufging, und der Kärntner Landeshauptmann Haider aus dem Wagen sprang. Mit zügigen, federnden Schritten kam er auf ihn zu und streckte die Hand aus.

„Du bist wohl der berühmte Wolf", rief er ihm entgegen. „Ich bin der Jörg. Wie gehts? Ist die Party schon ordentlich im Gang?"

Dann sah er den Schnitt in seinem Gesicht und stutzte. „Nanu. Hat dir jemand ein Glas ins Gesicht geschlagen?" „Nein", entgegnete Turan, der natürlich wusste, dass Haider selbst bei der pennalen Verbindung Albia und der Burschenschaft Silvania in Wien Mitglied war, „ich habe bei meiner fünften Mensur meinen ersten kleinen Kratzer eingefangen. Aber dem anderen habe ich ein ordentliches Brett verpasst."

„Oh, du bist korporiert. Das wusste ich nicht. Wo denn?"

„Bei der Germania zu Graz."

Inzwischen hatte Heinz Jochhofer den prominenten Gast erreicht und verwickelte ihn gleich in ein angeregtes Gespräch. Die beiden ließen Turan stehen und gingen in den Club. Kurz vor Mitternacht fuhr die Limousine wieder vor, und gleich darauf kam Haider aus dem Lokal.

„Na, schon genug für heute?", fragte Turan.

„Nein, ich muss noch zum Feuerwehrfest in Moosburg. Da hört jetzt gleich die Live-Musik auf und ich habe den Burschen einen Drink versprochen. Apropos, wenn du einmal etwas brauchst, dann melde dich. Für gute Leute kann ich immer was tun."

Bei diesen Worten drückte er ihm eine Visitenkarte in die Hand.

Einige Monate später war Turan mit dem Studium fertig und wollte einen soliden Job mit guten Karrierechancen finden. Er war sich sicher, dass ihm irgendjemand aus seinem Promi-Netzwerk dabei helfen könnte. Und natürlich dachte er auch an das Angebot Haiders. Aber ob sich der noch erinnern würde? Kurz entschlossen suchte er die Karte Haiders heraus und rief ihn an. Wenig später begann er als Vorstandsassistent bei der Kelag in Klagenfurt. Später wechselte er zu den Grazer

Stadtwerken, wo er für die Integration zahlreicher Geschäftsfelder zuständig war und sich einen guten Namen machen konnte.

Seine Frau Lisa lernte er bei einer Veranstaltung der Burschenschaft Stiria in Graz kennen. Sie kam in Begleitung ihres Onkels Mario Ferrari-Brunnenfeld. Dieser hatte mit Haider schlechte Erfahrungen gemacht und warnte ihn davor, sich auf dessen Unterstützung zu verlassen. Doch das war ohnedies nicht Turans Absicht gewesen. Niemals würde er sich als Günstling behandeln lassen. Seine Überzeugung war, dass er sein Schicksal selbst bestimmen wollte. Und so nahm er auch sein Glück bei Lisa in die Hand. Sie war eine schöne Frau – damenhaft und elegant. Ihre aufrechte, stolze und aristokratische Haltung beeindruckte ihn. Gleichzeitig forderte ihn dies heraus. Er musste sie einfach erobern und unterwerfen.

Als sie jetzt auf ihn zuging, musste er an diesen Beginn denken. Und sofort stieg wieder dieses Verlangen in ihm auf, sie zu dominieren.

„Du bist schon da?", fragte sie erstaunt.

„Ja, unsere Klausur hat ein dramatisches Ende gefunden. Hornsteiner hat sich umgebracht."

Sie wurde blass und blieb abrupt einige Schritte vor ihm stehen. „Oh Gott, wieso das? Das kann doch nicht wahr sein!"

„Doch, der Idiot hat sich von der Terrasse gestürzt."

„Was hast du ihm angetan, dass er das getan hat?"

„Ich habe ihn reich gemacht! Doch er wollte sein Spielzeug behalten. Ich kann nicht glauben, dass er so sentimental ist – oder war."

„Du hast noch nie gewusst, was in jemandem vorgeht."

„Aber dafür weiß ich wenigstens, was ich will. Und mehr braucht es auch nicht. Wenn das jeder wüsste, wäre die Welt ganz anders."

„Das kann sein – sie wäre herzlos, brutal und egoistisch. So wie du!"

„Du lebst aber ganz gut davon …"

Wütend trat sie einen Schritt näher: „Du weißt genau, dass mir dein Geld nicht wichtig ist. Ich habe es nie gebraucht. Meine Erbschaft hätte schon ausgereicht."

„Deine Erbschaft, mein Geld – nichts davon hast du selbst geschaffen. Du lebst wie die reiche Prinzessin auf Kosten anderer. Aber du hältst große Vorträge über Verantwortung. Wer nicht einmal in eigenen Schuhen steht, sollte nicht so großkotzig reden."

Während er das sagte, beugte er sich vor, fasste sie am Handgelenk und zog sie zu sich her.

„Komm her, du stolzes Weib."

Mit einem Ruck setzte er sie auf sein rechtes Knie und fasste ihr an den Busen.

„Du könntest wenigstens deine ehelichen Pflichten erfüllen."

„Vergiss es", fauchte sie ihn an. „Erstens habe ich meine Tage, und zweitens mag ich deine Derbheiten nicht."

„Kein Problem, dann nehme ich deinen Arsch, oder du bläst mir einen", erwiderte er ungerührt.

„Du weißt, dass deine dreckigen Fantasien widerlich sind." Sie sprang auf und konnte sich seinem Griff entziehen.

Er öffnete seine Hose und sagte: „Komm her und machs mir!"

„Fick dich doch selbst, oder geh zu einer deiner Mätressen", rief sie ihm zu und stürzte aus dem Wohnraum.

„Scheiße", entfuhr es ihm. Aber nicht, weil ihm ihre Reaktion Kopfzerbrechen bereitete, sondern weil er nicht erreicht hatte, was er wollte.

Er machte seine Hose wieder zu, während er überlegte, welche seiner willigen Gespielinnen er für seine Bedürfnisbefriedigung jetzt anrufen könnte. Nach einem weiteren Glas Rum stand er auf, um nach Wien zu fahren.

Er hatte nicht die geringste Lust, sich mit irgendjemandem ernsthaft zu unterhalten. Er wollte einfach schnellen und unkomplizierten Sex, um seinen Ärger und die Anspannung des heutigen Tages abzubauen. Er fuhr daher auf direktem Weg in das Innenstadtetablissement Babylon. Dort hatte er sich immer gut unterhalten, und er schätzte das professionelle Angebot dieses Clubs.

Bei seiner Ankunft stellte er erleichtert fest, dass unter den wenigen Gästen, die bereits am Nachmittag anwesend waren, niemand war, den er kannte. Bei früheren Besuchen hatte er immer wieder Bekannte getroffen, die man sonst auf den Titelseiten der Zeitungen sieht. Ihm selbst war es nicht peinlich, in einem Edelpuff erkannt zu werden. Aber er hatte es mehrfach erlebt, dass ihm mühsame Geschichten aufgetischt wurden, warum der eine oder andere bloß ausnahmsweise oder zum ersten Mal aber sicher nie wieder hier war. Derartiges Gesülze hätte er heute sicher nicht ertragen. Er bestellte eine Flasche Rotwein und ein Steak – natürlich rare – und hatte gerade zu essen begonnen, als sich eine hübsche Brünette zu ihm gesellte.

„Darf ich mich zu dir setzen?"

„Klar, willst du ein Glas Wein und auch etwas essen?"

„Nur Wein. Essen macht mich nur träge - und vielleicht muss ich heute noch beweglich sein", antwortete sie.

„Das könnte schon sein", erwiderte er mit einem anzüglichen Lächeln. „Wie heißt du?"

„Aphrodite", war ihre Antwort.

„Oh Gott, habt ihr jetzt schon Künstlernamen?"

„Nein, es geht um Vertraulichkeit."

„Ok, ich bin Wolf. Ich heiße wirklich so. Mir ist die Geheimnistuerei egal."

„Klar, dich kennt ja sowieso jeder. Es würde nichts helfen, wenn du einen falschen Namen angibst."

„Ah, du kennst mich also?"

„Ja, erstens habe ich dich hier schon öfter gesehen, und zweitens lese ich auch Zeitungen."

„Und was machst du sonst?"

„Ich studiere Psychologie und schreibe gerade meine Abschlussarbeit über ‚Macht und Ohnmacht'."

„Na, da hast du hier ja eine gute Möglichkeit für deine Feldstudien über die Menschen. Und welche Rolle bevorzugst du – dominant oder devot?"

„Dominant – und deshalb solltest du jetzt sofort dein Essen stehen lassen und mit mir aufs Zimmer gehen." Mit diesen Worten stand sie auf und ließ ihn allein zurück.

Sofort war sein Jagdtrieb erweckt. Es würde sich schon zeigen, wer hier das Sagen hat. Er spülte den letzten Bissen mit einem großen Schluck Wein hinunter, schnappte die Flasche und das Glas und machte sich auf den Weg zu den Separees im Obergeschoss.

„Suite 10", raunte ihm der Concierge zu. Dort hatte Aphrodite bereits ihr Kleid ausgezogen und erwartete ihn in einem durchsichtigen, schwarzen Spitzenbody.

Langsam ging er auf sie zu, als sie sagte: „Geh dich duschen, du alter Schweinepriester, sonst muss ich dir den Hintern versohlen."

Mit einem Schritt war er direkt vor ihr. In einer raschen Bewegung riss er ihr den Body von oben nach unten vom Leib und stieß sie rücklings auf das große Bett. Dann packte er mit einer Hand ihre Knöchel und drehte sie mit einem Ruck auf den Bauch. Sie wollte sich befreien und versuchte zu strampeln. Doch er hielt sie wie in einem Schraubstock fest und öffnete sich die Hose. Er hob ihre Hüfte hoch und steckte ihr mit einem Stoß den Schwanz hinein. Sie schrie auf und wehrte sich vergeblich.

„Nicht so, das mag ich nicht!"

„Wer herrschen will, muss dienen können", antwortete er, während er sie anal penetrierte und ihr dabei heftig auf die Arschbacken schlug. Nachdem er sein Sperma in ihre Gedärme gespritzt hatte, verlor er rasch das Interesse an ihr. Er zog sich an, während sie wimmerte und ihn beschimpfte.

„Du bist eine perverse Sau! Du kannst doch nicht hierherkommen und mich einfach vergewaltigen."

„Mach doch jetzt nicht auf Prinzessin. In deinem Beruf ist Zickigsein ein bisschen unpassend. Das Leben ist kein Ponyhof." Er holte seine Brieftasche heraus und reichte ihr einen 100-Euro-Schein.

„Du musst unten zahlen, das müsstest du doch wissen."

„Ja, aber das ist für dich persönlich, damit du nicht nur Erfahrungen über Macht und Ohnmacht sammelst, sondern auch was davon hast."

„Du glaubst wohl, mit Geld kann man alles regeln."

„Selbstverständlich. Jeder hat seinen Preis. Wie ist deiner?"

„500 Euro mindestens – dafür, dass du mich vergewaltigt hast."

„Na bitte, sag ich es doch", antwortete er, und drückte ihr das geforderte Geld in die Hand.

„Ciao, machs gut", rief er ihr noch über die Schulter zu und verließ die Suite.

Im Erdgeschoss ging er direkt zur Kassa. Er hatte keine Lust mehr, länger zu bleiben und womöglich noch weiter mit ihr diskutieren zu müssen. Er gab dem Kassier seine Kreditkarte und zeichnete den Beleg ab, ohne einen Blick auf den Betrag zu werfen. Als er auf die Straße trat, war es schon dämmrig. Kurz dachte er daran, nach Hause zu fahren. Doch dann sah er den Stau auf der Ringstraße und disponierte um. Er zündete sich genussvoll eine Zigarre an und schlenderte Richtung Stephansplatz. In der Onyx-Bar würde er noch einen Drink nehmen. „Mal sehen, was das Leben noch so bringt", dachte er selbstzufrieden und ging in die Nacht.

Schein statt Sein

Georg Lippert klappte die in Leder gebundene Unterschriftenmappe zu und schob sie über den Tisch. Nach dieser Unterschrift sollte er eigentlich erleichtert und glücklich sein. Doch er war vielmehr hochgradig nervös und unentspannt. Er wollte gerade zu einem unverbindlichen Verlegenheitssatz anheben, als er unterbrochen wurde.

„So, damit hätten wir das also erledigt", sagte John Kendrick, der Chefsyndikus von Vodafone. „Sam O'Neil erwartet Sie dann also nächste Woche in London zu ihrem ersten Meeting."

Während er sprach, hatte er die Vertragsausfertigung für Lippert aus der Mappe gefischt und in eine Hülle gelegt. Er reichte sie über den Tisch, und Lippert fasste allen Mut zusammen, um einen letzten Versuch zu starten.

„Jetzt haben wir unterschrieben, und ich will nicht noch einmal alles aufschnüren. Aber ist es wirklich üblich, dass Vodafone-Manager nur Zweijahresverträge erhalten?"

„Ich will ganz offen sein", antwortete Kendrick.

Lippert war froh, dass er dieses akzentuierte und langsame Oxford-Englisch der britischen Elite sprach. So konnte er ihn gut verstehen. Andererseits vermittelten die Sprache und der ganze Habitus auch die Arroganz der Macht. Er kam sich vor wie der indische Vorarbeiter, dem der Kolonialherr Anweisungen erteilte - zwar in freundlichem Ton aber mit der Reitgerte in der Hand, die gerne auch zuschlug, um den Worten Nachdruck zu verleihen.

„Georg, natürlich ist das ungewöhnlich. Aber Sie verstehen auch die ungewöhnlichen Umstände. Wir kennen Sie nicht – noch nicht. Bisher haben wir nur mit Wolf verhandelt. Was wir von Ihnen wissen ist, dass Wolf Sie als seinen Stellvertreter ausgewählt hat. Das spricht für Sie. Jetzt ist Wolf raus, und Sie rücken auf. So einfach ist das."

„Aber nicht ganz. Wolf wäre in den Vodafone-Vorstand eingezogen. Ich soll bloß hier in Wien als Managing Director die Geschäfte leiten und berichte nicht einmal an den CEO, sondern an Sam O'Neil. Das ist ein ziemlicher Unterschied."

„Sam wird als COO die Integration von mobitronics leiten. Da ist es schon passend, dass Sie in seiner Berichtslinie stehen. Und wenn Sie ihn in den nächsten zwei Jahren überzeugen, dann brauchen Sie sich auch keine Sorgen machen. Aber wenn nicht …" Er ließ das Satzende offen. „Und noch eines: mobitronics ist für uns ein Lieferant wie viele andere. Sie mögen in Österreich eine große Nummer sein – fein. Aber auf unserem globalen Radar sind Sie nur ein kleiner Fisch. Wien ist eine schöne Stadt – aber eher ein Museum alter Größe als eine moderne Weltstadt mit Bedeutung. Wenn Sie weiterhin ein großer Fisch in einem kleinen Teich hätten bleiben wollen, dann hätten sie nicht zu uns kommen sollen."

„Bin ich auch nicht …", entfuhr es Lippert.

„Nein, das war Wolf Turan. Da haben Sie Recht. Er hatte zwar einen ziemlichen Weitblick. Allerdings mit großen moralischen Defiziten, wie wir jetzt wissen. Aber wenn Sie auch aussteigen wollen, dann können wir auch ihren MD-Vertrag gleich wieder zerreißen und durch einen Aufhebungsvertrag ersetzen. Ist es das, was Sie wollen?"

Jetzt hatte die Gerte des Masters ordentlich zugeschlagen. Lippert verstand sofort, dass es jetzt um seinen Kopf ging. Instinktiv wusste er, was zu tun war. Es ging jetzt um Unterwerfung. Der Vasall musste Loyalität bekennen. „John, ich danke Ihnen für ihre offenen Worte. Es ist für mich eine große Ehre, für so ein bedeutendes Unternehmen wie

Vodafone arbeiten zu dürfen. Ich werde Sie sicher nicht enttäuschen. Sie werden sehen …"

„Schon gut. Ja, wir werden sehen! Aber noch eines zur Erinnerung: Wenn die wahren Umstände über Turans Abgang bekannt werden, dann haben Sie ein echtes Problem. Ist das klar?"

„Yes, Sir!"

Während der letzten Worte war Kendrick vom Besprechungstisch aufgestanden und Richtung Türe gegangen. Lippert folgte ihm und zeigte auf den Zeitungsstapel, der auf einem Regal lag.

„Das haben wir im Griff. Unsere Botschaft ist gut durchgekommen – sehen Sie her."

Er nahm die oberste Zeitung, blätterte den Wirtschaftsteil auf und begann vorzulesen:

„Knalleffekt bei mobitronics – Nach dem Tod des Technik-Chefs von mobitronics vor einigen Tagen gab Wolf Turan gestern bekannt, dass er sich vollkommen aus dem Unternehmen zurückziehen werde. ‚Ich habe das Unternehmen gemeinsam mit Gerhard Hornsteiner aufgebaut. Nach einer überraschenden Krankheitsdiagnose hat er den Freitod gewählt. Ich bin davon tief betroffen. Daher habe ich mich entschieden, alle meine Anteile an Vodafone zu verkaufen und mich mit sofortiger Wirkung zurückzuziehen' gab Turan gestern in einer Presseaussendung bekannt. Ein Sprecher von Vodafone bestätigte die Übernahme. Über den Kaufpreis wurden keine Angaben gemacht. Georg Lippert, der langjährige Vertriebschef, soll die Geschäftsleitung übernehmen."

„Ja, das ist gut. Es wird zwar einige überraschen, dass Turan so feinfühlig ist. Aber damit haben wir eine plausible Erklärung. Kein Mensch wird auf die Idee kommen, dass da noch was anderes dahintersteckt. Sie müssen aber bedenken, dass mindestens eine Person weiß, was da abgelaufen ist – nämlich der anonyme Anzeiger."

„Haben Sie einen Hinweis, wer das war?", fragte Lippert mit trockenem Mund.

„Es ist wohl klar, dass es jemand gewesen ist, der von unserem Deal wusste. Sonst hätte er sich nicht an unseren Compliance-Officer wenden können. Und demjenigen war auch bekannt, dass Turan regelmäßig mit der Firmenkreditkarte seine Privatvergnügen bezahlte. Das schränkt den Personenkreis sehr ein – es muss jemand aus dem Management-Team gewesen sein."

„Das kann ich mir nicht vorstellen, aber vielleicht Hornsteiner bevor er sich umbrachte", entgegnete Lippert.

„Nein, sicher nicht. Das anonyme Mail kam erst, nachdem Hornsteiner schon tot war. Außerdem musste derjenige wissen, dass sich derartige Rechnungen in der Buchhaltung finden, und dass es sich dabei um ein strafbares Verhalten handelt."

„Das macht den Kreis wieder größer. Unsere Buchhaltung ist nicht so klein. Aber wieso strafbares Verhalten? Was hat Wolf denn getan?"

„Um Gottes Willen, Wien liegt ja wirklich am Balkan! Auch Turan hatte nicht einen Funken von Problembewusstsein, als wir ihn mit der Sache konfrontierten. Durch die Übernahmeverhandlungen bekamen wir in unserem Data-Room Einblick in die Buchhaltung von mobitronics. Wir haben nach dem Hinweis die Reisespesen und die Bewirtungskosten von Turan gecheckt. Dabei haben wir unzählige Rechnungen gefunden - in Summe weit über 5.000 Euro -, die reine Privatausgaben waren. Wir haben Turan dazu befragt, und er hat nur gemeint, dass wir nicht so kleinlich sein sollen. Er dachte, es stört uns, dass er regelmäßig in Nobelbordelle gegangen ist."

„Aber ist das nicht das Problem gewesen?"

„Nein, uns ist es ganz egal, was jemand in seiner Freizeit macht. Aber derjenige, der die Kosten auf die Firma abwälzt, begeht Untreue. Wir sind keine Moralapostel, sondern Kaufleute. Und wir lassen uns nicht in die Kassa greifen!"

„Aber die Firma hat doch Wolf gehört."

„Wenn er seine Hurereien aus dem versteuerten Einkommen oder seinen Gewinnanteilen bezahlt hätte, wäre es durchaus in Ordnung gewesen. Aber so hat er sich strafbar gemacht. Mit einem Strafrahmen von bis zu drei Jahren Freiheitsstrafe. Als er das verstanden hatte, war er gerne bereit, sofort auszuscheiden. Und es bleibt ihm ja noch immer ein ordentlicher Verkaufserlös."

„So jetzt muss ich wirklich aufbrechen, sonst verpasse ich den Rückflug nach London."

„Unser Chauffeur bringt Sie zum Flughafen. Er wartet bereits in der Lobby auf Sie."

„Ach ja, das sollten Sie auch überdenken. Sam O'Neil hält wenig von Privilegien. Und in Ihrem Vertrag steht auch nichts von einem Vorstandsfahrer. Wir haben Ihre Kosten schon gebenchmarkt. Es scheint so, dass wir hier noch einigen Speck auslassen können. Aber das wissen Sie ja sicher selbst. Gutes Gelingen!"

Ohne Händedruck drehte sich Kendrick um und verließ das Büro. Georg Lippert stand auch noch wie ein begossener Pudel mitten im Raum, als nach einer Weile die Sekretärin hereinkam.

„Herr Lippert, das Chef-Büro ist jetzt für Sie fertig. Die Kisten von Herrn Turan sind abtransportiert, und Sie können jetzt einziehen. Wir werden Ihre Unterlagen gleich hinüberbringen."

„Ja, danke. Ich gehe schon mal rüber. Aber lassen Sie mir ein bisschen Zeit zum Eingewöhnen. Und bitte keine Anrufe oder Besucher in der nächsten Stunde", erwiderte Lippert.

Er betrat das ehemalige Büro von Wolf Turan mit gemischten Gefühlen. Jahrelang hatte er davon geträumt, Geschäftsführer oder Vorstand einer Firma zu werden und damit den Olymp der Geschäftswelt zu erklimmen. Jetzt, wo er das erreicht hatte, kam aber keine Freude oder zumindest Zufriedenheit auf. Denn er wusste, dass er sich diesen Erfolg erschlichen hatte. Im Normalfall – also ohne seinen Verrat an Turan – wäre es nie dazu gekommen.

Kurz ließ er sich in den großen Ledersessel fallen und strich mit der Hand über die Mahagoniplatte des leeren Schreibtisches. Er wippte zurück und wollte die Beine lässig auf den Tisch legen. Doch irgendwie war ihm der Sessel zu schwer, um eine eindrucksvolle Pose einnehmen zu können. Die Wände starrten ihn seltsam an, da Turans Bilder fehlten. Hier würde er rasch Abhilfe schaffen müssen. Auch die Besprechungsgarnitur mit den beiden Sofas würde er tauschen müssen, um sich darin nicht verloren zu fühlen. Kühles, sachliches Design in sparsamen, eher fragilen Formen passte besser zu ihm als der opulente Gutsherrenstil von Turan.

Er trat auf die Terrasse hinaus und blickte über Wien. Immer schon hatte er diesen Ausblick geliebt. Wenn sie in der Vergangenheit auf dieser Terrasse geschäftliche Erfolge begossen hatten, war es stets sein sehnlichster Wunsch gewesen, auch einmal ein Büro wie dieses zu haben. Vom Beginn seiner beruflichen Karriere an hatte er genau beobachtet, welche Insignien den Status der Macht verleihen. Das begann bei den teuren Anzügen und Schuhen, setzte sich fort bei den Accessoires wie Uhren, Krawatten, exquisiten Schreibgeräten und ähnlichem. Ganz besonders wichtig waren auch das Firmenauto und eben die Größe und Ausstattung des Büros. Selbst als er noch wenig verdiente, investierte er beträchtliche Summen in diese Fassade. Dafür sparte er beim Wohnen und Essen, denn ‚Kleider machen Leute' war seine Devise. Einladungen in die eigene Wohnung konnte man leicht vermeiden.

Trotzdem hatte er immer dieses nagende, unterschwellige Gefühl, in zu großen Schuhen zu stehen. Er fürchtete, man könnte hinter dem Schein sein wahres Sein erkennen. Sein ganzes Leben begleitete ihn die Angst, seine Schwäche und Unzulänglichkeit könnte entdeckt werden. Seine größte Sorge war, zu den Wichtigen und Erfolgreichen nicht dazuzugehören, sondern einen anonymen Platz in der Masse der Bedeutungslosen zu haben.

Er dachte an seine Eltern: Sie waren einfache Leute gewesen. Der Vater arbeitete bei der Post. Die Mutter war Sekretärin bei einer Mieterberatungsstelle. Als überzeugte SPÖ-Mitglieder wohnten sie natürlich in einem Gemeindebau. Doch während die Eltern ihren geringen Wohlstand mit der Bescheidenheit und dem Stolz des Proletariats genossen, wollte er diese Enge möglichst rasch hinter sich lassen.

In der Schule gehörte er zu den Kleinen, die beim Sport und beim Antreten in der Stirnreihe nie zu Gruppenführern bestimmt und immer sehr spät gewählt wurden. Auch seine Lernleistungen waren eher durchschnittlich. Er entdeckte allerdings rasch das Universalmittel, mit dem man sich Anerkennung erwerben konnte – Geld. Er hatte zwar selbst nur ein winziges Taschengeld zur Verfügung, aber er hatte seinem Großvater eine Silbermünzensammlung entwendet und diese schrittweise verkauft. Mit dem Erlös lud er die Rädelsführer in der Klasse gelegentlich auf ein Eis ein, besorgte ihnen die fehlenden Sammelkarten für die Fußball-WM-Alben und sponserte später Kino- oder Disco-Eintritte. Als der Großvater eines Tages die Münzen vermisste, wurde sehr rasch die Pflegehelferin zur Schuldigen erklärt, und er geriet nicht einmal in Verdacht.

Schwindeln und Tricksen gehörte seit damals fest zu seinem Repertoire. In der Schulklasse reichte es, um dazuzugehören. Er schwindelte sich durch die Prüfungen und schaffte damit immerhin die Matura. Doch das Dazugehören hatte auch seinen Preis. In der 7. Klasse musste er gemeinsam mit seinen Schulkameraden zur Musterung für das Bundesheer. Beim Intelligenztest schnitt er nicht besonders gut ab. Auch seine körperlichen Werte waren nicht berauschend. Er war zwar tauglich, aber nur mit durchschnittlichen Werten. Doch am Abend des ersten Stellungstages kehrte er mit seinen Kollegen noch im Prater im Schweizerhaus ein. Während einige Biere getrunken wurden, ergab ein Wort das andere.

„Also für mich ist die Sache ganz klar", sagte Franz Bundschuh, der Klassensprecher und Top-Sportler der ganzen Runde. „Ich werde gleich im Herbst nach der Matura einrücken. Ich werde mich für ein Jahr freiwillig melden und die Offiziersausbildung machen!"

Zwei weitere stimmten zu. „Klar doch. Wer so wie wir zur Elite gehört, kann gar nicht anders entscheiden. Selbstverständlich machen wir das EF-Jahr und werden Offiziere."

Lippert spürte die Panik in sich aufsteigen. Er hatte schon genug über die Offiziersausbildung gehört, um zu wissen, dass sie über seine Leistungsgrenzen gehen würde. Doch wie sollte er sich dem Gruppendruck entziehen, ohne als Drückeberger dazustehen?

Also versuchte er es mit grundsätzlichen Argumenten: „Was soll denn unser Bundesheer ausrichten, wenn es zu einem Krieg kommt? Da stehen sich die NATO und der Warschauer Pakt hochgerüstet gegenüber, und dazwischen ist unser Mickey-Maus-Bundesheer komplett sinnlos. Ich sehe nicht viel Sinn, dafür ein Jahr zu verschwenden."

„So geht das aber nicht", widersprach Bundschuh sofort. „Wir haben im Geschichtsunterricht immer wieder darüber diskutiert, warum keiner etwas gegen Hitler gemacht hat. Und warum sich Österreich 1938 widerstandslos annektieren ließ. Jetzt haben wir Frühjahr 1982. Und wenn du jetzt den Parolen der Friedensbewegung auf den Leim gehst, dann bist du genauso ein Verräter. ‚Lieber rot als tot' ist keine Option für mich! Was bist denn du für ein Patriot?"

Lippert bewunderte Bundschuh für seine Überzeugung. Doch irgendwie musste er argumentieren, warum er nicht EF machen wollte. Unmöglich konnte er eingestehen, dass er einfach Angst vor der Härte der Ausbildung hatte. Er war sich sicher, dass er die körperlichen Strapazen und den psychischen Druck nicht aushalten würde. Seine eigene Schwäche war aber kein überzeugendes Argument in dieser Runde der Sportskanonen. Also versuchte er es mit politischen Motiven.

„Der NATO-Doppelbeschluss zur Aufstellung der Pershing II ist doch keine Lösung. Das Gleichgewicht des Schreckens ist ein falsches Konzept. ‚Fighting for peace is like fucking for virginity.' Dieser Slogan ist für mich überzeugender als ‚Lieber rot statt tot'. Schon unter Carter haben wir gesehen, dass militärische Aktionen keine Lösung sind – ich sage nur Geiselbefreiung in Teheran. Wenn jetzt Reagan glaubt, dass man die Sowjets niederrüsten kann, dann hat er nichts aus der Geschichte gelernt. Das hat gar nichts mit mangelndem Patriotismus zu tun. Das ist einfach eine logische Einschätzung. Mehr Waffen bedeuten eben auch mehr Gefahr, dass sie eingesetzt werden. Und ich bin nicht scharf darauf, in Euroshima zu leben."

„Na klar, Schwerter zu Pflugscharen", ätzte Bundschuh. „Mir sind die Amis und die Russen auch völlig wurscht. Wir sind ja neutral. Aber wenn die verrücktspielen, dann findet der 3. Weltkrieg genau bei uns statt. Mir geht es daher um uns. Denn was ist, wenn der WAPA bei uns einmarschiert wie in Ungarn oder in der Tschechoslowakei? Haben dir deine Sozi-Eltern beigebracht, dass man die Revolution dann freudig bei uns begrüßen soll? Ich werde das nicht machen. Da kämpfe ich lieber bis zur letzten Patrone um unsere Unabhängigkeit – wie die Texaner im Fort Alamo."

„Sei kein Arsch und lass meine Eltern da raus. Die haben damit gar nichts zu tun. Ich finde einfach, dass die Argumente der Friedensbewegung gar nicht so blöd sind."

„Mann, dann kannst du dich ja morgen zur Gewissensprüfung melden und den Zivildienst beantragen, du Feigling!" Intuitiv hatte Bundschuh den springenden Punkt getroffen.

„Franz, das ist tief. Natürlich gehe ich nicht zum Zivildienst. Aber warum soll ich deshalb gleich Offizier werden", versuchte Lippert einen Ausweg.

„Ganz einfach. Ich halte es da vielmehr mit JFK. ‚Frage nicht, was dein Land für dich tun kann – frage dich, was du für dein Land tun kannst.' Davon bin ich überzeugt. Und wenn wir nächstes Jahr die Matura machen, dann haben wir die Möglichkeit, EF zu machen. Und wer nur ein bisschen Stolz in sich hat, wird das auch tun. Egal was wir später einmal sein werden, wir gehören zur Elite Österreichs. Und da ist es nur recht und billig, auch Offizier zu sein. So sehe ich das, und eigentlich ist es mir auch ziemlich wurscht, was du machst."

Damit war alles gesagt. Trotzdem wiederholte sich diese Art von Gesprächen bis zur Matura noch oft. Und am Ende konnte Lippert sein Gesicht nur wahren, indem er sich auch zur Offiziersausbildung meldete. Am 3. Oktober 1983 rückte er beim Landwehrstammregiment 21 in der Maria-Theresien-Kaserne ein. Wie es der Zufall wollte, kamen alle Klassenkameraden, die sich auch zu EF gemeldet hatten, in andere Kasernen. Die meisten in die Carl-Kaserne zum Landwehrstammregiment 22.

Die Ausbildung hatte an einem Montag begonnen, und er hatte erwartet, dass er am Abend nach Hause gehen würde. Doch da hatte er sich getäuscht. Nicht getäuscht hatte er sich jedoch mit der Vorstellung, dass er rasch an seine Grenzen kommen würde. Bereits am zweiten Tag gab es ein morgendliches Basistraining. Der EF-Zug bestand aus fast hundert Wehrmännern. In einem großen Block wurde durch den Schönbrunner Schlosspark gelaufen. Das Tempo war enorm. Rund um die jungen Soldaten kreiste ein Schwarm von Ausbildern, die ständig darauf achteten, dass keiner langsamer wird und aus der Reihe austritt.

Wie bellende Hunde kläfften sie ihre Kommandos. Doch das war kein Ansporn, sondern Psychoterror. Sie wurden als Schwächlinge beschimpft, und es wurde ihnen ständig zugerufen, dass Schlappschwänze niemals Offiziere werden könnten.

Als man dann zum Abschluss die Serpentinen vom Schloss zur Gloriette hinaufjagte, löste sich die Formation trotz der Kettenhunde auf. Einige – und unter ihnen auch Lippert – konnten das Tempo nicht mithalten und rissen ab. Jetzt waren sie ein gefundenes Fressen für die Ausbildner. Bei der zweiten Kehre scherte Lippert aus und kotzte in den Rasen. Er dachte, damit hätte er es hinter sich. Doch jetzt bekam er eine Einzelbehandlung durch einen baumlangen, schlaksigen Zugsführer.

„Hat wer was von stehenbleiben gesagt, du Memme? Wenn du nicht laufen kannst, dann kannst du aber immer noch Liegestütz machen. Also, fall um auf 20."

Lippert verstand ihn nicht, in seinen Ohren dröhnte es nur, so sehr rauschte der Puls in seinem Kopf.

„Okay, ich machs dir vor", schrie der Ausbilder und nahm die Ausgangsstellung für Liegestütze ein. „Und jetzt du – hier Stellung – und los geht's. Eins, zwei, …!"

Der Zugsführer hatte seine Stellung so gewählt, dass Lippert seine Liegestütze genau über seiner Kotzepizza machen musste.

„Tiefer runter. Und keine Ehestandsbewegungen, sondern straff wie ein Brett. So wie ich."

Jedes Mal, wenn Lippert runterging, hatte er sein unverdautes, säuerliches Frühstück genau vor der Nase. Nach dem zwanzigsten Liegestütz war es noch nicht vorbei.

„So, Freund der Blasmusik, jetzt gehts heim in die Kaserne. Auf, und weiterlaufen, genau neben mir. Und wenn du nochmal kotzen musst, dann ohne Stehenbleiben. Das geht auch im Laufen."

Als er mit Verspätung in die Unterkunft zurückkam, waren seine Stubenkameraden schon fast umgezogen.

„Lippert, gib Gas", empfing ihn der Zimmerkommandant. „In ein paar Minuten müssen wir austreten."

Das 10-Bett-Zimmer war mit den fünf Stockbetten, den Spinden und dem Tisch samt Hockern in der Mitte ziemlich eng. Er hatte erwartet, dass auch seine Kameraden vom Basistraining erschöpft sein würden. Doch während er sich so rasch es ging aus der Sportkleidung in die Uniform umzog, hörte er die Gespräche der anderen mit.

„Ja, so habe ich mir das vorgestellt – hart und fordernd!" Das war der Tenor unter seinen Stubenkameraden. Hier würde er niemanden finden, der es seinetwegen ein bisschen langsamer angehen würde. Der Schweißgeruch im Raum passte gut zum Testosteronpegel der jungen Löwen.

Er hatte die Feldbluse noch nicht zugeknöpft, als bereits die Trillerpfeife ertönte und der Zimmerkommandant die Türe aufriss, um die Befehle entgegenzunehmen.

„Fertigmachen zum Austreten in einer Minute", schallte es über den Gang. In der Eile hatte er die Knöpfe in der falschen Reihenfolge geschlossen, und als der Befehl „Raustreten auf den Gang" erklang, war er noch nicht angezogen. Sofort war er von seinem Gruppenkommandanten, einem jungen, schneidigen Unteroffizier, entdeckt.

„Sie brauchen also eine Extraeinladung zum Anziehen, oder? Wie heißen Sie?"

„Lippert, Herr Wachtmeister."

„Fummeln Sie nicht an der Bluse herum, wenn ich mit Ihnen spreche", war die unwirsche Antwort. „Ihren Namen werde ich mir merken. Sie sind wohl ein besonderer Spezialist – beim Laufen abreißen und dann auch noch brodeln. Ich sehe Sie schon bei der Nachschulung!"

Dann ging es im Laufschritt über den Kasernenhof in den Speisesaal, wo die Begrüßung durch den Regimentskommandanten erfolgte. Nach der Meldung durch den Kompaniekommandanten, Hauptmann Arzberger, trat der Kommandant an das Rednerpult.

„Mein Name ist Oberst Fürst und ich bin Ihr Regimentskommandant. Sie werden mich während des Jahres kaum sehen, denn Ihre Ausbildung liegt in den bewährten Händen von Hauptmann Arzberger und dem Kader der Ausbildungskompanie. Aber ich gebe Ihnen jetzt ein paar Grundgedanken und Leitlinien mit, die Sie beachten sollten, wenn Sie wirklich Offizier werden wollen:

‚Männer machen Geschichte, und wir machen hier Männer.' Das ist unser Verständnis für das EF-Jahr. Was bedeutet das? Sie waren bis jetzt in der Schule und haben im Hotel Mama gelebt. Sie sind noch grün hinter den Ohren und ganz sicher keine Männer. Wir haben also eine große Aufgabe vor uns. Daher werden wir Sie zuerst einmal auseinandernehmen und dann stückweise wieder neu zusammensetzen. Wir werden Sie schmieden wie ein Stück Eisen, damit Sie hart wie Stahl und eine Waffe für unser Österreich werden. Das ist wie eine Metamorphose: heute sind Sie noch Maden, weich und biegsam – und hässlich. Während unserer Ausbildung werden Sie sich einen Panzer zulegen, damit Sie alle Entbehrungen und Schmerzen ertragen können. Je früher Sie dieses Puppenstadium erreichen, umso besser für sie. Sie fragen sich warum? Weil wir hier für den Einsatz ausbilden. Wenn dieser verdammte dritte Weltkrieg losgeht, dann werden wir am Ende alle tot sein. Doch je mehr wir davor ertragen können, desto länger stehen wir zwischen unseren Feinden und unseren Familien und Mitbürgern, die wir schützen. Daher bilden wir hier Gefechtsschweine aus und keine Kasinooffiziere, die wie Pfaue ihre goldenen Sterne tragen. Nur wer selbst leiden kann, hat das Recht, von seinen Untergebenen Opfer zu verlangen.

Der Chef des Generalstabes im 1. Weltkrieg, Franz Conrad von Hötzendorf, beschrieb das so: ‚Der Inhalt steht über der Form, der Geist über der Materie – das Erziehen über dem Abrichten, die Überzeugung über dem Zwang, das feldmäßige Können über parademäßigem Drill.'

Wenn Sie diese Lektion gelernt haben, dann wird Ihr Puppenkokon aufplatzen, und Sie werden uns als Offiziere verlassen – neugeboren wie der Schmetterling, elegant und strahlend. Und ein leuchtendes Vorbild für Ihre Mannschaften werden Sie sein. Und wenn Sie das nicht schaffen, dann haben Sie kein Recht, ein Offizier zu werden. Ich freue mich schon heute auf jene Elite, die in einem Jahr noch da sein wird und mit mir auf den Erfolg dieser Metamorphose anstoßen wird.

Es lebe das Österreichische Bundesheer! Es lebe das Offizierskorps! Es lebe unsere Heimat, die Republik Österreich!"

Georg Lippert war von der Ansprache schwer beeindruckt. Er bewunderte den Oberst für seine Geradlinigkeit. Trotz des Pathos der Worte klang jeder Satz authentisch. Er spürte in sich das Verlangen, von diesem Menschen anerkannt zu werden. Wie gerne würde er in einem Jahr mit ihm anstoßen. Doch gleichzeitig musste er sich eingestehen, dass er diesen Leitlinien niemals entsprechen würde. Alle Hoffnungen und Beschwichtigungen, die er sich während des vergangenen Jahres für sich selbst zurechtgelegt hatte, fielen schlagartig von ihm ab. Und alle Zweifel und Befürchtungen fanden ihre endgültige Bestätigung. Er würde niemals Offizier werden. Umso früher er zu dieser Erkenntnis stand, desto weniger Schmerzen würde er erleiden müssen.

Noch am selben Tag bat er den Gruppenkommandanten um einen Rapport beim Kompaniekommandanten. Und am dritten Tag des EF-Jahres erklärte er sein freiwilliges Ausscheiden. Sofort wurde er in eine andere Kompanie versetzt und absolvierte eine normale Grundausbildung – gemeinsam mit einem Querschnitt durch die österreichische Bevölkerung. Die meisten hatten gerade eine Lehre abgeschlossen und waren es seit Jahren gewohnt, folgsam am untersten Ende der Hierarchie zu dienen. Den meisten war auch schwere körperliche Arbeit nicht fremd. Und damit war er sofort wieder ein Außenseiter – für die Elite war er nicht stark genug und für die Proleten war er ein Schnösel und Weichei.

Einer aus seiner Ausbildungsgruppe nahm ihn jedoch unter seine Fittiche – August Köster, der schöne Gustl. Er hatte in Ottakring in einem Espresso eine Kellnerlehre absolviert und war ein typischer Wiener Strizzi. Als Georg Danzer zehn Jahre später seine Ballade vom Vorstadtcasanova veröffentlichte, war sich Lippert sicher, dass August Köster das Vorbild dafür war. Gustl wusste aus gut geübter Praxis, dass man mit Schmäh oft weiter kommt als mit harter Arbeit. Anders als Hötzendorf stellte er die Form über den Inhalt und fand darin in Lippert einen lernwilligen Schüler. Auch er kannte die Einsatzmöglichkeiten des Universalschmiermittels Geld. Zusätzlich eröffnete er Lippert den Einstieg in die Welt der leistungssteigernden Substanzen. Körperliche Schwäche und muskuläre Unansehnlichkeit ließen sich durch die Einnahme von Anabolika rasch beheben. Selbstzweifel und Stimmungsschwankungen waren mit Kokain wie weggeblasen.

Oberst Fürst verfolgte das Ausbildungsziel, die Offiziersanwärter bewusst an und über ihre Grenzen zu führen, um ihnen neue Ressourcen zu erschließen. Es ging ihm darum, durch äußere Reize innere Kräfte freizusetzen. Er war davon beseelt, dass Führungskräfte, die existentielle Entscheidungen treffen müssen, ein solides Fundament in ihrem Inneren brauchen. Dieses ließ sich dadurch errichten, dass immer neue Herausforderungen überwunden wurden und damit die Gewissheit der eigenen Stärke wuchs. Dieser Rosskur entzog sich Lippert.

Stattdessen folgte er dem bereits in der Schulzeit eingeschlagenen Weg des geringsten Widerstands. Er überwand seine innere Schwäche nicht, sondern baute sich mit Kösters Hilfe und dem Einsatz von verbotenen Substanzen ein Außen-Skelett auf. Die körperlichen Belastungen beim Basistraining und den Gefechtsdiensten brachten ihm gemeinsam mit der Einnahme der anabolen Steroide einen raschen Muskelaufbau, der seine körperliche Attraktivität deutlich erhöhte. Warum Falco vom ‚Schnee, auf dem wir alle talwärts fahren' sang, wo das Kokain sein Selbstbewusstsein doch so nach oben pushte, war im schleierhaft. Mit den Anabolika hörte er nach dem Bundesheer wieder auf. Doch dem Kokain blieb er treu. Denn in seiner späteren Karriere im Vertrieb war die Aufgedrehtheit ein wesentlicher Erfolgsfaktor.

Seinen Mentor Gustl Köster verlor er nach der Grundausbildung rasch aus den Augen. Seine Mutter konnte nämlich über Kontakte in ihrer SPÖ-Bezirksgruppe ein bisschen Protektion für ihn herausschlagen. Damit wurde er zu den Kraftfahrern versetzt. Nach der Fahrschule kam er als Kraftfahrer B zur katholischen Militärseelsorge. Seine Hauptaufgabe bestand nun darin, den Militärsuperior zum Lebenskundeunterricht bei den Grundwehrdienern und zu verschiedenen Festakten zu chauffieren.

Kurz vor Weihnachten wurde er dem Militärdekan zugeteilt, der am Stiftungsfest der Theresianischen Militärakademie in Wiener Neustadt teilnehmen sollte. Der Militärbischof würde den ökumenischen Gottesdienst in der St. Georgs-Kathedrale persönlich zelebrieren. Aber bei der Kranzniederlegung zu Ehren Maria Theresias in der Kapuzinergruft sollte ihn der Militärdekan vertreten.

Seit Tagen hatte es Minusgrade. Von der Albertina wehte ein kräftiger und kalter Wind auf den Neuen Markt, wo er mit seinem Wagen auf den Dekan wartete. Durch die angelaufenen Scheiben sah er die Gardesoldaten, die vor der Kapuzinergruft Spalier standen. Er bedauerte sie und war zugleich froh, dass er den Außendienst jetzt hinter sich hatte. Er war seinen Gedanken nachgegangen und hatte nicht bemerkt, dass sich der Dekan bereits dem Wagen näherte. Als sich die hintere, rechte Türe öffnete, zuckte er zusammen, da es seine Pflicht war, dem Dekan die Türe aufzumachen. Sofort sprang er aus dem Wagen und prallte mit dem Dekan zusammen, der gerade die linke Hintertüre öffnete.

„Wehrmann Lippert, Sie sind wohl eingeschlafen. Los, helfen Sie dem Herrn Korpskommandanten. Aber ein bisschen plötzlich!"

Er lief um den Wagen, doch der hohe Offizier war bereits eingestiegen und hatte die Wagentüre schon wieder geschlossen. Als er auf der Fahrerseite zurück war, hatte auch der Militärdekan seinen Platz auf der Rückbank eingenommen.

„Entschuldigung, die Scheiben sind angelaufen. Ich hatte Sie nicht kommen sehen", versuchte Lippert eine Erklärung.

Mit sonorer Stimme antwortete der General: „Schon gut, wischen Sie die Scheiben jetzt ab und bringen Sie uns zur MilAk. So wichtig ist das auch wieder nicht."

Lippert ließ erleichtert den Motor an und setzte den Wagen in Bewegung. Er war froh, dass er den Weg kannte und daher nicht nochmals die Aufmerksamkeit auf sich ziehen musste. Stattdessen beobachtete er den Korpskommandanten im Rückspiegel und spitzte die Ohren, um die Unterhaltung seiner Fahrgäste mitzuhören.

„Was verschafft mir die Ehre? Ist ihr Wagen defekt?", hörte er den Dekan fragen.

„Nein, mein Fahrer fährt allein, damit er mich am Abend zurückbringen kann. Ich wollte aber die Zeit nutzen, um mit Ihnen persönlich über Glaubensfragen zu sprechen."

„Als Kommandant der Landesverteidigungsakademie steht Ihnen dafür doch jederzeit unser Personal in der Stiftskirche zur Verfügung. Aber natürlich bin ich gerne für ein Gespräch bereit."

„Ja, klar. Aber mir geht es weniger um persönliche Seelsorge als um einen Gedankenaustausch zur Klärung. Für mich als gläubigen Katholiken hat dabei die Meinung der Kirche einen hohen Stellenwert."

Lippert war erstaunt, als er den sorgenvollen Gesichtsausdruck des Generals im Spiegel sah.

„Wissen sie was REFORGER bedeutet?", fuhr er fort.

„Ja, das sind jährliche NATO-Manöver in Europa", entgegnete der Militärdekan.

„Genau. Reforger steht für 'Return of Forces to Germany'. Seit 1969 wird dort das Zusammenspiel der NATO-Kräfte auf deutschem Boden geübt. Heuer im September fand die diesjährige Übung mit über 60.000 Soldaten statt. Doch diesmal ist alles etwas anders. Seit die Sowjets in Afghanistan einmarschiert sind und ihre SS-20 Raketen im Westen aufgestellt haben, droht dieser Krieg heiß zu werden. Und heuer eskaliert irgendwie auch die Diplomatie. Seit Reagan die UdSSR im März als Reich des Bösen bezeichnete und das SDI-Programm startete, glauben beide Seiten, dass der jeweils andere einen Nuklearerstschlag vorbereitet. Als die Amis nach Reforger im Oktober ihre Invasion in Grenada starteten, waren sich die Russen sicher, dass das nur ein Ablenkmanöver für einen bevorstehenden Angriff darstellt. Und jetzt kommt erst der Hammer! Mein deutscher Counterpart an der Führungsakademie in Hamburg hat mir erzählt, dass im November eine geheime NATO-Kommandostabsübung unter dem Decknamen ‚Able Archer' stattgefunden hat. Genau zu dieser Zeit hat unser Heeres-Nachrichtendienst über die Königswarte aufgeklärt, dass der Warschauer Pakt seine Truppen in der DDR und im Baltikum in Alarmbereitschaft versetzt hat. Außerdem waren die Atombomber in der CSSR und in Polen jederzeit startbereit. In unserem Gespräch wurde uns klar, dass die Sowjets ‚Able Archer' für einen Angriffsplan gehalten haben. Und dann hat er mir noch erzählt, dass im September während der Reforger-Übung die sowjetische Satellitenüberwachung den Start mehrerer US-Interkontinentalraketen gemeldet hatte. Warum der diensthabende Offizier nicht sofort den totalen nuklearen Gegenschlag eingeleitet hat, ist aber nicht bekannt."

„Um Gottes Willen. Das bedeutet ja …"

„Ja, das bedeutet, dass wir seit September – also in den letzten drei Monaten – mindestens zweimal unmittelbar vor der Auslöschung der gesamten menschlichen Zivilisation gestanden sind", beendete der Korpskommandant den Satz des Militärdekans. „Und Ende November hat der Deutsche Bundestag der Aufstellung der Pershing-Raketen gemäß NATO-Doppelbeschluss zugestimmt. Dieser Tage beginnt diese Aufstellung tatsächlich, was für weitere Missverständnisse natürlich Tür und Tor öffnet."

Lippert musste sofort an die Diskussionen mit seinen Klassenkollegen zurückdenken, in denen er die Argumente der Friedensbewegung verwendet hatte. Angesichts der Ausführungen des Generals klangen sie ausgesprochen vernünftig. Wenn das Gleichgewicht des Schreckens von einer Minute auf die andere durch ein Missgeschick zu einer gemeinsamen Höllenfahrt werden kann, dann schien ihm der Nutzen der Waffen sehr gering. Umso überraschter war er, als er die folgenden Worte des LVAk-Kommandanten vernahm.

„Nach dieser Einleitung komme ich jetzt zu meiner eigentlichen Frage. Sie kennen ja wohl die Initiative ‚Generale für den Frieden', der sich einige hohe NATO-Offiziere angeschlossen haben. Ich persönlich halte das für eine nachrichtendienstliche Operation des KGB zur Destabilisierung des Wehrwillens im Westen. Aber andererseits ist es doch die Pflicht des Soldaten, den Frieden zu schützen und die Gewalt erst als ‚ultima ratio' anzuwenden. Wenn der gute Wille jedoch durch kleinste Missverständnisse bereits zur bösen Tat werden kann, wie soll sich dann in einer solchen Situation ein Christ verhalten? Im Alten Testament heißt es ‚Auge um Auge, Zahn um Zahn'. Das ist ja gewissermaßen auch die Logik des Gleichgewichts des Schreckens. Im Gegensatz dazu sagt Jesus Christus im Neuen Testament ‚Wenn dich jemand auf die linke Backe schlägt, dann halte ihm auch die rechte hin'. Wer diese Haltung als Soldat konsequent durchhält, spricht aber geradezu eine Einladung an jeden Aggressor aus. Deshalb würde mich interessieren, wie Sie als Militärseelsorger das sehen und welche Hinweise es zu dieser Frage konkret in der Bibel gibt."

„Ja, das ist wirklich eine gute Frage", antwortete der Militärdekan. „Natürlich stellt sich die Frage, ob ein Christ überhaupt Soldat sein darf, ohne damit seine Nachfolge Christi zu verwirken. Im Lukasevangelium gibt Johannes der Täufer darauf einen Hinweis. Als Rufer in der Wüste fordert er von den Menschen ‚Kehrt um und ändert euren Sinn'. Er lädt sie zur Taufe im Jordan ein, um sie auf den kommenden Messias vorzubereiten. Da erscheinen Soldaten und fragen ihn: ‚Was sollen denn wir tun? Und er sagte zu ihnen: Misshandelt niemand, erpresst niemand, begnügt euch mit eurem Sold!' Also er fordert sie nicht auf, ihre Uniform auszuziehen und die Waffen wegzuwerfen. Sie sollen bloß ihre Macht nicht zum Eigennutz einsetzen."

„Das ist ja eigentlich ein interessantes Plädoyer für die Wehrpflicht", fiel ihm der General ins Wort, „Soldaten aus dem Volk und für das Volk würden wohl nicht marodieren und plündern, wie es Söldner immer wieder getan haben."

„Ja, das ist ein wichtiger Gesichtspunkt. Und es bringt auch zum Ausdruck, dass Soldaten jene schützen, die es nicht selbst können. Und zwar als Antwort auf eine Aggression. Das Gebot, niemanden zu misshandeln oder zu erpressen, untersagt den offensiven Einsatz von Gewalt. Es ist wie in unserem modernen Völkerrecht, das Gewalt und Krieg als politisches Instrument verbietet. Aber als Reaktion auf einen Rechtsbruch kann angemessene Gewalt eine legitime Antwort sein. Daraus wird klar, dass, wenn sich jeder an die Übereinkunft hält, dass Krieg untersagt ist, automatisch ewiger Friede herrscht. Und doch müssen wir feststellen, dass Krieg noch immer eine Realität ist", fuhr er fort. „Auch dafür können wir in der Bibel einen Erklärungsansatz finden. Paulus schreibt an die Bewohner von Ephesus, dass sie eine Waffenrüstung anlegen sollen, um sich für den Kampf bereit zu machen. Er nimmt die übliche Rüstung eines römischen Legionärs, um zu charakterisieren, welche Tugenden nötig sind, um zum Sieg zu gelangen: ‚Legt die Rüstung Gottes an, damit ihr am Tag des Unheils standhalten, alles vollbringen und den Kampf bestehen könnt. Seid also standhaft: Gürtet euch mit Wahrheit, zieht als Panzer die Gerechtigkeit an und als Schuhe die Bereitschaft, für das Evangelium vom Frieden zu kämpfen. Vor allem greift zum Schild des Glaubens! Mit ihm könnt ihr alle feurigen Geschosse des Bösen auslöschen. Nehmt den Helm des Heils und das Schwert des Geistes, das ist das Wort Gottes.'

Aber entscheidend ist der Hinweis am Beginn dieser Stelle. Diese lautet: ‚Zieht die Rüstung Gottes an, damit ihr den listigen Anschlägen des Teufels widerstehen könnt. Denn wir haben nicht gegen Menschen aus Fleisch und Blut zu kämpfen, sondern gegen die Fürsten und Gewalten, gegen die Beherrscher dieser finsteren Welt, gegen die bösen Geister des himmlischen Bereichs.' Es geht also nicht um einen Kampf zwischen Menschen. Es geht um einen Kampf gegen das Böse überhaupt. Wie es auch an anderer Stelle beschrieben wird, geht es um einen Kampf im Himmel, wo Michael mit dem Drachen um das Heil der Menschheit kämpft. Die Menschen sind daher das Schlachtfeld. In ihrem Inneren entscheidet sich, ob der Drache oder das Heil siegt."

Der General unterbrach ihn unwirsch: „Aber machen Sie es sich nicht ein bisschen einfach, wenn Sie alle Probleme dem Teufel in die Schuhe schieben? Das ist genau dieselbe Schwarz-Weiß-Malerei wie sie Reagan mit seinem Sager vom ‚Reich des Bösen' getan hat. Wir sind die Guten und die anderen sind die Bösen."

„Na ja, so kann das klingen. Aber so ist es nicht gemeint. Die Fragestellung ist viel weitergehend. Denn der Ausgangspunkt ist ja die Feststellung, dass es einen Himmel gibt. Und in diesem gibt es widerstrebende Mächte – das Gute und das Böse. Es ist ja die zentrale Botschaft des Christentums, dass der Logos auf der Erde als Mensch aus Fleisch und Blut erschienen ist. Und genauso könnte auch der Antichrist als

Mensch erscheinen – so steht es jedenfalls in der Apokalypse, also der Offenbarung des Johannes. Die Herausforderung des Menschen besteht demnach darin, sich aus freiem Willen der einen oder der anderen Strömung anzuschließen. Doch wie können wir uns diesen Heerscharen anschließen, wenn wir nicht glauben oder wissen, ob es eine himmlische also geistige Welt überhaupt gibt?

Sehen Sie, wenn der Kommunismus Religion als Opium für das Volk bezeichnet und die Existenz jeglicher Übersinnlichkeit ignoriert, dann reduziert er den Menschen auf seine biologische oder materielle Basis. Er streicht das Geistige und auch das Seelische aus seinem Verständnis des Menschen. Damit braucht man ihm dann auch keine Freiheit gewähren, denn Freiheit ist die Basis des Geistigen. Der Mensch wird zu einem reinen Bedürfniswesen degradiert, was ja biologisch auch stimmt. Aber das ist eben nur ein Teil der Wahrheit. Der Kampf der Ideologien, den wir jetzt im Kalten Krieg erleben, ist also auch ein Kampf um unser Bild vom Menschen. Totalitäre Diktaturen reduzieren den Menschen eindimensional auf seine physische Dimension – da unterscheidet sich der Kommunismus gar nicht sehr vom Faschismus. Die Verleugnung des Geistes nimmt dem Menschen nicht nur seine Freiheit, sondern auch seine Würde als Geschöpf Gottes. Es besteht sogar die Gefahr, den einzelnen nur als Teil des Volkes oder einer Klasse zu sehen und ihm seine Individualität abzusprechen. Dann haben wir es sogar mit einem null-dimensionalen Menschenbild zu tun. So gesehen ist die Sowjetunion tatsächlich ein ‚Reich des Bösen'."

„Und meinen Sie, dass der Westen daher das ‚Reich des Guten' ist?", fragte der General.

Der Militärdekan lachte laut. „Das wäre schön, wenn es so einfach wäre! Natürlich betonen wir in unserer westlichen Welt die Rechte des Individuums. Auch die soziale Verantwortung wird herausgestrichen. Wir haben eine klare Vorstellung, dass der Mensch auch eine psychische Komponente hat. Wir verstehen den Menschen in seiner Leib-Seele-

Dualität als genetisch disponiert und durch Bildung und Sozialisation lernfähig. Das könnten wir im Unterschied zum Kommunismus als zweidimensionales Menschenbild beschreiben. Aber als individuelles, spirituelles Wesen sehen wir ihn auch nicht an. Sollte der westliche Kapitalismus einmal im Kampf der Systeme alleine überbleiben, dann werden wir erst sehen, was das bedeutet. Ich wage für diesen Fall schon heute die Prognose, dass wir dann ganz neue Probleme bekommen werden. Ich könnte mir eine ‚Brot-und-Spiele-Kultur' wie im alten Rom vorstellen. Die Dominanz der Wirtschaft wird sich auf viele Gesellschaftsbereiche auswirken. Menschen werden dann vermutlich in zwei Kategorien gesehen werden – als Arbeitskraft und als Konsument. Konzerne werden expandieren und ihren Einfluss auf Regierungen und Parlamente ausüben. Anwendungsorientierte Ausbildung statt Allgemeinbildung wird im Vordergrund stehen. Eine Spaltung der Gesellschaft in einen kleinen Teil, der besitzt und Einfluss ausüben kann, und einen großen Teil, der arbeitet oder mit staatlichen Almosen alimentiert wird, könnte dabei bevorstehen. Es droht eine Gefahr, die man Verhaustierlichung des Menschen nennen könnte. Längerfristig könnte so ein Szenario auch für die Demokratie gefährlich werden. Also ich bin nicht sicher, ob das dann wirklich das ‚Reich des Guten' sein wird."

„Sie sind ja ein schrecklicher Pessimist", entfuhr es dem General.

„Sie kennen doch sicher diesen Witz: ‚Der Optimist meint, dass wir in der besten aller möglichen Welten leben. Der Pessimist befürchtet, dass der Optimist Recht hat.' So gesehen bin ich schon ein Pessimist" antwortete der Geistliche schmunzelnd. „Aber sehen Sie. Die größten Denkfehler entstehen immer dort, wo man meint, sich nur zwischen zwei Alternativen entscheiden zu können. Kommunismus oder Kapitalismus ist die falsche Frage. Und auf eine falsche Frage gibt es keine richtige Antwort. Daher ist die zentrale Frage, wie ein Sozialsystem gestaltet sein muss, damit es den Menschen in allen Dimensionen fördert und nicht behindert. Wenn der Mensch der Maßstab ist, dann muss man sich erst darauf verständigen, was der Mensch ist. Für mich ist klar, dass der Mensch ein Bürger zweier Welten ist – er lebt körperlich auf der Erde, aber sein Ursprung und wahrscheinlich auch sein Ziel liegt im Geistigen. Seine Seele ist das Bindeglied der beiden Welten. Aufgabe der Religion ist es, den Menschen empfänglich für die Impulse aus der geistigen Welt zu machen. Wir müssen unsere Empfänger – wie bei einem Radio – richtig einstellen, damit wir wieder das Wort Gottes hören lernen. Wenn wir aber die Existenz Gottes grundsätzlich verneinen, dann gibt es keine Notwendigkeit, an unseren Organen zu arbeiten, da wir ja keine Nachricht erwarten. Dann schalten wir das Radio praktisch aus. Und niemand – auch nicht die Kirche – kann jemanden zwingen, wieder aufzudrehen. Das ist der freie Wille. Daher kann es auch keine Gesellschaftsform geben, die auf Unfreiheit und Bevormundung basiert und gleichzeitig das Spirituelle im Menschen anerkennt. Da bin ich also gleichzeitig Utopist und Realist. Der Utopist kann sich eine Welt vorstellen, in der der Einzelne als Herr unter Herren, als König unter Königen lebt. Der Realist weiß aber, dass es immer auch Menschen geben wird, die ihr Königtum noch nicht gefunden haben. Darum habe ich ja auch vorhin gesagt, dass der Kampf zwischen Gut und Böse nicht zwischen Menschen ausgetragen wird. Er findet in uns selbst statt. Unsere Seele ist das Schlachtfeld, auf dem wir unser Königtum erstreiten. Psychologisch gesprochen projizieren wir aber diesen inneren Konflikt nach außen und sehen uns von Feinden umgeben."

„Homo homini lupus", murmelte der Kommandant düster. „Hat Thomas Hobbes deshalb vom Krieg aller gegen alle gesprochen?"

„Absolut richtig. Der Mensch hat sich immer über seine Familie, Sippe oder Volk definiert. Das schwächt sich ab und wird durch soziale Klassen, Parteien oder Ideologien ersetzt. Aber auch diese Sichtweise wird immer mehr an Bedeutung verlieren. Der Individualismus wird immer stärker werden. Das ist eine Voraussetzung für das Königtum, das ich gemeint habe. Wenn der Individualismus aber nicht mit Spiritualität und damit mit Ethik und Moral unterfüttert ist, dann wird er zum blanken Egoismus, der zwangsläufig zum Krieg aller gegen alle führt."

„Ich hatte gehofft, dass Sie mir tröstende Worte spenden, mit denen ich die eskalierenden Ereignisse, die wir gerade erleben, besser ertragen kann. Stattdessen zeichnen Sie mir aber ein noch dunkleres Zukunftsbild. Ich bin mir nicht sicher, ob mir diese Seelsorge wirklich guttut." Der General war deutlich erschüttert.

„Herr General, was ich am Militär am meisten schätze, ist seine Fähigkeit, eine Lage objektiv zu beurteilen. Ich habe oft gehört, dass man einem Feind kein Verhalten unterstellen soll, das einem selbst passt, aber aus der Feindsicht unlogisch ist. Daher habe ich es gewagt, Ihnen ganz im Vertrauen meine Gedanken mitzuteilen. Natürlich haben Sie recht, wenn Sie auch eine positive Perspektive einfordern. Und die kann ich Ihnen schon auch geben: Erstens dürfen wir froh sein, dass wir der Spezies Mensch angehören. Erst unser freier Wille macht uns zur Krönung der Schöpfung. Die himmlischen Hierarchien stehen so nahe zu Gottes Angesicht, dass sie gar nicht falsch handeln können. Und die Natur unterliegt auf der anderen Seite zwanghaft den Naturgesetzen. Der Mensch steht frei dazwischen und kann jederzeit einen neuen Weg einschlagen. Das wirft einen zweiten Gedanken auf. Nämlich die Frage, wie wir lernen. Vereinfacht gesagt passiert das auf zwei Arten: Wir lernen durch Erkenntnis oder durch Leid. Und wenn Sie jetzt meinen, dass meine Ansichten ein düsteres Bild der Zukunft malen, dann stimmt das nur, wenn wir den Lernweg über das Leid einschlagen."

„Doch selbst, wenn ich es schaffe, durch Einsicht das Richtige zu tun, wird mich das Leid der vielen, die nicht erkennen, nicht ganz unberührt lassen. Wenn ein Wahnsinniger wie Hitler einen Weltkrieg lostritt, dann treffen die Folgen immer auch alle anderen." Dem General fiel es noch immer schwer, positive Perspektiven in den Ausführungen des Kirchenmannes zu entdecken.

„Das liegt daran, dass die Freiheit, die uns so viel bedeutet, eine Gegenseite hat: nämlich die Verantwortung. Wir können nur so viel Freiheit für uns in Anspruch nehmen, wie wir bereit sind, für ihre Folgen die Verantwortung zu tragen. Oft wollen wir für unser kleines Leben nur die Früchte der Freiheit. Dabei geht es um Freiheit von Schmerz, Angst, Armut, Bevormundung – also von irgendwelchen Einschränkungen. Hinter dieser Befreiung steht aber die größere Freiheit – die Freiheit wofür. Und diese erlangen wir nur, wenn wir für dieses ‚Wofür' auch die Verantwortung übernehmen. Unser Befreien von etwas kann bei anderen großen Schaden anrichten. Erst wenn uns bewusst wird, dass unser Tun und Lassen auf alle anderen Menschen Einfluss hat, beginnen wir wirklich Verantwortung zu übernehmen. Es ist doch bezeichnend, dass viele Astronauten, die unsere Erde von außen betrachten konnten, übereinstimmend berichten, dass sie Demut und Gnade empfanden. Und sie spürten eine heilige Gewissheit, dass wir als Menschen alle im selben Boot sitzen. Es ist diese höhere Perspektive, die uns über den Tellerrand unseres Alltags blicken lässt. Im Alltag gelebtes Christentum kann jedem diese Perspektive bieten."

„Es hat doch schon im Alten Testament die Geschichte gegeben, wo Abraham mit Gott über die Zukunft von Sodom verhandelt", glaubte sich der General zu erinnern. „Hätte er nicht nur zehn Gerechte finden müssen, um die Zerstörung der Stadt abzuwenden? Würden wir heute zehn Gerechte auf unserem Planeten finden, um den Feuersturm des Nuklearkrieges zu vermeiden? Und was sind überhaupt Gerechte, die unseren Untergang verhindern können?"

„Das Evangelium erzählt uns vom Leben und Wirken Jesu. Und es fordert uns zur Nachfolge auf. Denn nur durch Christus kommen wir zum Gottvater. Doch wie kann dieser Weg verlaufen? Ich gebe Ihnen ein naturwissenschaftliches Beispiel: Inzwischen halten es viele Wissenschafter für möglich, dass es ein Leben außerhalb der Erde gibt. Deshalb haben sie technische Apparate entwickelt, um mit solchen Lebensformen in Kontakt und Kommunikation zu kommen. Es wurden Raumsonden wie Pioneer und Voyager gebaut, die auf ihren Forschungsflügen auch das Sonnensystem verlassen werden. Falls sie von intelligenten Daseinsformen je einmal entdeckt werden, sind sie mit Plaketten und Datenträgern ausgestattet, die Informationen über die Erde und die Menschen enthalten. Außerdem haben wir Menschen im SETI-Programm riesige Teleskope gebaut, die systematisch den Himmel nach verschiedensten Frequenzen abhören, um außerirdische Lebensformen nachzuweisen. Bisher waren diese Versuche erfolglos. Worauf ich aber hinaus möchte, ist folgendes: Man muss etwas für möglich halten, um sein Interesse darauf zu richten. Dieses für-möglich-Halten kann man auch Glaube nennen. Er ist also die Grundlage, ohne die gar nichts geht. Ohne diesen Glauben würde niemand Millionen in riesige technische Anlagen investieren. Später erwartet man sich dann konkrete Hinweise. Diese Hinweise oder Botschaften würden uns Einblicke in das extraterrestrische Leben bieten. Das heißt, dass der zweite Schritt die Erkenntnis ist. Und was würde mit dieser Erkenntnis geschehen? Die Daten würden publiziert und diskutiert werden. Mit anderen Worten ist der dritte Schritt die Verkündigung. Es gibt also einen logischen Dreischritt: Glaube – Erkenntnis – Verkündigung. Die Gerechten sind jene, die auf diesem Weg voranschreiten."

„Sie verwenden die Naturwissenschaft als Beleg dafür, dass der Weg zu Gott beim Glauben beginnt? Ist das nicht ein bisschen gewagt?", warf der General ein.

„So, wie Sie es jetzt verkürzen, schon", gestand der Dekan ein. „Aber ich wollte Ihnen am Beispiel der Suche nach extraterrestrischem Leben das Prinzip des Dreischrittes nahebringen. Ich habe diese Abfolge nämlich entdeckt, als ich mich mit der Rolle der Soldaten in der Bibel beschäftigt habe. Und das passt gut zu Ihrer Einstiegsfrage am Beginn unserer Fahrt."

„Na, da bin ich jetzt aber gespannt."

„Die Bibel ist ein vielschichtiges Buch. Sie ist gewoben wie ein Teppich. Damit bietet sie der Forschung immer neue Ansatzpunkte. So habe ich mich damit beschäftigt, in welchen Situationen Soldaten vorkommen. Das ist eigentlich keine Selbstverständlichkeit, denn die römischen Soldaten waren ja Besetzer in Palästina. Sie standen damit in einem Gegensatz zum auserwählten Volk der Israeliten. Und trotzdem haben sie in einigen Momenten ganz wichtige Funktionen erfüllt. Daraus können wir jedenfalls schon einmal schließen, dass die christliche Heilslehre jedem offensteht – egal welchem Volk oder Stand man angehört.

In drei Szenen spielt jeweils ein römischer Hauptmann eine wichtige Rolle. Bemerkenswert ist dabei, dass bereits die zweite Wundertat Jesu einen solchen Zusammenhang aufweist. Der Hauptmann aus Kafarnaum bittet Jesus um Hilfe für seinen Diener, der schwer erkrankt ist. Er wagt es nicht, Jesus in sein Haus zu bitten, da er sich nicht würdig dafür erachtet. Doch ist er fest überzeugt, dass schon ein Wort die Heilung bringen würde. Er kennt seine eigene Befehlsgewalt und weiß, dass jeder seiner Befehle ausgeführt werden würde. Und so vertraut er in die Befehlsgewalt Christi. Dieser ist von seiner Überzeugung beeindruckt und sagt: ‚Einen solchen Glauben habe ich in Israel noch bei niemand gefunden. Und zum Hauptmann sagte Jesus: Geh! Es soll geschehen, wie du geglaubt hast. Und in derselben Stunde wurde der Diener gesund.' Wir sehen hier also den Glauben als das Fundament beschrieben.

Die zweite Szene spielt bei der Kreuzigung auf Golgatha. Jesus haucht am Kreuz hängend sein Leben aus. Die Sonne verdunkelt sich, die Erde bebt und der Vorhang im Tempel zerreißt. Bei Markus lesen wir: ‚Als der Hauptmann, der Jesus gegenüberstand, ihn auf diese Weise sterben sah, sagte er: Wahrhaftig, dieser Mensch war Gottes Sohn.' Angesichts der Dramatik der Ereignisse fuhr die Erkenntnis der Gottessohnesschaft wie ein Blitz in den Hauptmann. Er ist damit der erste Bezeuger der Göttlichkeit Jesu. Heute gehen wir davon aus, dass dieser Hauptmann Longinus war, der Jesus die Lanze in die Seite stach, um seinen Tod festzustellen. Diese Heilige Lanze soll erhalten sein und ist seit dem frühen Mittelalter Teil der Reichskleinodien des Heiligen Römischen Reiches Deutscher Nation. Sie können sie heute noch in der Schatzkammer der Wiener Hofburg besichtigen, und es ranken sich zahlreiche Legenden um sie. Longinus selbst soll später getauft worden sein. Man nimmt an, dass er dereinst in Caesarea als Märtyrer starb.

Der dritte Hauptmann hieß Cornelius und war Centurio in der Italischen Kohorte in Caesarea Maritima. Er war also sicher Nichtjude und aus der Sicht der Juden also ein Heide. Von ihm wird in der Apostelgeschichte erzählt, dass ihm ein Engel erschien, der ihm auftrug, den Apostel Petrus zu sich einzuladen. Petrus wäre der Einladung in das Haus eines Unreinen sicher nicht gefolgt, hätte er nicht fast gleichzeitig ebenfalls eine Vision erlebt, die ihn sehr verwirrte. Die Vision endete damit, dass eine Stimme ihm sagte: ‚Was Gott für rein erklärt, nenne du nicht unrein!' Petrus suchte daraufhin tatsächlich Cornelius auf und erkennt: ‚Wahrhaftig, jetzt begreife ich, dass Gott nicht auf die Person sieht, sondern dass ihm in jedem Volk willkommen ist, wer ihn fürchtet und tut, was Recht ist.' Und er erzählt den Anwesenden in einer Kurzfassung aus dem Leben Jesu und über seine Auferstehung. Er beschreibt die Aufgabe der Apostel, damit meint er nur jene, die den Auferstandenen gesehen und mit ihm gegessen haben, folgendermaßen: ‚Er hat uns geboten, dem Volk zu verkündigen und zu bezeugen: Das ist der von Gott eingesetzte Richter der Lebenden und der Toten. Von ihm bezeugen alle Propheten, dass jeder, der an ihn glaubt, durch seinen Namen die Vergebung der Sünden empfängt.' Und während er glaubt, dass diese Pflicht und auch das Recht der Verkündigung einigen Wenigen vorbehalten ist, geschieht das Bemerkenswerte: ‚Es kam der Heilige Geist auf alle herab, die das Wort hörten. Die gläubig gewordenen Juden, die mit Petrus gekommen waren, konnten es nicht fassen, dass auch auf die Heiden die Gabe des Heiligen Geistes ausgegossen wurde.' Cornelius wurde danach selbst zum Verkünder und Bischof von Caesarea. Er starb den Märtyrertod und noch heute feiern wir am 20. Oktober seinen Gedenktag. Denn er war der erste, der den Heiligen Geist empfing, ohne getauft zu sein.

Sehen Sie, Herr General, es werden anhand von drei Hauptleuten drei Anforderungen an den Gerechten formuliert – der Glaube, das Erkennen und das Verkündigen. Ich halte es keineswegs für einen Zufall, dass diese Motive am Beispiel von Offizieren dargestellt werden. Denn einerseits macht es klar, dass die Nachfolge Christi nicht ein Privileg einiger Zeitzeugen oder von Angehörigen eines Volkes ist. Nein, für jeden steht dieser Weg offen. Und zweitens hat sich häufig gezeigt, dass das Verkünden der Auferstehungsbotschaft recht rasch zum Märtyrertod führt. Wenn wir heute an der Militärakademie das Stiftungsfest feiern, werden wir auf der Standarte den Schriftzug ‚Treu bis in den Tod' lesen. Diese Treue ist eine Tugend des Soldaten. Aber sie ist auch eine Tugend jedes Menschen, der über den Glauben zu einer festen Überzeugung und Gewissheit kommt und sich für diese auch mit allen Kräften einsetzt. Wer seine Fahne in den Wind hängt und einmal dies und einmal jenes nachplappert, was ihm ein Meinungsbildner oder Propagandist gerade ins Ohr flüstert, der ist von diesem Anspruch noch weit entfernt. Und doch bin ich überzeugt, dass es ausreichend Gerechte unter uns gibt, die sich diesen Maximen verpflichtet fühlen. Sonst hätten wir wohl auch diesen Herbst 1983 nicht überlebt."

Sie hatten inzwischen die Burg in Wr. Neustadt erreicht, und Lippert hielt den Dienstwagen vor dem Eingang zur Militärakademie. Die beiden Fahrgäste warteten nicht darauf, dass ihnen der Fahrer die Türe öffnete, sondern eilten im einsetzenden Schneefall zur Torwache. Lippert hätte gerne gehört, welche Antwort der General auf die abschließenden Ausführungen des Dekans gibt. So blieb ihm aber jetzt reichlich Zeit, das Gehörte selbst zu bedenken. Immer wieder kreisten seine Gedanken um die offensichtlich akute Gefahr eines Atomkrieges zwischen Ost und West. Er konnte in den Ausführungen des Geistlichen keinen Trost finden. Angesichts der Möglichkeit, von einem Moment zum anderen in einem Atomblitz zu verglühen, kamen ihm die Worte der Bibel abstrakt und leer vor. Was könnte er schon beitragen, dieses Schicksal zu beeinflussen? Er war sich sicher, dass es auf ihn dabei nicht ankam. Er hatte für sich erkannt, dass er als Offizier nicht geeignet war. Und offensichtlich zählte er auch nicht zu den Gerechten, auf die es eventuell ankam. Was ihm also blieb, war die Erkenntnis, dass sein Leben ganz rasch zu Ende sein könnte. Und in dieser verbleibenden Zeit wollte er es in vollen Zügen genießen, anstatt sich mit gottgefälliger Moral den Spaß verderben zu lassen.

Auf der Rückfahrt nach Wien am frühen Abend kam der Militärdekan nochmals auf das Vormittagsgespräch zurück: „Wehrmann Lippert, Sie haben heute Dinge gehört, die Sie nicht hätten hören sollen. Alles, was der General über den Ost-West-Konflikt gesagt hat, ist selbstverständlich geheim. Ich erwarte, dass kein Wort davon durch Sie weitererzählt wird. Niemandem – nicht Ihren Kameraden, nicht Ihrer Freundin, nicht Ihren Eltern – einfach niemandem! Ist Ihnen das klar?"

„Jawohl, Herr Militärdekan", lautete seine knappe, militärische Antwort.

„Und noch was, Lippert", fuhr der Militärseelsorger fort. „Wenn Sie das, was ich heute gesagt habe, nicht verstanden haben, dann können wir darüber gerne jederzeit weiterreden. Aber eine kleine Zusammenfassung möchte ich Ihnen gleich geben. Sie könnte Ihnen in Ihrem Leben vielleicht nützlich sein: Unsere Gedanken prägen unsere Gefühle; die Gefühle steuern unsere Taten; aus Taten werden Gewohnheiten; aus Gewohnheiten wird unser Charakter; und unser Charakter formt unser Schicksal. Also seien Sie vorsichtig mit Ihren Gedanken. Denn sie werden Ihnen in Ihrem Leben wieder begegnen."

„Ah, ja. Danke, Herr Militärdekan", sagte Lippert verständnislos. Und nachdem auch der Dekan keine weiteren Äußerungen mehr tätigte, blieb der Rest der Heimfahrt schweigsam.

Seit dem Grundwehrdienst waren inzwischen über dreißig Jahre vergangen. Lippert hatte danach einen Außendienst-Job für Breitling-Uhren angenommen. Er betreute exklusive Juweliere und Uhrenhändler, die diese Produkte in ihrem Sortiment führten. Seine Liebe zu Luxusgütern war dafür eine hervorragende Basis. Als in den 90er-Jahren das Zeitalter der Mobiltelefonie begann, wechselte er als Leiter Channel Sales zu Nokia. Das Unternehmen hatte schwierige Zeiten hinter sich und erfand sich in dieser neuen Sparte gerade komplett neu. Es war noch nicht absehbar, ob daraus eine unglaubliche Erfolgsgeschichte werden würde – zumindest für einige Jahre. Lippert bewies dabei einen guten Riecher. Er akzeptierte ein vergleichsweise geringes Grundgehalt, das allerdings mit hohen erfolgsabhängigen Boni gekoppelt war. Die Folge war, dass er jahrelang so viel verdiente, wie er niemals für möglich gehalten hatte. Und noch ehe der Goldrausch zu Ende ging, und Nokia die Smartphone-Entwicklung verschlief, lotste ihn ein Headhunter als Vertriebschef zu mobitronics. In seinen Berufsstationen war er immer zur rechten Zeit am rechten Ort. Es bedurfte keiner besonderen Anstrengungen oder Leistungen, Produkte, die jeder haben wollte und die auch noch hohe Margen abwarfen, auf den Markt zu bringen.

Sein Privatleben verlief jedoch weniger erfolgreich. Noch während seiner Zeit bei Breitling lernte er die Tochter eines sehr erfolgreichen Wiener Innenstadtjuweliers kennen. Sehr rasch wurde geheiratet. Doch erst nach der Hochzeit erkannte sie, dass sein unbeschwerter Charme vor allem dem Kokain geschuldet war, das er reichlich konsumierte. Als sie schwanger wurde, stellte sie ihm ein Ultimatum: „Entweder du hörst mit dem Koks auf, oder ich bin weg."

Es brachte es fertig, sie zu beschwichtigen und sich seinem Drogenkonsum heimlich hinzugeben. Doch bald nach der Geburt ihrer Tochter Franziska überraschte sie ihn im Bad, als er sich gerade wieder einmal eine Straße zubereitete. Als er am nächsten Tag aus der Arbeit heimkam, war sie weg. Sie blieb auch konsequent bei ihrer Entscheidung. Genauso rasch, wie geheiratet worden war, waren sie auch wieder geschieden. Er musste sich verpflichten, keinen Kontakt zur Tochter zu pflegen. Diese Zusage fiel ihm sogar leicht, da ihm die Verantwortung für ein Kind ohnedies zu mühsam erschien. Nur vordergründig kämpfte er dagegen an und konnte damit erreichen, dass er mit äußerst geringen fixen Unterhaltskosten aus dem Scheidungsverfahren herauskam.

Aus dieser kurzen Episode zog er die Lehre, keine weitere Ehe anzustreben. Stattdessen ging er regelmäßig Beziehungen mit jungen, vorzugsweise blonden Sternchen aus der Musical- oder Model-Szene ein, die er mit seinem zunehmenden Wohlstand und dem oberflächlichen Party-Leben beeindruckte. Während er inzwischen bereits seinen fünfzigsten Geburtstag gefeiert hatte, waren die Mädels niemals älter als dreißig – egal ob sie Ilona, Katja, Moni, Laura, Angelika oder wie auch immer hießen.

Er überlegte gerade, wohin er seine aktuelle Blondie, Sarah, am Abend ausführen würde. Die Unterschrift unter seinen Geschäftsführervertrag musste jedenfalls entsprechend gefeiert werden. Noch ehe er eine Entscheidung für den einen oder anderen Nobel-Italiener getroffen hatte, wurde er aus seinen Gedanken gerissen, da sich die Bürotür öffnete und Petra Wende hereinkam.

„Hallo Petra, wie gehts?"

„Du bist also schon eingezogen. Du konntest es wohl kaum erwarten", war ihre knappe Antwort.

„Na ja, ich muss hier noch einiges umstellen und auch Möbel kommen lassen, die besser zu mir passen. In Wolfs Lederstühlen komme ich mir ein bisschen klein vor", gab er zu.

„Du solltest dir vielleicht überlegen, ob du nicht überhaupt für Wolfs Job zu klein bist. Das scheint mir wichtiger als die Möbel", sagte sie mit spöttischem Unterton.

„Wie bitte?", entgegnete er tonlos.

„Du hast mich schon richtig verstanden. Ich jedenfalls bin der Meinung, dass du nicht das Format hast, um diese Aufgaben, die jetzt auf uns zukommen, zu stemmen. Ich habe mich gestern lange mit Wolf unterhalten. Und wir sind beide zum Schluss gekommen, dass du weder fachlich noch charakterlich für die MD-Position geeignet bist."

Damit hatte er nicht gerechnet. Er hatte mit Petra Wende immer kollegial und gut zusammengearbeitet. Sie war zwar bekannt dafür, klare Worte zu finden. Aber dass sie ihm nun so ungeschminkt ihre Meinung an den Kopf warf, überraschte ihn völlig. Es blieb ihm aber kaum Zeit, sich zu sammeln, denn sie setzte ohne Zögern fort.

„Es ist ja völlig klar, dass irgendwer aus dem engsten Kreis Wolf bei Vodafone angezündet hat. Ich war es nicht. Manuel ist ein Ehrenmann. Mel drängt sich nicht in den Vordergrund – also bleibst nur du als Verräter übrig."

„Ich glaube, du solltest mit deiner Wortwahl vorsichtig sein. Wir haben alle in den letzten Tagen einiges mitgemacht und sind wahrscheinlich etwas von der Rolle. Aber die Art, wie du dich ausdrückst und was du damit andeutest, gefällt mir gar nicht." Lippert versuchte, aus der Defensive auszubrechen.

„Ich deute gar nichts an. Ich spreche klipp und klar aus, was ich mir denke. Als Pressesprecherin bin ich es gewohnt, die heißen Eisen anzusprechen. In den letzten Tagen habe ich dabei die Wahrheit gebogen, dass mir schon ganz schlecht ist. Deshalb sage ich dir jetzt unter vier Augen, was Sache ist: Du hast zwei Jahre Zeit, unsere Firma bei Vodafone zu integrieren. Damit du deinen Job auch danach behalten kannst, wirst du alles tun, was man dir anschafft. Denn für dich gibt es nur eines, was zählt: Georg Lippert! Du hast gerade in den letzten Tagen bewiesen, dass du für deinen Vorteil alles tun würdest. ‚Angst fressen Seele auf', kennst du wohl als Sager. Deshalb wirst du scheibchenweise alles aufgeben, was mobitronics ausmacht und in der Vergangenheit erfolgreich gemacht hat. Wir werden eine hundsordinäre Firma sein – ein Abklatsch von dem, was wir bisher verfolgt haben."

„Jetzt mach doch mal Pause", fiel ihr Lippert ins Wort. „Du blendest doch völlig aus, dass Wolf uns verkauft hat. Mit dem Deal hat er die Weichen gestellt. Und du versuchst jetzt, mir das in die Schuhe zu schieben. Du verwechselst jetzt ein bisschen Ursache und Wirkung."

„Okay, zugegeben, dass Wolf den Stein ins Wasser geworfen hat. Aber er hat das Format, um gegen oder innerhalb Vodafones zu bestehen. Du hingegen wirst Knetwachs in den Händen von Sam O'Neil sein. Du hast heute schon gesehen, welchen Stellenwert du hast, dass er nicht einmal selbst gekommen ist, sondern seinen Paragrafen-Hengst geschickt hat."

Petra Wende hatte alle Sorgen, die ihn schon den ganzen Tag quälten, punktgenau erkannt. Er fühlte sich wie ein Boxer nach mehreren Wirkungstreffern. Also musste er jetzt rasch aus dieser Ecke herauskommen. Er konnte sie nicht weiterreden lassen, ohne weiterhin an Gesicht zu verlieren. Sie würde ihn wohl niemals als Chef respektieren. Sie war von der Kollegin zur Feindin geworden.

Mit eisiger Stimme sagte er: „Hast du vor, weiterhin bloß unbewiesene Anschuldigungen und Beleidigungen gegen mich vorzubringen? Oder hast du auch etwas zu sagen, was Bedeutung hat?"

„Es geht mir nicht darum, dich zu beleidigen. Ich möchte dir nur erklären, was mir durch den Kopf geht. Mir ist klargeworden, dass ich nicht einfach so weitermachen kann wie bisher. Und deshalb bin ich gekommen, um dir zu sagen, dass ich die Funktion der Pressesprecherin zurücklege. Ich kann und will mobitronics nicht mehr nach außen vertreten. Das bedeutet aber nicht, dass ich auch meine Marketing-Funktion abgeben will. Darüber muss ich mir erst noch klarwerden. Und deshalb möchte ich mir eine Auszeit nehmen. Ich habe recht viel Resturlaub stehen - sicher ein paar Wochen -, und die würde ich jetzt gerne aufbrauchen. Wenn ich zurückkomme, können wir alles weitere dann besprechen."

„Typisch Frau", dachte Lippert. „Da hat sie mich kurz vor dem K.O., und dann lässt sie mich vom Haken."

Und zu ihr gewandt sagte er: „Das ist sicher eine gute Idee! Wir brauchen wahrscheinlich alle ein bisschen Zeit, um zu verdauen, was passiert ist. Nimm dir frei, solange du brauchst – das mit dem Urlaub wird schon passen. Wir finden sicher eine gute Lösung. Mach dir keine Sorgen."

„Okay, dann verschwinde ich jetzt. Ich melde mich, wenn ich so weit bin", sagte Wende und ging zur Tür. Sie gab Lippert nicht die Hand. Er sollte nicht merken, dass sie vor Aufregung zitterte.

Lippert blieb allein zurück. Es war ihm überhaupt nicht mehr nach Feiern zu Mute. Gerade hatte er es an die Spitze geschafft und schon begann sein Reich zu zerfallen. Nach diesem Gespräch würde er Petra Wende niemals in der Firma belassen können. Es war völlig egal, mit welchem Entschluss sie zurückkommen würde. Er würde sich nie wieder auf sie verlassen können.

Ärgerlich holte er ein Koks-Briefchen heraus und legte sich eine Straße, um seine düsteren Gedanken zu vertreiben.

Aufbruch zu neuen Ufern

Petra Wende erwachte und nahm zuerst das klopfende Brummen in ihrem Kopf wahr. Dann fühlte sie ihre pelzige und trockene Zunge. Und dann spürte sie die Feuchte, auf der ihre Hand lag. Sie hatte unzweifelhaft einen heftigen Kater. Doch was fühlte ihre Hand? Vorsichtig bewegte sie einen Finger. Plötzlich war es ihr klar, und genauso schlagartig war sie hellwach. Ihre Hand lag auf einer Muschi. Und es war nicht ihre eigene. Sie schlug die Augen auf. Im dämmrigen Licht erkannte sie die welligen, dunklen Haare von Ruth Kaiser, die unter der Bettdecke hervorlugten. Zwischen ihren Schenkeln ruhte Petras Hand.

Ihr pochender Schädel war das Epizentrum einer Nebelspirale von Erinnerungsfetzen, die sich langsam klärten. Als sie Lipperts Büro verlassen hatte, wollte sie nur rasch ihre Handtasche und einige persönliche Dinge einpacken und dann direkt nach Hause gehen. Doch im Vorzimmer ihres Büros wartete Ruth Kaiser, die Media Assistentin der Werbeagentur, mit der mobitronics zusammenarbeitete. Wende hätte sie sofort wegschicken können. Doch die junge Assistentin war ihr sehr sympathisch. Außerdem war sie eine verlässliche und kompetente Partnerin in allen Fragen, die mit der Schaltung von Werbeanzeigen zu tun haben.

Also sagte sie: „Hallo Ruth, was machst du denn hier? Ich habe keinen Termin eingetragen. Oder habe ich was übersehen?"

„Nein, du hast Recht. Es hätte eigentlich auch ein Anruf genügt. Aber ich war gerade ganz in der Nähe und da dachte ich, ich schaue auf gut Glück vorbei. Deine Sekretärin hat gesagt, dass sie nicht weiß, wann du zurückkommst. Ich wollte gerade wieder gehen, doch jetzt bist du ja da."

„Und ist es wichtig? Ich bin gerade im Aufbruch."

„Es ist vor allem dringend. Die Mediaprint macht eine Sonderbeilage über ‚Hidden Champions' und hat angefragt, ob ihr da mitmachen wollt. Wir können ein Advertorial schalten, das als Kombi zwischen redaktionellem Text und Inserat gestaltet wird. Texte und Sujets hätten wir ausreichend, aber sie wollen eine Zusage innerhalb von zwei Tagen."

„Klingt gut. Bist du mit dem Auto da?"

„Nein, ich habe heute die Öffis genommen. Warum?"

„Dann machen wir folgendes: Ich packe meine Siebensachen und mache mich auf den Heimweg. Ich nehme dich mit dem Auto mit, und auf der Fahrt legen wir die Details fest. Passt dir das?"

Ruth Kaiser würde jeden Vorschlag ihres größten Kunden annehmen, und so akzeptierte sie natürlich auch diesen. Während der Fahrt wurde rasch eine Lösung gefunden. Nicht zuletzt auch deshalb, weil Wendes Gedanken eher um ihr Gespräch mit Lippert kreisten als um operative Fragen des Marketings.

Einer spontanen Eingebung folgend fragte sie unvermittelt: „Hast du Lust auf einen Drink? Ich könnte einen Aperol-Spritzer und ein bisschen Rooftop-Feeling gut vertragen. Wollen wir einen Sprung in die Atmosphere-Bar im Ritz-Carlton machen?"

Kaiser hatte bisher nur geschäftlich mit Wende zu tun gehabt. Sie fühlte sich durch die Einladung geehrt und stimmte gerne zu.

Die beiden Frauen verstanden sich auf Anhieb. Wende hatte an der Freien Universität Berlin Publizistik- und Kommunikationswissenschaften studiert und war nach dem Bachelor-Abschluss nach Österreich gekommen. Sie hatte dann ebenfalls für eine Agentur gearbeitet und berufsbegleitend den Lehrgang Marketing & Sales an der Wirtschaftsuniversität absolviert. Als Wolf Turan mobitronics gründete, unterstützte sie ihn bei der PR-Arbeit. Nach einer Pressekonferenz lud er sie zu einer Nachbesprechung in sein Büro. Und nach sehr kurzem Vorgeplänkel wurde sie zum Opfer seines sexuellen Jagdeifers.

Sie wechselte als Pressesprecherin zu mobitronics und machte flott Karriere bis zur Marketing-Leiterin. Turan hatte sie danach nie mehr angerührt. Ab und zu küsste er sie, aber das war dann eher väterlich und als Ausdruck von Anerkennung und Wertschätzung für gute Leistungen. Sie fand ihn als Mann und als Chef beeindruckend. Nur manchmal war sie enttäuscht, dass er kein sexuelles Interesse mehr an ihr zeigte. Doch für die tägliche Zusammenarbeit war das wahrscheinlich auch besser so. Hatte er sie ausgenützt und missbraucht? Ja und nein. Ja, er hatte seine Position als mächtiger Kunde genutzt, um ihr nahezukommen. Und doch hätte sie ihn auch immer stoppen können, aber das hatte sie gar nicht gewollt, da es ihr gefiel.

Ähnlich muss es wohl auch gestern in der Rooftop-Bar gewesen sein. Ruth Kaiser hätte niemals die Einladung ihres bedeutsamsten Kunden zu einem Drink ausgeschlagen. Man verstand sich ausgezeichnet, hatte Spaß und so blieb es nicht bei einem Drink. Petra Wende hatte keine Ahnung mehr, wie viele Drinks es letztlich waren. Aber es müssen einige gewesen sein, wie ihr Kopfweh vermuten ließ. Und offensichtlich ist daraus dann mehr geworden, als sie ursprünglich überhaupt vorhatte.

Sie orientierte sich vorsichtig, um herauszufinden in welchem Bett sie war. Rasch wurde ihr klar, dass sie bei Ruth war. Das war gut. Denn so konnte sie jetzt einfach gehen, ohne lange Diskussionen zu führen. Sie schlüpfte aus dem Bett, suchte ihr Gewand zusammen und zog sich rasch an. Ruth Kaiser murmelte etwas und rollte sich auf die andere Seite. Doch Wende wollte nur noch weg. Im Vorzimmer fand sie ihre Schuhe und die Handtasche. Den Blick in den Spiegel hätte sie gerne ausgelassen. Doch dann stellte sie fest, dass sie ganz passabel aussah. Offensichtlich hatte ihr der Sex gutgetan, auch wenn sie sich kaum erinnern konnte.

Sie bürstete sich rasch die Haare zurecht und entdeckte dabei vor dem Spiegel einen Post-it-Block. Sie schrieb darauf: „Was auch immer du in nächster Zeit über mich hören wirst – es hat nichts mit dir zu tun.

Ehrlich! Ciao, bella." Sie klebte den Zettel auf den Spiegel und zog leise die Türe hinter sich zu.

Vor dem Haus hielt sie nach dem Auto Ausschau und hoffte, dass es nicht da war. Tatsächlich konnte sie es nicht sehen. Sie stieg in ein gerade vorbeikommendes Taxi und ließ sich zurück zum Ritz-Carlton chauffieren. Beruhigt fand sie ihren Audi dort, wo sie ihn gestern abgestellt hatte.

Zu Hause nahm sie einmal ein Vollbad und ließ dabei die letzten Stunden Revue passieren. Die harten Worte zu Georg Lippert waren vielleicht nicht diplomatisch gewesen. Aber sie waren authentisch. Als Frau in einer Führungsfunktion hatte sie gelernt, Tacheles zu reden. Zu oft hatte sie erkennen müssen, dass Männer Höflichkeit als Blödheit missverstanden. Ihre Lektion war, dass sie, wenn sie etwas bewirken wollte, auch klar und deutlich sein musste. Und für diese Klarheit hatte sie jetzt auch bei Lippert gesorgt. Nur war ihr noch nicht klar, wie er darauf reagieren würde. Wolf Turan hätte sie noch in der Sekunde gefeuert, wenn sie so mit ihm gesprochen hätte. Doch Lippert war anders. Aber wie auch immer. Ihr Verbleib bei mobitronics war undenkbar. Die Auszeit konnte ihr nun die Möglichkeit geben, gut bezahlt über Alternativen nachzudenken und ihre Verhandlungsposition für ihr Ausstiegs-Package festzulegen.

Dass sie aber mehr aus dem Gleichgewicht geraten war, als sie vermutet hatte, zeigte ihre Nacht mit Ruth Kaiser. Seit der Klausur in Krumbach war die Welt auch anders geworden. In wenigen Augenblicken war eine Basis für ihr Leben, nämlich ihre Aufgabe bei mobitronics, für die sie seit Jahren jeden Atemzug und jeden Tropfen Herzblut investierte, weggebrochen. Auch ohne den Selbstmord von Hornsteiner wäre alles ganz anders geworden. Dieses abrupte Zerfallen des Führungskreises hätte sie nicht für möglich gehalten. Ihre Affäre mit Turan hatte sie in die Firma gebracht. Und so war der Job erst zur Affäre und dann zur großen Liebe geworden. Dass sie in dieser Zeit keine Beziehung eingegangen war, hatte sie gar nicht richtig wahrgenommen. Es fehlte ihr nichts. Ein gelegentlicher One-Night-Stand im Urlaub war ausreichend.

Dass sie nur wenige Stunden, nachdem sie die Weichen auf Trennung von ihrer Herzensfirma gestellt hatte, bereits fremdgehen würde, hätte sie nicht erwartet. Und dann ausgerechnet wieder mit einer Frau. Zugegeben, es war viel Alkohol im Spiel. Aber hatte sie sich nicht vorgenommen, sich nicht mehr mit Frauen einzulassen?

Als sie in Berlin studierte, lebte sie nahe der Hakeschen Höfe im Scheunenviertel in einer Wohngemeinschaft. Mit ihrer Mitbewohnerin Francine aus Mailand hatte sie ihre erste lesbische Erfahrung gemacht. Sie genoss die Intimität und Zärtlichkeit. Und im Vergleich zum Sex mit Männern kam ihr alles viel intensiver vor. Aber sehr bald hatte sich Francine zu einer besitzergreifenden und einengenden Person verändert, die ihr immer mehr die Luft zum Atmen nahm. So war Petra Wende sehr erleichtert, als das Studium zu Ende ging. Sie beschloss, aus der WG auszuziehen, Francine und Berlin zu verlassen und nach Wien zu gehen.

Zur Feier ihres Bachelor-Abschlusses gönnte sie sich zuvor noch eine Reise nach Mittelamerika. Sie war nach Belize geflogen und wollte nach Süden bis Panama trampen. Die Fülle der Eindrücke und Erlebnisse nahmen jedoch mehr Zeit in Anspruch, als sie geplant hatte. Sie hatte früher schon viel über die Besonderheit des tropischen Regenwalds gehört. Doch sie dachte dabei vor allem an Spinnen, giftige Schlangen und andere Gefahren, denen man sich als Mensch lieber nicht aussetzen sollte. Während ihrer Reise stellte sie zu ihrer Überraschung fest, dass man diesen Regenwald relativ sicher erkunden kann – zumindest in Nationalparks. Die Eindrücke waren überwältigend: die Fülle an Pflanzen, der Duft der Blüten und des feuchten Bodens, die enorme Höhe der Bäume, und vor allem die unglaubliche Geräuschkulisse aus dem Gesang unzähliger Vogelarten im Chor mit dem Gekreische der Affen. Sie konnte sich an dieser Üppigkeit kaum sattsehen und satthören.

Daher schaffte sie es nicht bis Panama, und ihre Reise endete bereits in Costa Rica. An der Karibikküste verbrachte sie die letzten Tage im Tortuguero Nationalpark. Die Fremdenführerin Consuela zeigte ihr tagsüber den Regenwald, indem sie mit einem flachen Boot schmale Wasserläufe durchfuhren. Am Abend besuchte man den Strand, um die Lederschildkröten bei der Eiablage zu beobachten. Danach traf man sich an der Pool-Bar, um die Erlebnisse des Tages bei einem Mojito zu besprechen. Und wieder etwas später fand sie sich mit der jungen Mulattin auf den weißen Bettlaken unter dem Moskitonetz wieder. Der große Ventilator an der Decke konnte die Glut dieser Nacht nicht kühlen. Und es riefen nicht nur die Brüllaffen ihre Gefühle zu den Sternen.

Am nächsten Tag endete ihr Urlaub. Auf der langen Heimreise nach Europa traf sie den Entschluss, sich in Zukunft nicht mehr mit Frauen einzulassen. Nicht weil sie es nicht mochte. Sondern weil sie es zu sehr mochte. Niemals würde sie bloß heimlich ihre Neigung ausleben. Gleichzeitig wollte sie aber nicht geächtet sein. Denn trotz aller scheinbarer Liberalität der Zeit würde sie schief angesehen werden, wenn sie mit einer Frau zusammenlebte. Die Entscheidung war so wie damals, als sie mit dem Rauchen aufhörte. Der Kopf sagt ‚Ja', doch Herz und Bauch rebellieren und jede Faser des Körpers sehnt sich nach dem Verlorenen. Und doch wusste sie, dass am Ende ihr Wille siegen würde. Auch wenn es ihr nun das Herz herausreißt. Consuela blieb jedenfalls in Costa Rica zurück. Und die nächsten Gelegenheiten würde sie eben mit Willenskraft verstreichen lassen.

Während sie so in melancholischen Gedanken ihren verflossenen Liebschaften nachhing, war das Wasser in der Wanne kühl geworden. Beim Abfrottieren ging ihr als Fazit durch den Kopf, dass sie bisher in ihrem Leben alle wichtigen Entscheidungen aus sachlichem Kalkül mit dem Verstand getroffen hatte. Es war ihr immer darum gegangen, gut dazustehen, einen guten Eindruck zu machen, als Vorzeigefrau zu gelten. Natürlich waren das berechtigte Ziele. Doch war sie damit nicht so wie Lippert, dem sie vorwarf, alles nur aus Eigennutz zu machen? Ist nicht alles, was wir aus Streben nach Anerkennung tun, nur Eigennutz? Doch wie lässt sich unterscheiden, was wir bloß tun, um andere zu beeindrucken, und was wir tun, weil es uns wesensmäßig entspricht?

Immer dann, wenn ich nicht mit mir im Reinen bin, dann spüre ich Schmerz, Wehmut, Stress, Getrenntsein. Wenn ich mit mir im Einklang bin, dann fühlt sich alles leicht an, dann fließen mir Kräfte zu, von denen ich vorher gar nichts wusste. Das ist dann der ‚Flow', wenn Kopf, Herz und Bauch in Harmonie sind. Da gehen die Dinge wie von selbst und brauchen wenig Kraft. Im Gegenteil: Die Freude am Tun und das Erfolgsgefühl laden die Batterie richtig auf.

‚Man sieht nur mit dem Herzen gut.' Das Zitat von Saint-Exupery aus ‚Der kleine Prinz' fiel ihr dazu ein. Sollte das Herz der Kompass sein? Dann aber sicher kein hartes Herz. Es würde wohl ein reines Herz brauchen, um ein gutes Leben zu führen.

„Und was würde ich tun, wenn ich jetzt einfach meinem Herzen folge?", dachte sie. „Dann fliege ich nach Panama und hole das Ende der damaligen Reise nach. Und ich nutze die Zeit, um mir klar zu werden, wie ich weitermache."

Wenige Tage später verließ sie den Flughafen Tocumen und nahm ein Taxi nach Panama City. Die tropische Feuchtigkeit mit über 30 Grad Lufttemperatur nahm ihr zuerst fast den Atem. Doch der Anblick der sich auftürmenden Wolkenberge, den sie so liebte, machte das rasch wett. Sie bezog ihr Hotel im modernen Hochhausviertel. Von ihrem Zimmer hatte sie einen prachtvollen Ausblick über die Stadt bis zum

Pazifik. Ihr Flug hatte mit einem Umstieg in Amsterdam über 15 Stunden gedauert. Sie war also einigermaßen erschöpft und schlüpfte rasch ins Bett.

Am nächsten Tag schloss sie sich einer geführten Besichtigungstour durch die Altstadt an. Der Guide hetzte die Gruppe dahin, um das Programm in drei Stunden abzuwickeln. Nachdem sie es aber nicht eilig hatte, setzte sie sich bald von der Gruppe ab und schlenderte auf eigene Faust durch die Straßen. Zahlreiche alte Häuser wurden gerade renoviert. Die Fassaden blieben dabei erhalten, dahinter wurden moderne Häuser hochgezogen. Zwischendurch kehrte sie mehrfach in kleinen, beschatteten Lokalen ein, um Pause zu machen, die Szenerie zu beobachten und mit der Seele zu baumeln.

Sie hatte dabei auch mehrere Snacks zu sich genommen. Als sie ins Hotel zurückkehrte, verspürte sie daher keine Lust, im eisgekühlten Restaurant zu Abend zu essen. Stattdessen besuchte sie nach einer langen Dusche die Dachterrasse mit der Panorama-Bar, wo sie noch eine Kleinigkeit bekommen würde. Es war inzwischen dunkel geworden. Die Lichter der Stadt und die Wolken, die vom warmen Wind getrieben wurden, ließen nur selten einen Blick auf die Sterne zu.

So schenkte sie dem Treiben auf der Dachterrasse mehr Aufmerksamkeit. Es waren kaum Gäste anwesend, und daher gab es nur einen Barkeeper, der ihr leeres Geschirr seit geraumer Zeit stehen gelassen und nicht nach weiteren Wünschen gefragt hatte. An der Bar stand ein Paar, das sich lebhaft unterhielt. Die Frau hatte asiatische Gesichtszüge, der Mann war offensichtlich ein Gringo. Petra Wende wollte gerade ein wenig in deren Unterhaltung hineinlauschen, als der Mann vom Barhocker hüpfte und sich entfernte.

Wende stand auf, ging zur Bar und bestellte einen Gin Tonic und Salzgebäck. Die Asiatin drehte sich um und sah ihr direkt ins Gesicht. Sie hatte ein derart freundliches Lächeln, dass Petra Wende spontan ‚Hi' sagte.

„Hi", antwortete die Fremde. „Hier ist zwar nicht Selbstbedienung angeschrieben, aber letztlich läuft es darauf hinaus", fügte sie hinzu. Und damit war das Gespräch eröffnet.

„Kein Problem. Ich bin auf Urlaub und habe keine Eile. Machen Sie auch Urlaub?"

„Nein. Ich arbeite hier. Mein Boss hat heute hier im Hotel an einer Konferenz teilgenommen. Und jetzt haben wir das gerade noch nachbesprochen."

„Und ich dachte, das ist Ihr Mann."

„Nein, mein Name ist Eireen Mazdao. Ich bin die persönliche Assistentin von John Perkins."

„Ich heiße Petra Wende. Ich komme aus Österreich, in Europa, und mache gerade Urlaub, um mich neu zu orientieren."

Mazdao erkundigte sich nach den Hintergründen für Wendes Veränderungsüberlegungen. Und nachdem diese die Gründe kurz und oberflächlich erläutert hatte, sagte sie: „Panta rhei – alles fließt. Schon Heraklit wusste, dass alles in einem ständigen Wandel ist. Oft wollen wir aber, dass alles so bleibt, wie es ist. Vor allem deshalb, weil wir uns in den gewohnten Verhältnissen schon gut auskennen. Das gibt vermeintliche Sicherheit. Aber es verhindert, dass wir etwas Neues kennenlernen, das noch viel besser zu uns passt."

Wende dachte sofort an die Überlegungen, die sie vor ein paar Tagen hatte. Sollte diese Frau vielleicht Anregungen haben? Sie wollte jedenfalls im Gespräch bleiben, da sie die letzten Worte spannend fand.

„Das hört sich an, als hätten Sie Erfahrung mit Veränderungen."

Eireen Mazdao lachte. „Ja, das kann man sagen. Ich bin auf den Philippinen geboren und aufgewachsen. Mit etwa 20 Jahren kam ich in die USA. Dort habe ich als Sekretärin in einem großen Autohaus in Detroit gearbeitet. Das allein wäre schon eine ausreichende Geschichte über

Anpassung. Denn das Leben auf den Philippinen und das Leben im Mittelwesten der USA unterscheiden sich schon massiv. Doch es kam noch besser: Ich habe in einer Zeitung eine Rezension über ein Buch gelesen, das gerade neu erschienen war. Das war 2004. Der Autor war John Perkins, mein heutiger Chef, und das Buch hieß ‚Bekenntnisse eines Economic Hit Man'. Das war ein Bestseller, aber auch ein ziemlicher Aufreger, weil das Buch die Entwicklungshilfe ziemlich angreift und als Instrument eines neuen, globalen Kolonialismus entlarvt. Die Zeitungsmeldung enthielt auch die Ankündigung einer Lesung von John Perkins in Detroit. Und weil er auf dem Foto trotz seiner damals schon 60 Jahre sehr attraktiv ausgesehen hat, und ich das Thema spannend fand, besuchte ich diese Lesung."

„Und wie war es?", fragte Wende.

„Es war ein Wendepunkt in meinem Leben!"

„Um Gottes Willen, ich kenne das Buch nicht, aber es muss ja ein Knaller sein, was er da geschrieben hat."

„Es geht natürlich schon auch darum, was er geschrieben hat. Aber noch mehr bewegt hat mich, was und wie er bei der Lesung über sein Leben erzählt hat."

„Wollen Sie mir davon erzählen, oder muss ich mir das Buch kaufen, wenn ich wieder zu Hause bin? Und vor allem: Was bitte ist ein Economic Hit Man", sagte Wende mit einem Schmunzeln.

„Na gut. Aber das dauert ein bisschen", entgegnete Mazdao.

„Ein Hit Man ist ein Auftragsmörder. John beschreibt sich in seinem Buch als Auftragsmörder. Aber nicht mit der Pistole oder einem Messer bewaffnet, sondern mit Studien und Powerpoint-Präsentationen. Er arbeitete für eine US-Beratungsfirma. Diese agierte so, wie wir es von Drogendealern kennen. Am Anfang verschenken sie ihr Gift, und dann, wenn die Abhängigkeit einmal da ist, wird es teuer. Die Kunden dieser Firma waren Regierungschefs in Entwicklungsländern. Diesen wurden

Studien zur Verfügung gestellt, wie sich die Volkswirtschaften entwickeln und der Wohlstand erhöhen könnte. Der Verlockung, jener Staatslenker zu sein, der das Volk zu Ansehen und Reichtum geführt hat, konnte kaum ein Präsident oder Ministerpräsident widerstehen. Klar war, dass die zukünftige Entwicklung einen Mehrbedarf an Energie verursachen würde. Ohne die Sättigung dieses Energiebedarfs wäre eine Wachstumsgeschichte also nicht möglich. Die Berater entwickelten also Pläne zum Ausbau von Kraftwerken. Dafür fehlte es den unterentwickelten Ländern aber sowohl an Geld als auch an technischem Knowhow. Also mussten für die Finanzierung, zum Beispiel über die Weltbank und ausländische Technologie-Partner, natürlich fast ausschließlich US-Firmen gefunden werden. Zur Besicherung dieser Kredite wurden die Filetstücke des jeweiligen Landes wie Bodenschätze oder Infrastruktur herangezogen."

„Na gut, das ist doch ein übliches Vorgehen. Worin besteht dann die mörderische Tat? Ich verstehe nicht ganz, was da so aufregend daran ist", warf Wende ein.

„Ja, so ging es John auch viele Jahre. Er dachte auch, dass er mit seinem Wissen und seinen Charts helfen würde, die Welt zu verbessern. Das Geschäftsmodell war auch als Entwicklungshilfe kostümiert. Er kam erst allmählich dahinter, dass es darum ging, die Entwicklungsländer in ein Schuldenkorsett zu zwingen, das sie später erpressbar und steuerbar macht. Dafür wurden die Zukunftsprognosen einfach viel zu hoch angesetzt, die Investitionen waren demnach deutlich überhöht, und es bestand von Anfang an keine realistische Chance, diese Schulden jemals wieder zu tilgen. Eine Bank würde einem Privatkunden keinen Kredit geben, wenn er ihn niemals zurückzahlen kann. Aber wenn ein Staat seine Schulden nicht bedienen kann, dann ist er zwar auf der Landkarte ein souveräner Staat, aber er muss nach den Spielregeln seiner Gläubiger agieren. Sobald ein Staat einmal realisiert, dass er über seine eigenen Lebensgrundlagen und Ressourcen gar nicht mehr selbst bestimmen kann, dass seine Financiers jederzeit sein Lebenslicht ausblasen können, dann hat der Hit Man seinen Job gut gemacht. Denn ab diesem Moment hält er seinem Opfer die wirtschaftliche Pistole an die Schläfen."

„Ja, das ist bitter. Ich verstehe aber immer noch nicht, worin die Bosheit dabei besteht. Denn diesen Deal geht der jeweilige Staat ja freiwillig ein. Niemand zwingt ihn zu diesem Schritt."

Wende war verwirrt. Waren das nicht bloß linke Verschwörungstheorien, wie sie auch von Hugo Chavez, dem früheren Präsidenten von Venezuela formuliert wurden?

„Die Bosheit liegt einerseits in der Bestechung der Entscheider und andererseits in der Tarnung. Die Staaten werden mit dem Wort Entwicklungshilfe auf die falsche Fährte gelockt. Es handelt sich nämlich nicht um Hilfe, sondern um Ausbeutung und Unterwerfung. Echte Hilfe würde Hilfe zur Selbsthilfe bedeuten. Echte Entwicklungshilfe würde dafür sorgen, dass die Fähigkeiten wachsen, um schrittweise die eigenen Assets auszubauen. Dazu müsste man am Beginn wahrscheinlich sogar Märkte schließen, um eine Selbstversorgung zu erreichen. Natürlich dauert so ein Prozess lange. Aber dafür ist er nachhaltig. Die Entwicklungshilfe verheißt jedoch raschen Erfolg, aber der hat seinen Preis. Es ist wie beim Veranlagen – wer hohe Rendite will, muss hohes Risiko in Kauf nehmen. Heute sind für Anleger Schutzbestimmungen in Kraft, die garantieren sollen, dass sich jeder des Risikos bewusst ist. Der Hit Man aber hat die Aufgabe, die Risiken zu verstecken und schönzureden, damit sie eingegangen werden. Das ist vorsätzliche Fehlberatung. Es werden kunstvoll Fallen aufgebaut und mit zahlreichen Ködern geschmückt, damit das Opfer sicher hineintappt. Am Ende des Weges haben die Kumpane des Hit Man das Geschäft gemacht und den Profit eingestreift. Und zusätzlich hängt das Opfer noch am Gängelband des Gläubigers und muss sich willfährig verhalten."

„Na, ich kann mir schon vorstellen, dass die Vereinigten Staaten nicht zimperlich sind, wenn es darum geht, eigene Vorteile durchzusetzen", erwiderte Petra Wende.

„Glauben Sie bloß nicht, dass in dieser Thematik die Europäer anders vorgehen."

„Aber die EU versteht sich doch als ‚Soft Power'. Das bedeutet, dass man wirtschaftliche Kooperation stets an hohe Standards bei Demokratie, Rechtsstaatlichkeit und mehr knüpft." Wende war nicht bereit, ohne weiteres die Vorwürfe auch für Europa gelten zu lassen.

„Ja, das sind auch die vordergründigen Botschaften. Nur im Detail sieht es dann anders aus. Ich gebe ihnen ein Beispiel: In Europa gehört es zum guten Ton, helles, mageres Geflügelfleisch zu essen. Diese Vorliebe führt dazu, dass Tiere mit ungewöhnlichen Proportionen gezüchtet werden – riesige Brüste und schlanke Keulen. Trotzdem sind die Keulen in diesen Mengen in Europa unverkäuflich. Sie gelten für die Zuchtbetriebe daher bereits als Abfall. Dieser wird jedoch nicht entsorgt, sondern billig nach Afrika verkauft. Das ist noch immer ein Geschäft. Statt Entsorgungskosten zu zahlen, werden die Keulen um einen Spottpreis exportiert – manchmal sogar noch mit entsprechenden Subventionen. Der Züchter in Europa hat einen Deckungsbeitrag erwirtschaftet, doch der Markt in Afrika – vor allem Westafrika – ist zerstört. So haben zum Beispiel in Ghana bereits 90 Prozent der Hühnerzüchter aufgegeben. Die EU hat durchgesetzt, dass die Schutzzölle mit maximal 35 Prozent begrenzt wurden. Die Produktionskosten der einheimischen Bauern sind aber doppelt so hoch wie die verschleuderten Exporte der EU. Damit wird nicht nur der Absatz der afrikanischen Bauern zerstört, sondern auch die Gesundheit der Bevölkerung gefährdet. Denn die europäische Ware wird tiefgefroren angeliefert. In Afrika ist die Kühlkette aber nicht aufrecht zu erhalten. Daher kommt das Fleisch oft in einem verdorbenen Zustand auf den Markt und zum Verbraucher. Das Problem wurde bereits mehrfach angesprochen. Doch die Märkte müssen offenbleiben, sonst würden andere Programme in Frage gestellt. Genau das ist, was man Erpressung nennt." Mazdao hatte sich richtig in Rage gesprochen.

„So habe ich das noch gar nicht gesehen", gestand Wende ein. „Ich wäre nicht auf die Idee gekommen, dass unsere Produktionsüberschüsse aus der Landwirtschaft exportiert werden und in Afrika die bäuerlichen Strukturen zerstören. Da dürfen wir uns dann aber nicht wundern, wenn es zu Landflucht und letztlich Migration kommt. Und Sie meinen also, dass diese Ausbeutungsverhältnisse ganz absichtlich erzeugt und aufrechterhalten werden? Unser westlicher Überfluss ist also das Gegengewicht der Armut in der dritten Welt?"

„Jetzt seien Sie doch nicht so überrascht." Mazdao hatte einen strengen Ton angeschlagen. „Sie kennen doch den ‚ökologischen Fußabdruck', oder etwa nicht?"

„Ja, natürlich."

„Wenn wir in der ersten Welt mehr Ressourcen verbrauchen, als verfügbar sind, dann fehlen die eben zwangsläufig woanders. Aktuell verbraucht die Menschheit insgesamt so viel, wie uns 1,5 Erden zur Verfügung stellen würden. Das bedeutet, die Menschheit lebt nicht nachhaltig, sondern ist ein Schädling für unseren Planeten. Aber manche Teile der Menschheit sind ganz besonders an dieser Zerstörung beteiligt. Wenn wir in einem feinen, wohltemperierten Hotel unsere Zeit verbringen, dann bekommen wir von dem Elend in anderen Gegenden gar nichts mit. Und wenn Sie dann später nach Europa zurückkehren, dann können Sie erzählen, dass Panama zwar nahe am Äquator liegt und tropisches Klima hat. Aber irgendwie ist es fast wie zu Hause - oder in Dubai. Dass aber wegen des Kanals die Umwelt zerstört und die indigene Bevölkerung vertrieben wird, und dass es erbärmliche Armenviertel gibt, wird ihnen gar nicht aufgefallen sein."

Eireen Mazdao war bei den letzten Worten von ihrem Barhocker gestiegen. Ihre Stimme war leise geworden. Sie wollte nicht, dass sie an anderen Tischen gehört wird. Die Mischung aus Trauer und Zynismus wirkte rätselhaft auf Petra Wende.

„Müssen Sie schon gehen? Ich würde noch gerne weitersprechen", sagte sie.

„Ich bin müde. In der Konferenz ging es heute genau um diese Themen. Und unsere Gesprächspartner waren nicht interessiert wie Sie, sondern zum Teil genau die Vertreter des Bösen. Und morgen geht es noch weiter."

„Ich werde morgen eine Fahrt mit der Kanalbahn nach Colon machen. Sehen wir uns dann am Abend nochmals hier?"

„Dann sollten Sie aber unbedingt noch einen Abstecher von Colon nach Portobelo machen. Ja, ich bin morgen noch da. John wird nach Ende des Konferenztages abreisen. Aber ich bleibe noch eine Nacht. Also dann bis morgen. Und gute Nacht." Damit verschwand Eireen Mazdao und ließ eine nachdenkliche Petra Wende zurück.

Am nächsten Tag bestieg Petra Wende die historische Eisenbahn von Panama City nach Colon. Die restaurierten Waggons aus den 1930er-Jahren hatten einen eigenen Charme. Die Strecke läuft in unterschiedlicher Entfernung parallel zum Kanal und bietet während der etwa einstündigen Fahrt einen perfekten Überblick. Sie war überrascht, dass der Kanal durch große Seen und teilweise durch natürlich wirkende Landschaften führte. Während der Fahrt vertiefte sie sich in den Reiseführer. Sie hatte sich davor nicht informiert und glaubte daher, der Kanal wäre einfach ein Landdurchstich zwischen der Karibik und dem Pazifik. Sie hatte etwas erwartet, das etwa so aussieht wie der Donaukanal in Wien – nur viel größer. Einmal war sie in Ägypten am Roten Meer gewesen. Vom Flugzeug aus hatte sie den Suezkanal gesehen. Und so hatte sie sich auch den Panamakanal vorgestellt.

Ähnlich war es auch der ersten Errichtungsgesellschaft – der Société Civile Internationale du Canal Interocéanique – ergangen, die 1876 in

Paris gegründet wurde. Diese wollte ab 1881 einen schleusenlosen Kanal bauen, was aber wegen der Menge des Erdaushubs zu größten technischen Problemen führte. Diese versuchte man mit hohem finanziellem und personellem Einsatze u bewältigen. In wenigen Jahren starben auf der Baustelle etwa 22.000 Arbeiter – überwiegend an Gelbfieber und Malaria. Als dann auch noch die Finanzierung zusammenbrach, musste man 1889 die Arbeiten einstellen.

Am Beginn des 20. Jahrhunderts erwarben die Vereinigten Staaten die Projektrechte von einer Auffanggesellschaft und entschlossen sich, den Bau fortzusetzen. Nachdem Kolumbien aber nicht bereit war, das Gebiet aufzugeben, besetzten die USA den Isthmus, töteten den lokalen Milizkommandeur und riefen den unabhängigen Staat Panama aus. Sie installierten eine Regierung für Panama und ließen diese ein Abkommen, den Hay-Bunau-Varilla-Vertrag, unterzeichnen. Mit diesem Vertrag sicherten sie sich die Hoheitsrechte über den späteren Panamakanal und das Recht zu militärischen Interventionen in Panama.

Unter der Leitung des Chefingenieurs John Frank Stevens wurden die Pläne revidiert und der Durchstich als Lösung verworfen. Der Meeresspiegel auf der pazifischen Seite liegt nämlich etwa 20 Zentimeter höher als auf der atlantischen Seite, was daran liegt, dass das Wasser des Atlantiks viel salziger und daher schwerer ist. Das eigene Gewicht drückt das Wasser zusammen.

Diesen Unterschied und die Bergrücken des Isthmus überbrückte der neue Plan durch ein System aus Stauseen und Schleusen. Durch Aufstauung des Rio Chagres entstand der Gatun-See, noch heute einer der größten Stauseen der Welt. Es war also nicht mehr nötig, für den Kanal gewaltige Erdmassen auszuheben, sondern stattdessen werden die Schiffe auf das 26 Meter über dem Meeresspiegel liegende Niveau des Sees hochgehoben und dann wieder abgesenkt. Schiffe passieren also eine Folge von Schleusen, bis sie den Scheitelpunkt des Kanals im Gatun-See erreichen. Hinunter geht es dann wieder durch Schleusen.

Für diese Schleusen sind keine Pumpen erforderlich, sondern sie werden mit dem Süßwasser des Gatun-Sees geflutet. Dafür wird dem tropischen Regenwald aber das Wasser entzogen, das sonst in einem ewigen Kreislauf aus Verdunstung und Regen für den Bestand des Waldes sorgt. Dieses Wasser ergießt sich schließlich in den Ozean.

Die Umsetzung dieses Plans erfolgte bis 1914. Am 3. August konnte das erste Schiff den Kanal zur Gänze durchfahren. Am selben Tag erklärte Deutschland Frankreich den Krieg. Wenige Tage zuvor hatte mit der Kriegserklärung Österreich-Ungarns an Serbien der 1. Weltkrieg seinen Anfang genommen. So fand die offizielle Kanaleröffnung erst 1920 statt.

Inzwischen war Petra Wende in Colon angekommen und klappte ihren Reiseführer zu. Das erste, das ihr am Bahnhof auffiel, waren die zahllosen Leguane, die auf allen Grünflächen ruhten. Sie machte einige Schnappschüsse mit ihrem Fotoapparat. Der Schaffner sagte lächelnd im Vorbeigehen: „Die schmecken wie Huhn."

Mit dem Taxi fuhr sie zu den Gatun-Schleusen. Innerhalb der von Wellenbrechern geschützten Bucht warteten zahlreiche Containerschiffe, um in einer endlosen Prozession die Waren über die Welt zu verteilen. In beeindruckender Präzision wurden die riesigen Schiffe zuerst von kleinen Lotsenschiffen und dann von Lokomotiven in die Schleusen gezogen. Sie hatte nicht die geringste Vorstellung davon gehabt, welche Mengen an Containern auf einem Schiff geladen waren. Der Begriff Welthandel erschien ihr von der Aussichtsplattform plötzlich zum Greifen nahe.

Obwohl sie die technische Perfektion eindrucksvoll empfand, spürte sie eine gewisse leere Oberflächlichkeit. Wenn sie noch länger das Treiben beobachten würde, wären Schiffe mit anderen Namen vorbeigekommen. Doch sie hätten die gleiche uniforme Bauweise und die gleichen Einheitscontainer an Deck. Man konnte nur rätseln, was in den Containern versteckt sein würde. Kurz empfand sie eine Ähnlichkeit mit Überraschungseiern. Doch angesichts der Größe schlug sich dieser Gedanke auf ihren Magen.

Und so verließ sie die Aussichtsplattform und kehrte zügig zum Taxi zurück. Sie hatte sich schon zuvor versichert, dass sie auch die etwa 30 Kilometer nach Portobelo mit dem Taxi würde fahren können. Sie hatten einen Pauschalpreis vereinbart, und der Taxifahrer hatte sehr zufrieden ausgesehen.

Petra Wende war neugierig, warum ihr Eireen Mazdao einen Besuch von Portobelo empfohlen hatte. Schon während der Fahrt genoss sie den Blick von der Uferstraße auf den Atlantik. Der Name ‚Schöner Hafen' ließ zumindest eine hübsche Bucht erwarten. Der Taxifahrer brachte sie zum Fort San Geronimo. Diese und weitere, großzügige Befestigungen kontrollierten ab dem 16. Jahrhundert die große Bucht, die einen natürlichen Hafen bildete. Den Informationstafeln entnahm sie, dass der Hafen bereits von Christoph Columbus entdeckt worden war.

Sie schlenderte über die Basteien mit ihren großen Kanonen und stand unvermutet vor einem großen, schmucklosen Haus, dem sie keine Beachtung geschenkt hätte, wenn nicht eine Tafel darauf hingewiesen hätte, dass hier das gesamte Gold und Silber Südamerikas gelagert worden war. In Portobelo endete der Camino Real, die wichtigste Handelsroute Südamerikas, über die die Edelmetalle zur Verschiffung nach Europa transportiert wurden. Jeden August kam die spanische Flotte, um ihre Beute nach Europa zu bringen.

Es war kaum vorstellbar, dass dieser kleine Ort mit heute gerade einmal 5.000 Einwohnern einmal ein wichtiger Umschlagplatz war. Dieser Reichtum lockte natürlich auch die Freibeuter an. So versuchte Sir Francis Drake im Auftrag der britischen Krone, den Hafen zu erobern. Er starb jedoch 1596 an Ruhr und wurde in einem Metallsarg in der Bucht von Portobelo dem Meer übergeben. Etwa 70 Jahre später eroberte Henry Morgan die Festung, indem er überraschend von der Landseite angriff. 1739 eroberten die Engländer Portobelo endgültig und beraubten die spanische Silberflotte einer ihrer wichtigsten Stationen. Doch schon hundert Jahre später verlor Portobelo mit dem Bau der Eisenbahn zwischen Atlantik und Pazifik seine Bedeutung.

Petra Wende setzte sich auf eine Festungsmauer und blickte über die Bucht. Einzelne Segelboote glitten durch das türkisblaue Wasser. Sanfte Wellen plätscherten an das Ufer.

Die Sonne stand bereits hoch am Himmel und ließ das Wasser glitzern. Die Wolken türmten sich geballt auf und erinnerten sie an Schlagobers. Der Anblick vermittelte ihr Ruhe und Frieden, und sie konnte kaum glauben, dass hier vor Jahrhunderten um die Vorherrschaft auf der Welt gekämpft wurde.

Dann beobachtete sie die Pelikane, die ihre Kreise in der Luft zogen und unvermittelt auf das Wasser stürzten. Es muss den Spaniern wie den Fischen ergangen sein, als sie von Henry Morgan völlig überraschend aus dem Urwald heraus angegriffen worden sind, dachte sie.

„Ist das der Lauf der Dinge, dass der Jäger die Beute, der Starke den Schwachen, der Schnelle den Langsamen frisst?", fragte sie sich selbst. Die Entdeckung Amerikas und die Ausbeutung seiner Ressourcen hatte die Welt verändert. Eireen Mazdao fiel ihr wieder ein. Sie hatte sinngemäß gemeint, dass aus der Perspektive des Siegers der Fortschritt immer gut aussieht. Doch die indianische Urbevölkerung hatte dafür einen hohen Preis zu zahlen. Es war ihr schon bei ihrer ersten Reise durch Mittelamerika aufgefallen, dass bei Folklore-Abenden die Eroberer aus Europa häufig als blutrünstige Schlächter im Schutz des Kreuzes dargestellt wurden.

Für die amerikanische Urbevölkerung war es bedeutungslos, ob sie von Spaniern oder Engländern getötet wurde. Der Kampf um die Vorherrschaft zur See markierte eine Zäsur in der Geschichte. Seit Urzeiten waren die Großreiche Landmächte gewesen. Sumerer, Babylonier, Assyrer, Perser, Ägypter, die Griechen unter Alexander, Römer, Mongolen

– diese Völker hatten ihre Reiche überwiegend auf dem Landweg erobert. Doch mit dem Aufbruch in die Neue Welt übernahmen die Seemächte die Vorherrschaft auf dem Planeten. Zuerst die Spanier, dann die Briten, heute die Amerikaner. Nicht zufällig gilt die Entdeckung Amerikas als Beginn der Neuzeit. Diese neue Zeit nutzt die Ausbeutung der neuen Welt für den Reichtum in der alten Welt. Verkehr und Handel wurden zur Grundlage des Wohlstands.

Als im 18. Jahrhundert Adam Smith mit seinem Werk ‚Der Wohlstand der Nationen' zum Vater der Nationalökonomie wurde, waren der freie Handel, die Verteilung der Waren und die Rolle des Staates dabei seine zentralen Überlegungen. Er entwickelte die Idee, dass, wenn jeder einzelne mit allen Kräften nach Glück strebt, das Gemeinwohl am meisten profitiert. Der freie Wettbewerb sollte zum Heilsbringer werden. Damals waren diese Gedanken revolutionär und aufgeklärt. Denn in seiner Theorie war dieses Wohl nicht mehr ausschließlich die Folge der Weisheit des gottgewollten Herrschers. Teilhabe und Mitverantwortung für die Untertanen war etwas nahezu Unvorstellbares. Und doch war ihm klar, dass das freie Spiel der Kräfte auch Gefahren in sich trägt. Das Aufeinanderprallen von Interessen würde wohl nicht konfliktfrei erfolgen. Es braucht also eine ordnende Instanz, die gewissermaßen das Schiedsgericht darstellt. Er sah diese Funktion bei einer ‚unsichtbaren Hand', die gleichsam hinter den Kulissen die Fäden zog, um Schäden zu vermeiden.

Smith hat sich nicht dazu geäußert, wer die unsichtbare Hand sei. Doch, wenn man seine Professur als Moralphilosoph und den damaligen Stellenwert der Religion bedenkt, ist naheliegend, dass er damit die lenkenden Eingriffe Gottes in das Weltgeschehen meinte. Im Zuge des späteren Eroberungszuges des Wettbewerbs als Gestaltungsprinzip musste Gott jedoch aus dem Modell weichen. Gott als ‚unsichtbare Hand' wurde ersetzt durch die nicht minder mystische und weisheitsvolle Wirkung ‚der Märkte'.

Mit dem Verschwinden Gottes aus der Wirtschaft setzte ein beispielloser Erfolgszug ein, der durch Arbeitsteilung und Industrialisierung tatsächlich den Wohlstand vervielfachte. Smith hatte angenommen, dass vom Reichtum der Grundbesitzer und Fabrikanten alle profitieren würden, da auch die Reichen nicht mehr essen können, als ihr Magen fasst. Nachdem sich diese Gedanken als soziale Utopie erwiesen, oblag es dem Sozialismus und dem Kommunismus, das ideologische Gleichgewicht herzustellen. Mit dem Untergang der Sowjetunion war scheinbar die Entscheidung gefallen. Francis Fukuyama sprach 1992 sogar vom ‚Ende der Geschichte'. Die letzte Synthese wäre geschafft, die weltpolitischen Gegensätze wären für alle Zeiten überwunden. Die Prinzipien des Liberalismus in Form von Demokratie und Marktwirtschaft hätten sich als die einzig wahren durchgesetzt.

Die Mission der Weltentwicklung könnte also seit dem Ende des 20. Jahrhunderts erfüllt sein. Über das demokratische Prinzip ist die Befreiung des Individuums von der Beherrschung durch eine gottgewollte Aristokratie vollzogen. Und ‚die Märkte' haben im Endsieg des Kapitalismus endgültig die ‚unsichtbare Hand' abgelöst. Und wenn die Menschen erwartet hatten, dass damit gleichsam die Rückkehr ins Paradies gelungen wäre, dann folgte bald die Enttäuschung. Das Ende der Geschichte besteht bloß darin, dass der Mensch endgültig Gott die Lenkung aus der Hand genommen hat. Jugendliche überschätzen in der Pubertät gelegentlich ihre Fähigkeiten und gehen manchmal mit neuen Freiheiten etwas unvernünftig um. Ähnlich geht es heute der Menschheit. Die Unvernunft verstellt den Blick auf den Weg ins Paradies. So scheint es eher, dass die Menschheit an einem Tief- und Wendepunkt als am Ende der Geschichte angekommen ist.

Nahe am Ufer klatschte ein Pelikan auf das Wasser und riss Petra Wende aus ihren Gedanken. Wie war sie auf diese gekommen? Seit ihrem Gespräch mit Eireen Mazdao arbeiteten Überlegungen in ihr, die sie bisher kaum beschäftigt hatten. Sie hatte plötzlich die Ahnung, dass

Geschichte nicht bloß etwas Zufälliges ist. ‚Erzähle mir die Vergangenheit, und ich werde die Zukunft erkennen' soll Konfuzius gesagt haben. Und Goethe schrieb: ‚Wer nicht von dreitausend Jahren sich weiß Rechenschaft zu geben, bleib im Dunkeln unerfahren, mag von Tag zu Tage leben.' Mit ihrem bruchstückhaften Verständnis von Geschichte musste sie sich eingestehen, dass sie wohl im Dunkeln lebt. Doch sie hatte das ungewisse Gefühl, dass der Vorhang einen kleinen Riss bekommen hatte. Und es begannen ein paar Sonnenstrahlen hereinzufallen.

Sie hatte schon vor Jahren von Adam Smith gehört. Als sie bei der Agentur arbeitete, hatte sie an der Fachhochschule Wien ein Masterstudium Kommunikationsmanagement begonnen. Doch kurz darauf war die legendäre Pressekonferenz, die ihren Wechsel zu mobitronics einläutete. Noch im ersten und einzigen Semester, das sie absolvierte, hatte ein Lehrbeauftragter über Adam Smith gesprochen. Eigentlich ging es um Unternehmenskultur. Und es wurde herausgearbeitet, dass unter Kultur die gemeinsamen Werte und Normen einer Gesellschaft verstanden werden können. Diese tiefliegenden Überzeugungen – wie religiöse, nationale oder auch ideologische Prägungen – werden kaum hinterfragt, sie werden zu Grundmotiven des Lebens. Diese Sozialisation gibt uns die Orientierung, ‚wie und warum man bei uns die Dinge einfach so macht'.

Die Überzeugung, dass der Wettbewerb die beste Basis für den gesellschaftlichen Fortschritt darstellt, wäre auch bloß ein Glaubenskonstrukt, hatte der Vortragende damals herausgearbeitet. Und er hatte gegenübergestellt, dass nach der Spieltheorie in Situationen mit beschränkten Ressourcen Kooperation als Gestaltungsprinzip die für alle besten Ergebnisse erzielen würde. Wettbewerb führt nicht bloß zu schief verteilten Ergebnissen, wo einige viel und viele wenig haben, sondern auch für die vermeintlichen Sieger zu schlechteren Resultaten als kooperative Strategien. Sie hatte das damals für eine wissenschaftliche

Spitzfindigkeit gehalten. Der praktische Nutzen war für sie nicht erkennbar gewesen.

Doch im Angesicht der Geschichte von Panama wurde ihr klar, dass seit Jahrhunderten ein Verteilungskampf um Ressourcen stattfindet, bei dem sich die Stärkeren mit brutaler Gewalt durchsetzen. Und solange es immer wieder neue Länder und Gebiete zu besetzen gab, schien das ja auch vernünftig. Doch würde dieses Prinzip auch bei endlichen Verhältnissen passen? Offensichtlich nicht. Eine egoistische Perspektive müsste also durch eine holistische abgelöst werden. Deshalb hatte Mazdao wohl gestern den ökologischen Fußabdruck erwähnt. Nur eine ganzheitliche Sicht würde auch eine nachhaltige Entwicklung sicherstellen. Um in der egoistischen Perspektive zu bleiben, müsste die Alternative fast zwangsläufig sein, neue Gebiete zu erschließen. Im kleinen Maßstab findet das bereits statt, wenn im Südchinesischen Meer oder im Persischen Golf künstliche Inseln aufgeschüttet werden. Auch die Erforschung und Inbesitznahme des Meeresbodens würde dazu passen. Und die ultimative Lösung wäre natürlich der Griff nach den Sternen, also die Ausbeutung des Mondes oder des Mars. Plötzlich bekamen aktuelle Ereignisse und Projekte einen neuen Zusammenhang. Ist SpaceX vielleicht mehr als nur eine Marotte?

Nachdenklich stand sie auf und setzte ihren Spaziergang durch die Festung San Geronimo fort. Sie nahm sich vor, dieses Thema am Abend mit Eireen Mazdao zu besprechen. Und dabei bemerkte sie, dass sie bereits große Vorfreude auf den Abend hatte. Also schlug sie den Weg zum Taxi ein, um die Rückfahrt anzutreten.

Der Fahrer erkundigte sich: „Und hat es Ihnen gefallen?"

„Ja, sehr eindrucksvoll. Man spürt den Hauch der Geschichte."

„Waren Sie auch in der Kirche San Felipe?"

„Nein. Ist die auch in der Festung?"

„Nein. Aber sie ist gleich in der Nähe. Da sollten sie noch hineinschauen. Ich kann sie auch hinführen und vor der Türe warten."

„Okay, dann fahren wir."

Sie war überrascht über den im Vergleich mit dem Rest der Ortschaft guten baulichen Zustand der Kirche. Offensichtlich wurde in die Pflege und Erhaltung viel Liebe und Geld gesteckt. Nach dem Betreten fiel ihr Blick sofort auf eine große Glasvitrine mit einer schwarzen, aus Holz geschnitzten Christusfigur. Sie hatte schon viele Christusschnitzereien gesehen, doch noch nie war die Figur schwarz gewesen. Sie war irritiert und blieb stehen.

„Na, was sagen Sie jetzt?" Der Taxi-Fahrer war nachgekommen und stand hinter ihr.

„Ich bin etwas überrascht. Warum ist er schwarz? Ich kenne nur weiße Christusfiguren."

„Darauf weiß niemand eine Antwort. Keiner weiß, wo dieser Christus herkommt. Aber er hat besondere Kräfte."

„Wieso weiß man nicht, wo er herkommt. Es muss ihn ja jemand geschnitzt haben."

„Es gab hier im Ort im 17. Jahrhundert eine verheerende Cholera-Epidemie. Eines morgens trieb in der Bucht eine Holzkiste, deren Herkunft völlig unbekannt war. Darin fand man den ‚Cristo Negro', den Sie hier sehen. Und am selben Tag endete die Epidemie. Seither soll er noch viele weitere wundersame Heilungen vollbracht haben. Im Oktober gibt es immer eine große Prozession ihm zu Ehren."

„Eine seltsame Geschichte ..."

Nachdem sich der Fahrer bisher sehr bewährt hatte, fragte sie ihn, ob er sie nicht bloß zurück nach Colon, sondern gleich nach Panama City führen würde. Natürlich wollte er einen Aufpreis, aber sie konnten sich rasch einigen. Er zeigte sich sehr gesprächig und fragte:

„Seit wann sind Sie in Panama?"

„Erst seit vorgestern. Doch irgendwie kommt mir das schon viel länger vor. Vielleicht weil ich so viele verschiedene Eindrücke verarbeiten muss."

„Und was hat Ihnen bisher am besten gefallen? Der Kanal?"

„Der Kanal ist eindrucksvoll, aber er ist nicht schön. Natürlich ist es eine beeindruckende Ingenieurskunst, solche Schleusen wie in Gatun zu bauen. Und wenn man bedenkt, dass sie jetzt schon über hundert Jahre alt sind."

„Das stimmt aber nur für die kleinen Schleusen. Die großen Schleusen für die Superfrachter wurden erst 2016 eröffnet."

„Oh, ich bin im Reiseführer nur bis zum 1. Weltkrieg gekommen."

„Dann glauben Sie wohl auch noch, dass der Kanal und die Kanalzone noch immer den Amerikanern gehören?"

„Ich weiß nicht. Darüber habe ich mir keine Gedanken gemacht."

„Die Amerikaner haben den ersten Kanal gebaut und sich mit Hilfe lokaler Oligarchen die komplette Kontrolle darüber gesichert. Bis es Omar Torrijos gelang, ihnen die Macht zu entreißen."

„Wer ist Torrijos? Ich habe den Namen noch nie gehört."

„Er war General der Nationalgarde und hat 1968 mit einem Putsch die Macht übernommen. Natürlich hat man versucht, ihn als Kommunisten wie Fidel Castro abzustempeln. Aber er wollte sich nicht zwischen westlichem Kapitalismus oder östlichem Kommunismus entscheiden müssen. Er wollte einen eigenständigen Weg zum Wohle Panamas. Und mit den Einnahmen aus dem Kanal wollte er ihn finanzieren."

„Und wie ist es ausgegangen?"

„Er hat es geschafft. Aber er hat es mit seinem Leben bezahlt. Dafür wird er immer unser Held sein."

Petra Wende fiel sofort das Wort Auftragskiller ein, als sie hörte, dass Torrijos sein Leben verloren hatte. Beklommen fragte sie: „Wurde er ermordet?"

„Es war offiziell ein Flugzeugabsturz. Aber jeder weiß, dass es ein Attentat war. Das war am 1. August 1981. Vier Jahre früher hatte er einen Vertrag mit US-Präsident Carter abgeschlossen. In dem wurde vereinbart, dass zu Silvester 1999/2000 die Kontrolle des Kanals auf Panama übergeht. Danach verhandelte er mit den Japanern über den Ausbau des Kanals auf die heutige Größe, damit auch die Riesenschiffe durchfahren können."

„Und wie ging es weiter?" Wende hatte das Gefühl, die Nacherzählung eines Filmes zu hören und keine reale Geschichte.

„Die großen amerikanischen Firmen merkten, dass ihnen ein Riesengeschäft entgehen würde, wenn wir mit den Japanern arbeiten würden. Dazu musste einmal Präsident Carter weg, der uns den Kanal zurückgegeben hat. Das ist ja auch gelungen. Und es ist wohl kein Zufall, dass das Ende von Carters Präsidentschaft und Torrijos Tod ins selbe Jahr fallen. Ronald Reagan wurde sein Nachfolger. Können Sie sich noch an einige Namen seiner Minister erinnern?"

„Nein, ehrlich gesagt nicht. Damals war ich noch gar nicht auf der Welt" musste Wende eingestehen.

„Da waren einmal sein Außenminister George Shultz und sein Verteidigungsminister Caspar Weinberger. Beide spielten eine wichtige Rolle bei der Iran-Contra-Affäre, wo offensichtlich wurde, wie die USA in die Politik anderer Staaten – in diesem Falle Nicaraguas – eingreifen. Aber was oft nicht beachtet wird: beide kamen aus Spitzenpositionen bei der Bechtel-Group in ihre Ämter. Bechtel ist das größte Bau- und

Anlagenunternehmen der USA. Und es wäre der größte Verlierer gewesen, wenn Carter eine zweite Amtszeit bekommen und Torrijos seine Pläne umgesetzt hätte."

„Aber offensichtlich wurde dann ja doch gebaut. Wer hat sich durchgesetzt?"

„2004 wurde Martin Torrijos, der Sohn Omars, mit der Parole ‚Ja, es geht' und mit dem Versprechen, die Korruption zu bekämpfen und Sicherheit und Beschäftigung zu schaffen, zum Präsidenten gewählt. Er wollte die Visionen seines Vaters umsetzen. Wir haben dann 2006 bei einer Volksabstimmung mit großer Mehrheit entschieden, dass wir den neuen Kanal bauen. Er sollte etwa 5 Milliarden Dollar kosten und mit vorgezogenen höheren Kanalgebühren und Krediten finanziert werden. Das Risiko war beträchtlich, denn 5 Milliarden sind etwa 10 Prozent unseres BIP."

Petra Wende zuckte zusammen, als sie ‚beträchtliches Risiko' hörte. Gehörte das nicht zur üblichen Praxis der ‚Hit Man'? Aber sie wollte an ein Happy End glauben und fragte:

„Aber der Businessplan hat wohl gehalten, und Panama kann jetzt von den Kanalgebühren profitieren, oder?"

„Leider nein. Es wurde ein internationales Firmenkonsortium zur Errichtung gegründet, die GUPC. Es gab immer wieder Bauverzögerungen und massive Rechtstreitigkeiten, weil Mehrkosten geltend gemacht wurden. 2009 wurde Martin Torrijos als Präsident abgewählt und ein Konservativer wurde sein Nachfolger. Erst 2016 wurde der neue Kanal eröffnet. Die endgültigen Errichtungskosten sind nie ganz nachvollziehbar geworden. Aber es könnten bis zu 8 Milliarden sein. Jedenfalls ist unser Schuldenstand bei den Financiers explodiert."

Petra Wende war tief betroffen. Der Fahrer erzählte ihr mit anderen Worten dieselbe Geschichte, die sie gestern von Eireen Mazdao gehört hatte.

„Sagen Sie, kennen Sie vielleicht John Perkins?", fragte sie.

„Nein, wer soll das sein?"

„Das ist ein Amerikaner, der über diese Art Geschäfte zu machen, ein Buch geschrieben hat. Ich dachte, Sie haben das gelesen, weil Ihre Geschichte so ähnlich klingt."

„Sie glauben wohl, dass ein Taxifahrer solche Zusammenhänge nicht verstehen würde. Aber da muss ich Sie enttäuschen. Wir werden seit Jahrhunderten über den Tisch gezogen und ausgebeutet. Daher weiß hier jeder, wie das funktioniert. Die einen wissen es, weil sie die Opfer sind - so wie ich. Die anderen profitieren vom System und kennen sich deshalb aus. Wir brauchen keinen Amerikaner, der uns das erklärt."

„Aber hilft es nicht dabei, dass sich etwas ändert?"

„Es ändert sich immer dann etwas, wenn ein Opfer aufsteht und sagt, dass es anders werden muss – und dabei für sein Volk glaubwürdig wirkt. Doch dann kommt zuerst jemand, der mit Geld und anderen Vorteilen einen Wechsel auf die andere Seite anbietet. Das ist meistens schon erfolgreich. Und wenn das nicht zum Ziel führt, und die Interessen der Profiteure wirklich in Gefahr sind, dann wird es für diese Helden des Volks gefährlich. Sie werden zuerst dämonisiert, und dann sind sie auf einmal tot – hier war es Omar Torrijos, in Ecuador nur wenige Monate davor war es Jaime Roldós. Aber auch Saddam Hussein im Irak und Muammar al-Gaddafi in Libyen können in diesem Licht gesehen werden."

Petra Wende war wie erschlagen von den Aussagen. Sie sagte bloß noch: „Na, ich weiß nicht. Ob Sie da nicht ein bisschen übertreiben ..."

Dann starrte sie schweigsam aus dem Fenster. Die Abenddämmerung hatte eingesetzt, in wenigen Minuten würde es finster sein. Der Taxifahrer spürte ihre Betroffenheit und überließ sie ihren Gedanken.

Als sie ins Hotel zurückkam, fuhr sie sofort auf die Dachterrasse. Zu ihrem Bedauern war Eireen Mazdao noch nicht da. Sie bestellte einen Mojito und einen Clubsandwich. Als das Essen kam, hatte sie den Mojito schon ausgetrunken, und bestellte gleich den nächsten. Sie klammerte sich in der Hoffnung an das Cocktailglas, dass ihr bisheriges Weltbild den Abend überleben würde. Wie würde sie unverändert weiterleben können, wenn der Abend noch weitere Erschütterungen bringen würde. Der Alkohol tat langsam seine Wirkung. Harte Kanten wurden weicher. Die Gedanken wurden geschmeidiger und passten sich wieder den gewohnten Denkschablonen an.

Eireen Mazdao kam mit einem herzlichen Lachen an den Tisch. „Und hatten Sie einen schönen Tag? Wie war es am Kanal? Was sagen Sie zum Prunkstück des freien Handels?"

„Na, Sie steigen gleich wieder mit ihrem Sarkasmus ein. Ich dachte mir gestern schon, dass sie wohl bei Fidel Castro oder Hugo Chavez in die Schule gegangen sein müssen. Auf plumpe Kapitalismuskritik habe ich jetzt gar keine Lust."

„Ist Ihnen eine Laus über die Leber gelaufen?"

„Nein. Aber unser gestriges Gespräch und meine heutigen Erlebnisse passen nicht zu meinen bisherigen Lebenserfahrungen. Das irritiert mich. Ich versuche Ordnung in meinen Kopf zu bekommen."

„Worin liegt das Problem?"

„Bisher war Politik für mich recht egal. Wir haben in Österreich sowohl eher konservative als auch eher linke Parteien. Seit Jahrzehnten bilden sie Regierungen, die den Spagat zwischen den ideologischen Unterschieden schaffen. Damit lebt der Großteil der Bevölkerung auf einem hohen Wohlstandsniveau. Nur wenige fallen aus der Komfortzone und deshalb herrscht ein sozialer Friede, der nur von Diskussionen bedroht wird, die man als Leiden auf hohem Niveau bezeichnen kann. Heute habe ich aber mitbekommen, dass dieser Konflikt zwischen

Rechts und Links massive Auswirkungen hat, wenn sich die beiden Seiten unversöhnlich gegenüberstehen. Es geht dann nicht um ideologische Spitzfindigkeiten, schöne Worte und Propaganda, sondern tatsächlich ums Leben."

„Willkommen in der Realität. Genau das habe ich gestern gemeint, als ich sagte, dass man in den wohltemperierten Wohlfühlzonen des Planeten keinen Blick auf die wahren Probleme hat."

„Okay, jetzt habe ich es verstanden. Aber ich zermartere mir mein Gehirn, was die Antwort darauf ist. Ich habe eine gute Ausbildung und einen Job, in dem ich wirklich sehr gut verdiene. Ich gehöre in Österreich ganz sicher zur Oberklasse. Und so wähle ich auch. Ich bin immer davon ausgegangen, dass mein Erfolg mein Verdienst ist. Und dass jeder, der will, auch erfolgreich sein kann. Warum soll ich also andere mittragen, die in der sozialen Hängematte liegen und weder Ehrgeiz noch Anspruch haben, etwas mit ihrem Leben anzufangen? Heute kommt mir das elitär und großkotzig vor. Denn mir ist klargeworden, dass diese Elite Verhältnisse schafft, die keine echte Durchlässigkeit zulässt. Sie versucht den Status Quo zu erhalten, um die eigene Position an der Spitze der Nahrungspyramide abzusichern. Muss ich also in Zukunft links wählen? Doch wenn ich mir manche linken Politiker oder Gewerkschafter anschaue, die ordinär und selbstgefällig einfach behaupten, dass ich mit ihnen teilen muss, dann kommt mir das Kotzen!"

„Jetzt sind wir genau am Punkt. Es gibt keine Lösung für die Frage, ob linke oder rechte Politik die richtige ist. Denn jede Seite hat recht und unrecht gleichermaßen. Für beide Positionen kann man gute Gründe dafür und dagegen anführen. In der heute üblichen Form der Demokratie haben wir dafür folgende Lösung gefunden: einmal gewinnt die eine Seite und setzt ihr Programm um. Dann sieht man die Erfolge für die einen und die Nachteile für die anderen. Daher gewinnt das nächste Mal die andere Seite und nutzt die Macht aus, bis auch sie sie wieder abgeben muss. Das lässt sich lange fortsetzen."

"Und deshalb arbeiten Sie gerade für die linke Seite, weil in Amerika traditionell die Rechten das Kommando haben? Wollen Sie also einen Regimewechsel herbeiführen?"

"Wieso kommen Sie auf die Idee, dass wir linke Politik machen?"

"Ja setzen sie sich nicht für die Schwachen und Ausgebeuteten ein? Ich dachte, dass sich John Perkins von den rechten Eliten abgewandt hat, nachdem er durchschaut hat, wofür er verwendet und missbraucht wird."

"Es ist egal, für welche Seite man kämpft, wenn beide eigentlich das gleiche Ziel haben. Das Ziel lautet ‚ICH will haben'. Alles dreht sich um Gier. Der Egoismus ist der Motor, der das Pendeln zwischen Rechts und Links am Laufen hält."

"Und soll das ewig so weiter gehen?"

"Ein amerikanischer Psychologe, Clare Graves, hat sein Lebenswerk dieser Frage gewidmet. Er entwickelte eine Ebenen-Theorie der Persönlichkeitsentwicklung. In einem steten Pendeln zwischen einer Hinwendung zum Individuum und dann wieder einer Hinwendung zur Gruppe erfolgt eine Entwicklung. Die menschliche Natur ist für ihn nicht festgeschrieben, sondern befindet sich in einem stetigen Wandel, sie ist ein offenes, kein geschlossenes System. Dieser Wandel resultiert aus dem Streben des Menschen nach Anpassung der Umwelt an sein Selbst oder aber die Anpassung seines Selbst an die Umweltbedingungen. Mit seinem Modell lässt sich auch die kulturelle Entwicklung der Gattung Mensch von unseren Anfängen in der Savanne Afrikas bis heute beschreiben. Unsere sozialen Verhältnisse sind demnach so, wie es dem Entwicklungsniveau der Mehrheit entspricht. Zwischen diesen Ebenen gibt es Aufstieg aber auch Abstieg – jedenfalls aber kein klares Ziel. Es liegt immer an uns selbst. Mehrheitlich befindet sich die Welt derzeit wohl auf der Stufe 5. Diese steht für Begriffe wie ‚Rationalität, Analyse, Wissenschaft, Leistung, Erfolg' und ist Ich-zentriert. Wenn der Umbruch kommt, der wieder die Gruppe in das Zentrum stellt, kann es

Rückschritt oder Aufstieg geben. Rückschritt würde bedeuten, dass wir auf Stufe 4 wieder ‚Recht und Ordnung, Hierarchie, Tradition, alte Tugenden' in den Vordergrund stellen. Oder wir steigen auf Stufe 6 und betonen ‚Gleichberechtigung, Ökologie, Wertschätzung, Multi-Kulti'."

„Das ist interessant. Denn diese Spannung haben wir politisch gerade in Europa. Auf der einen Seite die Rechtspopulisten mit ihren Law-and-Order-Positionen und auf der anderen Seite die linken und grünen Parteien. Aber das scheint mir immer noch keine Lösung für das Spannungsverhältnis zu sein."

„Stimmt. Denn das Zentrum von Graves Theorie ist das Selbst in seiner Beziehung zur Umwelt. Der wirkliche Entwicklungssprung setzt erst dort ein, wo Selbstlosigkeit beginnt – also aus Egoismus Altruismus wird. In Graves Modell ist das die holonische und spirituelle Ebene, zu der heute aber nur die wenigsten befähigt sind."

„Was um Gottes Willen heißt holonisch? Das habe ich noch nie gehört."

„Ein Holon ist ein Ganzes, das Teil eines anderen Ganzen ist. So ist zum Beispiel eine Zelle für sich ein Ganzes, jedoch Teil eines umfassenderen Ganzen, eines Organs, das wiederum Teil des Körpers ist. Und das interessante ist, dass die indigenen Völker im Regenwald mit so einem Bewusstsein leben. Sie leben symbiotisch mit ihrer Umwelt. Sie sind Teil der Natur. Ihre Stammeskultur ist im Einklang mit der umgebenden Natur. Man könnte sagen, sie leben noch im Paradies. Sie sind sich ihrer Nacktheit im wahrsten Sinne des Wortes nicht bewusst, denn sie haben noch nicht vom Baum der Erkenntnis gegessen. Wir verfolgen also keine politische Agenda. Wir machen weder linke noch rechte Politik. Wir setzen uns nur dafür ein, dass die Regenwälder erhalten bleiben. Und in diesen Wäldern sollen die Ureinwohner weiterleben dürfen wie bisher."

„Sie sind also eigentlich Naturschützer?"

„Praktisch gesehen ja. Aber das hat einen sehr grundsätzlichen Hintergrund."

„Spannen Sie mich nicht auf die Folter. Worum geht es?" Sie hatte die bisherige Unterhaltung mit Eireen Mazdao anregend und interessant gefunden. Doch sie spürte, dass noch eine Überraschung auf sie warten würde. Mazdao war zu den politischen Fragen so distanziert gewesen, dass Ideologie nicht ihr wirkliches Motiv für ihr Engagement sein konnte.

„Haben Sie heute in Portobelo den ‚Cristo negro' gesehen?"

„Ja, warum fragen Sie?"

„Der ‚schwarze Christus' ist wie aus dem Nichts erschienen und hat ein Wunder vollbracht, nämlich eine Epidemie gestoppt. John Perkins hat auch so ein Erlebnis gehabt. Eines Nachts erschien ihm Christus in seinem Hotelzimmer."

„Sie machen Scherze?"

„Ich habe schon gestern gesagt, dass die Begegnung mit John Perkins ein Wendepunkt in meinem Leben war. Für ihn war es diese Nacht in Indonesien. Er erwachte aus einem Traum und hatte das Gefühl, dass jemand in seinem Hotelzimmer war. Irgendwie verwischte sich wohl Traum und Realität. Aber er war sich sicher, dass er Jesus gesehen hatte – mit dunklen Haaren und dunkler Hautfarbe. Und er hat auch mit ihm gesprochen."

„Und worüber?"

„Jesus fragte, ob wir Menschen ihn jetzt anders sehen würden, wenn er wiederkäme. Perkins fragte, weshalb. Und Jesus sagte: ‚Weil sich die Welt verändert hat.' Perkins verstand es nicht. Aber er war sich bewusst, dass sich sein Leben verändern müsste."

„Und Sie glauben das einfach so?" Petra Wende hatte in den letzten Stunden einige Glaubenssätze ihres bisherigen Lebens in Frage gestellt.

Doch jetzt schien die Fantasie mit Mazdao durchzugehen. Sie war überrascht, dass diese Frau, die sie so beeindruckt hatte, einer läppischen Erzählung oder Behauptung solchen Wert beimaß.

Mazdao lachte laut. „Ich verstehe Ihre Bedenken. Sie halten mich jetzt für eine naive Leichtgläubige. Stimmts? Damals in Detroit bei der Buchlesung ging es mir genauso. Ich bin daher mit einem Buchexemplar um eine Widmung angestanden. Und als ich dran war, habe ich gesagt: ‚Sie wirken auf mich ganz normal. Wieso glauben sie an den Unsinn mit der Jesus-Begegnung? Und wieso versuchen Sie uns mit so einem Unfug zu überzeugen? Ich hätte ihr Buch auch so gekauft.' Er blickte vom Buch auf, sah mir ganz ruhig, lange und tief in die Augen und antwortete mit fester Stimme: ‚Weil es wahr ist.' Und in diesem Moment war mir klar, dass er nicht lügt. Ich bedankte mich für die Widmung und lief davon. Es war mir peinlich, dass ich ihn so unhöflich angesprochen hatte, obwohl er offensichtlich fest davon überzeugt war."

„Na ja", sagte Wende. „Das macht es mir nicht leichter. Er behauptet, dass er Jesus gesehen hat. Sie glauben es ihm, weil Sie es in seinen Augen gesehen haben. Das erfordert schon sehr viel Glauben und guten Willen von mir."

„Da haben Sie Recht. Und ohne diesen guten Willen wird es auch nicht gehen. Denn solange man nicht selbst ein solches Erlebnis hat, wird man daran eben glauben oder nicht glauben müssen. Wer eine religiöse Haltung hat, wird vielleicht eher glauben. Und wer Atheist ist, wird es eher als Erfindung oder Einbildung abtun. Ich wollte mich aber mit dem Glauben nicht abfinden und habe zu recherchieren begonnen. Dabei bin ich auf zwei Veröffentlichungen gestoßen, die sich mit ähnlichen Erlebnissen beschäftigen. Das erste Buch ist von dem schwedischen Theologen Gunnar Hillerdal. Dieser hatte in einem Buch geschrieben, dass man gar nicht genau sagen könne, wie Jesus ausgesehen hat. Darauf hatte er zahlreiche Zuschriften erhalten, in denen Menschen behaupten, sie hätten Jesus gesehen. Er schaltete daher zu Weihnachten

1972 in einer schwedischen Tageszeitung eine Annonce und bat um Zusendung von Berichten über Christusbegegnungen. Er erhielt dann völlig überraschend über 100 Erlebnisberichte aus ganz Schweden und veröffentlichte diese Umfrage gemeinsam mit Berndt Gustafson unter dem Titel ‚Sie erlebten Christus. Berichte aus einer Untersuchung des Religionssoziologischen Instituts, Stockholm.'"

„Und was ist herausgekommen?" Petra Wende war noch immer skeptisch. Und doch spürte sie, dass das Thema sie berührte.

„Es gab Berichte über visuelle Erscheinungen und Hörerlebnisse. Aber alle haben einen ähnlichen Erzählkern, obwohl die Menschen sehr unterschiedlich sind – Männer und Frauen, verschiedenes Alter, unterschiedliche Schichten, Stadt- und Landbevölkerung. Das Gemeinsame wird so charakterisiert: Es kommt als Offenbarung, plötzlich, ohne persönliche Anstrengung, unerwartet. Es hat die Menschen in einer tiefen Schicht berührt. Es ist eine Begegnung mit dem 'Anderen', mit der Wirklichkeit an sich. Durch die erlebte Gefühlstiefe erfolgt eine Neuorientierung im Leben und Denken, eine innere und nicht selten auch eine äußere persönliche Wandlung."

„Und wurde auch geprüft, ob diese Menschen vielleicht krank waren?", fragte Wende.

„Natürlich. Das ist ja der zentrale Punkt für die Glaubwürdigkeit. Am Ende der abschließenden Beurteilung aller Fälle sagten die Autoren, dass sie nur mit Gesunden zu tun gehabt hätten. Und dass gerade deshalb die Ergebnisse so bedeutsam wären. Die echte Vision oder Audition ist ein teures persönliches Erlebnis, das nicht ohne weiteres auf den Markt gebracht wird. Man möchte damit nicht angeben oder sich brüsten. Sie ist in vielen Fällen einmalig und die Erinnerung daran ist den Betroffenen heilig. Das Erlebnis kommt als Antwort auf einen langwierigen – oder einen ausnahmsweise kurzen, aber persönlich sehr erschütternden – geistigen Kampf. Sie kommt dann als Überraschung, plötzlich und erschütternd. Visionen bekommt man nicht aus Hysterie."

„Und haben Sie noch weitere Beweise gesammelt?", Wendes Ablehnung und Widerstand wich beginnender Neugier.

„Ja. Ich habe eine weitere spannende Quelle gefunden. Der Autor ist Alister Hardy, geboren 1896 und britischer Biologe. Er studierte am Exeter College in Oxford, absolvierte eine tadellose wissenschaftliche Karriere, die er auch als Professor an seinem College beendete. Er war ab 1940 ordentliches Mitglied der Royal Society und wurde von Queen Elizabeth 1957 für seine Verdienste um die Wissenschaft zum Ritter geschlagen. Er emeritierte 1962. Und dann nahm das Leben des Naturwissenschaftlers noch eine spannende Wendung oder Vertiefung: Er war von 1965 bis 1969 Präsident der Society for Psychical Research. Diese Gesellschaft wurde bereits 1882 gegründet und dient der Erforschung parapsychologischer Phänomene. Dann gründete er in Oxford das ‚Religious Experience Research Centre'.

Zehn Jahre nach der Gründung veröffentlichte er 1979 das Buch ‚The Spiritual Nature of Man: Study of Contemporary Religious Experience'. Im Vorwort zu diesem Buch bekennt er, dass er in seiner Jugend mehrfach die Wahrnehmung hatte, dass eine Macht für und um ihn wirken würde, zu der er völliges Vertrauen haben könnte. Diese spirituellen Erfahrungen waren massiv und überwältigend. Er fühlte sich dabei mit der Welt, dem Universum und allen Lebewesen innerlich verbunden. Es war ihm aber klar, dass derartige Erlebnisse nicht wissenschaftlich objektiv als Manifestationen einer Wirklichkeit außerhalb seines Selbst bewiesen werden können. Es könnte sich auch um Wirkungen seines eigenen Unterbewussten handeln.

In einem wissenschaftlichen Umfeld, das vom Dogma des Materialismus geprägt ist, empfand er die Notwendigkeit, spirituelle und religiöse Phänomene zu erforschen, um den Verlust von Religion in der Zivilisation zu vermeiden. Durch seine hohe Reputation gelang es ihm, die dafür nötigen Forschungsmittel aufzustellen. Er vertrat die Ansicht, dass eine spirituelle Philosophie nötig wäre, um den herrschenden Materialismus zu überwinden. Dafür entwickelte er den Begriff des ‚experimentellen Glaubens'. Darunter versteht er einen Glauben, der sich nicht auf Autorität begründet, sondern auf persönliches Erleben. Und daher verwendete er die Technik, die auch schon in Schweden angewendet wurde: Menschen wurden aufgerufen, ihre Erlebnisse zu melden und zu beschreiben. Für das Buch wurden 3.000 solcher Erlebnisse erfasst und ausgewertet. Inzwischen sind in der Forschungsgesellschaft über 6.000 Berichte dokumentiert. Sir Alister ist 1985 verstorben. Aber er hat der Welt viel hinterlassen."

Petra Wende hatte aufmerksam gelauscht. Sie fühlte sich durch die Erzählung an etwas erinnert. Und die Erinnerung rief ein Gefühl in ihr wach, das sie lange nicht empfunden hatte. Eireen Mazdao spürte diesen Stimmungsumschwung. „Was geht Ihnen durch den Sinn?"

„Ihre Worte rufen eine Empfindung in mir auf. Und ich kann sie nicht zuordnen, weil ich sie schon lange nicht mehr gespürt habe."

„Denken sie an Ihre Kindheit", empfahl Mazdao.

„Ja, das ist es. Es erinnert mich an meine Großmutter, die immer mit mir betete, wenn sie mich zu Bett brachte. Und sie hat immer zu meinem Schutzengel gesprochen. Ich habe mich dann in meine Bettdecke gekuschelt und vorgestellt, dass mich mein Engel mit seinen Flügeln zudeckt. Das waren prächtige Flügel. Ich habe mich damals immer umsorgt und behütet gefühlt. Irgendwie ist mir später diese Geborgenheit verloren gegangen. Aber woher wussten Sie das?"

„Es war nur ein Versuch. Meistens haben wir als Kinder noch einen ganz natürlichen Zugang zu diesen Dingen. Und die Erwachsenen glauben oft, dass es sich um Erfindungen oder Einbildungen handelt. Doch: ‚Kindermund tut Wahrheit kund.' Kinder sind noch viel mehr Bürger der anderen Welt. Doch langsam vergessen wir das. Mit der Pubertät kommen wir endgültig auf der Erde an. Die beginnende Sexualität ist dafür ein gutes Indiz."

„Ja, damals in der Pubertät hat Religion seine Unschuld verloren. Priester und Religionslehrer, die nicht meinen hohen Erwartungen entsprechen konnten und kein wirkliches Vorbild waren, haben bei mir zu einer Abkehr geführt. Ich hatte schon eine Ahnung, dass es richtig wäre, christliche Ideale in das Alltagsleben zu bringen. Aber warum sollte ich das leisten, wenn es den Erwachsenen auch nicht gelang. Natürlich wollte ich mir nicht eingestehen, dass ich den eigenen Anspruch des jugendlichen Idealismus nicht erfüllen würde. Deshalb habe ich der Kirche den Vorwurf gemacht, dass sie altmodisch und verzopft ist. Mit der Ablehnung der Institution Kirche konnte ich das ganze Thema beerdigen."

„Ich glaube, so geht es vielen. Aber es bleibt ein ungestilltes Bedürfnis zurück, eine Ahnung, ein Sehnen. Und manchmal bricht dann der Panzer auf. Die Menschen, die in den Büchern, von denen ich erzählt habe, von ihren spirituellen Erfahrungen berichten, waren nicht nur Gläubige, die regelmäßig zur Kirche gingen oder sich mit Religion beschäftigten. Es waren ganz normale Menschen, die durch äußere Erlebnisse und innere Fragen vorbereitet plötzlich diese Wahrnehmungen und Eindrücke hatten. Deshalb haben sie das auch nicht unbedingt in einen konfessionellen Zusammenhang gebracht. Die Zugehörigkeit zur einen oder anderen Glaubensgemeinschaft hat gar keinen besonderen Einfluss. Man gibt vielleicht nur seinen Erfahrungen andere Begriffe, die man sich eben bei seiner Kirche ausleiht. Mir scheint Spiritualität und Religion ein universelles Thema. Deshalb setzen wir uns auch so für die indigene Bevölkerung in den Regenwäldern ein. Wir können von diesen Menschen und Kulturen viel für unsere moderne Zeit lernen. Doch die wirtschaftlichen Interessen überwiegen meistens. Wenn wir für Kraftwerke oder die Landwirtschaft riesige Gebiete des Regenwaldes abholzen, oder so wie hier in Panama für die Schleusen das Wasser entziehen, dann denken wir nicht an jene, deren Lebensgrundlagen wir zerstören. Und wenn Menschen wie John Perkins an die Opfer der Moderne erinnern, dann wird das abgetan. Diese Völker werden als Relikte aus der Steinzeit angesehen, die in unserer modernen Welt keinen Platz haben."

„Worin besteht die Besonderheit?"

„Diese Völker bieten uns einen Blick in unsere eigene Vergangenheit. Man könnte sagen, wir sehen in die Kindheit der Gattung Mensch. Damals stand uns der Himmel noch offen. Materie und Geist waren im Bewusstsein noch nicht getrennt, sondern verbunden. Das eine kann ohne das andere nicht existieren. Daher verfügen diese Völker über enormes Wissen der Naturheilkunde. Wir kommen mit unseren modernen pharmakologischen Methoden kaum mit, die Heilstoffe aus dem Regenwald zu erfassen. Die zweite Seite ist der Schamanismus, die Religion dieser Naturvölker. Wir können es uns so vorstellen, dass diese Naturvölker noch im Paradies, im Garten Eden, leben. Sie haben noch nicht vom Baum der Erkenntnis gegessen. Das könnte auch unseren Horizont erweitern."

„Und Sie wollen unsere Zivilisation dorthin zurückführen?"

Mazdao lachte laut auf. „Können Sie ihre Pubertät rückgängig machen? Natürlich nicht. Die Menschheit hat ihre Kindheit und Jugend zurückgelassen. Wir sind erwachsen geworden. Wir haben dadurch viel dazugewonnen, aber wir haben auch etwas verloren, einen Preis dafür gezahlt."

„Das ist aber ein interessanter Gedanke. Sie meinen also, dass sich nicht bloß der einzelne Mensch verändert, sondern auch die ganze Gattung eine Entwicklung durchläuft?"

„Na, das ist aber eine biologische Binsenweisheit: ‚Ontogenese rekapituliert Phylogenese' – wir wiederholen in unserer individuellen Entwicklung die Stammesentwicklung. Diese baut auf der Entwicklung der älteren Formen auf. Und man wird wohl annehmen dürfen, dass die Entwicklung noch weiter geht."

„Sie meinen also, dass die indigenen Völker im Regenwald eine primitive Frühform des Menschen sind?"

„Das ist jetzt semantisch gefährlich und unzutreffend. Denn mit ‚primitiv' wird häufig auch wertlos gemeint. Und das teile ich gar nicht. Denn, um bei unserer Metapher zu bleiben, wir würden unsere Babys und Kinder auch nicht wertlos oder primitiv nennen."

„Worin besteht jetzt die Pubertät der Menschheit?"

„Das ist eine wichtige Frage. Und ich glaube, dass wir dafür nicht einen Zeitpunkt annehmen können. Es scheint mir eher so, dass es einen fließenden Verlauf gibt: Wenn Sie die Struktur der Gesellschaften in der Frühgeschichte der Menschheit ansehen – und die Naturvölker, die wir im Regenwald gefunden haben, sind da genauso –, dann finden Sie soziale Verhältnisse, bei denen der Stamm oder die Sippe alles bedeutet und der Einzelne relativ wenig. In unserer modernen Gesellschaft hat sich das praktisch umgedreht. Es gibt also eine Entwicklungslinie, die von der Gruppe zum Individuum zeigt. Parallel dazu gibt es eine Entwicklung beim Prinzip der Führung. Die alten Stammväter nahmen die Führung ihres Clans als Priesterkönige wahr. Wir können nachvollziehen, dass es in der Geschichte zu einer Trennung von geistlicher und weltlicher Macht gekommen ist. In Europa können die Jahrhunderte des Kampfes um die Vorherrschaft zwischen Papst und Kaiser dafür als Beispiel stehen. Später emanzipierten sich schrittweise die Stände – zuerst die Kurfürsten, dann die Landesfürsten, das Bürgertum, zuletzt das Proletariat. Erwachsen werden heißt, auf eigenen Beinen zu stehen, Verantwortung zu tragen. Die Pubertät der Menschheit hat dazu geführt, dass heute der einzelne Mensch die Verantwortung zu tragen hat, die früher von den Priesterkönigen übernommen wurde. Wir haben in dieser Entwicklung das größte Geschenk erhalten, das gleichzeitig der größte Fluch ist: den freien Willen. Wir sind bereits ‚Herr unter Herren' und ‚König unter Königen'."

„Ui, da legen Sie uns aber die Latte hoch. Ich bin nicht sicher, ob wir wirklich diesem Anspruch entsprechen."

„Ich lege die Latte jetzt noch ein bisschen höher: In der Bibel gibt es die Szene, wo Jesus Christus von Pilatus mit den Worten ‚Ecce homo' dem Volk vorgeführt wird. Was bedeutet aber ‚Siehe, der Mensch'? Meint das ‚schaut her, er ist auch nur ein Mensch'? Oder meint es, dass der im Fleisch inkarnierte Gott das Vorbild des Menschen ist? Ist Jesus Christus der Prototyp des Menschen? Ist er der neue Adam, der uns den Weg zurück ins Paradies weist?"

„Ich glaube jetzt gehen Sie zu weit. Das klingt für mich schon nach Blasphemie. Der Mensch als Gott? Das hat schon bei Jesus zur Kreuzigung geführt. Geht da nicht die Fantasie mit Ihnen durch?"

„Sie haben Recht. Die Gefahr ist groß, dass wir zurückzucken. So wie Sie erzählt haben, dass Sie in Ihrer Pubertät vor der Religion ausgewichen sind. Doch wenn Sie bedenken, dass die Entwicklung zum modernen Menschen nicht von heute auf morgen ging, dann darf ja auch seine Weiterentwicklung eine gewisse Zeit in Anspruch nehmen. Für den freien Willen ist Voraussetzung, dass wir jede Anleitung oder Inspiration verlieren, sonst wären wir nicht wirklich frei. Deshalb stehen wir heute auf dem Boden des Materialismus. Wir haben uns über die bisherige Entwicklung gewissermaßen den Tiefpunkt erarbeitet – eine Individualität im Kerker des Materialismus. Das ist, was man das ‚niedere Ich' nennen kann. Und nichts und niemand kann uns zwingen, davon loszulassen und nach einem ‚höheren' oder gar einem ‚wahren Ich' Ausschau zu halten. Aber es können uns Angebote gemacht werden, unsere Denkart zu hinterfragen, neue Wege zu gehen und aus dem Tiefpunkt einen Umkehrpunkt zu machen."

„Was meinen Sie mit Angeboten? Gibt es etwa einen spirituellen Supermarkt?" Wendes Sarkasmus war wieder zurück. Zu sehr hatte sie Mazdaos argumentativer Höhenflug überfordert und damit provoziert.

Eireen Mazdao lächelte. „Habe ich an einen wunden Punkt gerührt, dass Sie so reagieren? Schauen Sie, ich will Sie nicht ärgern. Ich philosophiere mit Ihnen über Fragen, die alle Menschen seit ewiger Zeit beschäftigen: Wer bin ich? Woher komme ich? Wohin gehe ich? Ich habe Ihnen meine Gesichtspunkte erzählt. Was Sie damit tun, ist Ihre Sache – freier Wille. Darum geht es ja. Sie haben mir gestern gesagt, dass Sie nach Panama gekommen sind, um sich über wichtige Fragen klar zu werden. Vielleicht habe ich Ihnen Antworten gegeben. Vielleicht sind es Antworten, die Sie nicht erwartet haben, oder die Ihnen nicht gefallen. Vielleicht hat meine Sicht der Dinge gar nichts mit Ihren Fragen zu tun. Das kann und will ich nicht beurteilen. Das können nur Sie selbst entscheiden. Und Sie werden wissen, was für Sie richtig ist. Es gibt ein bemerkenswertes Zitat von Albert Einstein: ‚Der intuitive Geist ist ein heiliges Geschenk, der rationale Verstand treuer Diener. Wir haben eine Gesellschaft erschaffen, die den Diener ehrt und das Geschenk vergessen hat.' Sie müssen und werden selbst wissen, wem Sie folgen werden - dem Geist oder dem Verstand."

Petra Wende fühlte sich ertappt. Schon zum zweiten Mal hatte Mazdao ihre innere Stimmung aufgefasst und ihr den passenden Fingerzeig gegeben. „Entschuldigen Sie. Ich wollte Sie nicht angreifen. Doch Ihre Worte über Jesus als Vorbild für jeden Menschen waren mir einfach zu heftig. Es wäre einfach gewesen, Sie als Spinnerin abzutun, und damit unser Gespräch zu beenden. Aber Sie treffen immer wieder genau die Fragestellungen, die mich bewegen, obwohl Sie mich gar nicht kennen. Und eigentlich sind es Fragen, denen ich selbst meistens ausweiche. Warum tue ich das? Vielleicht weil mir die Antwort zu schmerzhaft ist. Es ist mir peinlich, mir einzugestehen, dass ich ein ‚niederes Ich' bin. Ich schäme mich dafür und will es immer verstecken. Doch damit geht es nicht weg. Ich bin mein ganzes Leben dem Verstand gefolgt. Dass ich heute hier bin, verdanke ich einer Eingebung in der Badewanne. Damals dachte ich, ich sollte meinem Herzen folgen. Ist das der ‚intuitive Geist', den Einstein meint?"

„Ist er es? Sie wissen es selbst, wenn Sie auf ihre innere Stimme hören."

„Ja, er ist es. Und er hat mich hierhergeführt, damit wir dieses Gespräch führen."

„Und wozu führen wir dieses Gespräch?"

„Damit Sie mir sagen, wie der Geist mich vom niederen zu einem höheren Ich führen kann." Petra Wende war über ihre eigenen Worte überrascht. Sie hatte sich das nicht überlegt. Der Gedanke war auf einmal da gewesen.

„Ich bin ein Mensch. Und ich bin genauso auf diesem Weg. Ich kann ihnen keine Antwort geben, die genau richtig ist für Sie. Aber Sie kennen jetzt die Richtung, in die Sie gehen wollen. Und Sie haben einen Eindruck gewonnen, wie der Lebensweg Ihnen Gelegenheiten bietet, die Sie nutzen oder verstreichen lassen können. Und Sie haben gespürt, dass etwas in ihrem Inneren die Instanz ist, der Sie vertrauen können."

„Aber Sie haben da offensichtlich schon mehr Erfahrung. Können Sie mir nicht noch weitere Tipps geben?"

„Ich gebe Ihnen eine Metapher: Wissen Sie, was Termiten sind?"

„Ja, das sind Insekten, die alles auffressen und riesige Hügel bauen."

„Genau. Für uns Menschen gelten sie häufig als Schädlinge, weil sie auch unsere Holzhäuser fressen. Aus der Zellulose schaffen sie mit ihrem Speichel einen Baustoff für ihre Nester, der hart wie Beton ist. Berühmt sind ihre Hügel, die oft mehrere Meter hoch sind. In der Savanne sind sie daher weithin sichtbar. Bei uns im Regenwald fallen sie neben den Baumriesen weniger auf. Ihre Gänge verlaufen auch unterirdisch. So hoch einerseits die Burgen aufragen, so tief bohren sich die Stollen in den Untergrund. Wenn in der Savanne nach langer Trockenzeit alles Gras verdorrt ist, alle Wasserlöcher versiegt sind, wenn die Natur nach Wasser und Wiederbelebung lechzt, dann kommt die Regenzeit. Das

Wasser dringt dann durch die Gänge der Termiten tief in den Boden ein. Ohne die Termiten würde das Wasser an der Oberfläche davonlaufen. Die ausgetrocknete Erdschicht könnte den Segen des Wassers gar nicht aufnehmen und speichern.

Sehen Sie unser ‚niederes Ich im Kerker des Materialismus' wie die Bauten der Termiten. Hoch ragen die Türme unseres Stolzes auf. Und ja – wir können viel bauen. Wir haben uns die Erde wirklich Untertan gemacht. Gleichzeitig vertrocknen wir dabei. Doch wenn wir offen sind für die Belebung, dann dringt das Wasser des Lebens im Überfluss herein. Solange wir unseren Blick mit dem treuen Diener unseres Verstands nur auf die Materie richten, bauen wir die Termitenburgen. Gleichzeitig bereiten wir damit den Boden auf, dass das heilige Geschenk des intuitiven Geistes sich tief in uns ergießen kann.

Es gibt nur einen Unterschied: In der Savanne folgt auf die Trockenzeit immer eine Regenzeit. Ob wir als einzelner Mensch im niederen Ich verharren wollen oder ob wir uns dem höheren Ich zuwenden, ist eine Entscheidung unseres freien Willens. Der Geist ist da und wartet auf uns. Er wird reichlich in uns eindringen, wenn wir uns dafür öffnen. Sie kennen sicher den speziellen Geruch, wenn nach langer Trockenheit ein Regenguss die Erde küsst. Man riecht fast die Wollust des Regens, wenn er sich über die Erde ergießt. So sehnt sich der Geist nach jenen, die die Trockenheit ihres irdischen Lebens hinter sich lassen wollen."

„Das ist ein schönes Bild. Aber was heißt das für mein Leben? Was soll ich mit meinem Job machen? Wie geht es weiter?"

„Nun, ihr aktueller Job – bringt er Sie weiter? Ist es das, was Sie machen wollen?

„Bis vor wenige Tage hätte ich mit größter Überzeugung ‚Ja' gesagt. Aber so, wie sich das jetzt entwickelt, hat dieser Job keine Zukunft für mich." Diese Erkenntnis hatte sie schon vor einigen Tagen in der Badewanne in Wien - aber ohne Hinweis auf Alternativen. „Ich habe keine Vorstellung, was ich mit meinem weiteren Leben anstellen könnte."

„Sie sind doch eine Expertin für PR und Marketing? Solches Knowhow könnten wir gut für unsere Arbeit gebrauchen. Es war nicht einfach, Ihnen meine Arbeit zu erklären. So geht es John auch oft – sowohl wenn er mit staatlichen Stellen oder den Ausbeutern der Natur verhandelt als auch wenn es um das Gewinnen von Partnern, Sponsoren und Unterstützern geht. Sie könnten uns helfen, die richtigen Formulierungen zu finden."

„Ist das ein Jobangebot?"

„Das war jetzt eine spontane Idee. Ich finde Sie sympathisch und ich könnte mir eine Zusammenarbeit gut vorstellen. Aber ich habe keine Ahnung, was John dazu sagt. Und vor allem müssten Sie das überhaupt wollen. Aber Achtung, wir können Ihnen sicher kein üppiges Managergehalt zahlen. Auch John hat gegenüber seiner Beraterzeit riesige Einkommenseinbußen hinnehmen müssen."

Petra Wende war verwirrt. Gefühlsmäßig würde sie Mazdao für diese Idee am liebsten um den Hals fallen. Doch ihr Intellekt sah sofort die Hindernisse und Gründe dagegen. „Ich habe heute von Ihnen gelernt, besser auf meine innere Stimme zu hören. Doch ich traue mich nicht, eine schnelle Antwort zu geben. Aber eines kann ich sofort sagen: ich finde Sie eine großartige Frau und ich habe seit gestern unglaublich viel von Ihnen geschenkt bekommen."

„Lassen Sie sich ruhig Zeit. Wir können jetzt ohnedies nichts vereinbaren, da John ja gar nicht mehr hier ist. Ich fliege morgen nach Brasilien, wo wir eine Initiative gegen ein Amazonas-Kraftwerk unterstützen. Hier haben Sie meine Business-Karte. Sie können mich jederzeit anrufen, wenn Sie Klarheit gefunden haben."

In den nächsten zwei Wochen absolvierte Petra Wende eine Rundreise, bei der sie die Pazifikküste, die Nebelwälder, das Hochgebirge und die Karibikküste besuchte. Sie hatte ein Paket gebucht, bei dem sie sich dank perfekter Reisebegleitung um nichts kümmern musste. Sie genoss die Schönheit der Natur in vollen Zügen. Ständig kreisten ihre Gedanken um Mazdaos Vorschlag. Es hatte sich nichts geändert: ihr Herz sagte ‚Ja'. Doch jedes Mal, wenn sie systematisch die Pros und Cons gegenüberstellte, blieben die Nachteile in der Überzahl.

Ihr Rückflug nach Wien erfolgte mit der Lufthansa über Frankfurt. Sie hatte einen Fensterplatz und damit beim Landeanflug einen perfekten Blick auf die Wolkenkratzer ‚Mainhattans'. Sofort fiel ihr wieder Mazdaos Vergleich mit den Termitenhügeln wieder ein. Sie musste zwei Stunden auf den Anschlussflug warten und verbrachte diese Zeit in der Business-Lounge. Zuerst wollte sie sich eine Tageszeitung nehmen, doch dann widmete sie sich stattdessen der Beobachtung der Umgebung.

Die grauen Ledersessel passten exzellent zu den Uniformen der Geschäftsleute. Graue, schwarze und dunkelblaue Anzüge und Kostüme prägten das Ambiente. Die meisten waren emsig mit ihren Tablets oder Smartphones beschäftigt. Kaum jemand hatte einen Blick für sein Umfeld. Selbst an der Theke, wo man sich Getränke und Snacks nehmen konnte, wurden die Telefonate nicht beendet. Die Körpersprache vermittelte ‚Hoppla, da bin ich – aber mit Vorrang!' oder ‚Seht her, ich bin wichtig – nämlich wirklich'. Doch irgendetwas fehlte. Plötzlich wusste sie es. Niemand lachte. Nicht einmal ein Lächeln war zu sehen. Ganz anders als bei den Bewohnern des Nebelwaldes. Stattdessen verbissene Härte im Gesicht, die im Fitnesscenter gestählten Körper wirkten verspannt und die Ärsche zusammengekniffen. Die Worte bei den Telefonaten wirkten herausgepresst, mit verkrampftem Zwerchfell gehechelt. Atemlose Gehetztheit war das gemeinsame Merkmal. ‚Speed kills', fiel ihr ein.

Und dann spürte Petra Wende ein tiefes Mitleid mit diesen Menschen. Sie empfand sie wie Hamster im Rad. Vom Ehrgeiz zerfressen, zum Erfolg verdammt. Uniformierte Soldaten in einem Wirtschaftskrieg, der keinen Sieger zulässt, der nur zwischendurch manchmal Boni ausschüttet, damit das Adrenalin in den Adern rauscht und das Rad am Laufen bleibt. Und es wurde ihr schlagartig klar: das war nicht die Elite, als die sie sich selbst sah. Es war das niedere Ich im Kerker des Materialismus. In zahlloser Kopie. Ausgenützt. Missbraucht. Gefühllos. Seelenlos. Geistlos. Maschinenartig. Entmenscht. Ichlos. Tot.

Wie Georg Lippert, mit dem sie zusammenarbeiten sollte. Und wie sie selbst. Als CMO von mobitronics hatte sie perfekt dazu gepasst. Ihr Herz brannte und Tränen füllten ihre Augen. Es waren Tränen der Dankbarkeit dafür, dass vor ihren Augen der Schleier zerrissen war. Sie erkannt, was sie gewesen war, und ahnte was sie sein wollte.

Petra Wende nahm ihr Handy heraus und tippte eine SMS an Eireen Mazdao: „Ich komme. Breche Zelte in Europa ab. Neue Zeit. Neue Welt."

Licht ins Dunkel

Manuel Wittsohns Assistentin öffnete die Bürotür. „Herr Sedek hat gerade angerufen und gefragt, ob Sie gemeinsam Mittagessen gehen." Wittsohn sah von einer dicken Unterschriftenmappe auf, die ihn schon geraume Zeit beschäftigte. „Ist es schon so spät? Wo will er denn hingehen?"

„Nichts Besonderes. Gleich ums Eck ins Beisl."

Kurz darauf saßen die beiden Kollegen in diesem typischen Wiener Wirtshaus. Die Holzvertäfelung an den Wänden gab eine wohlige Atmosphäre. Die Schank wirkte irgendwie zeitlos klassisch. Und die Speisenkarte ebenso. Die Mittagsmenüs waren immer sehr günstig, rasch serviert und von tadelloser Qualität. Auf der großen Tafel beim Eingang stand mit schöner Handschrift mit Kreide geschrieben: Menü: Griesnockerlsuppe – Faschierte Laibchen mit Erdäpfelpüree – Grüner Salat. Beide entschieden sich dafür, ohne in die Karte zu blicken.

„Und zum Trinken? Was darfs sein?", fragte der Kellner.

Beide entschieden sich für stilles Wasser.

„Obwohl ein Bier schon sehr gut passen würde", meinte Melchior Sedek.

„Ja, schon. Aber dann möchte ich nachher lieber schlafen gehen, statt meine Akten weiter zu bearbeiten", erwiderte Wittsohn.

„Hast du eigentlich mit Petra schon alles abgeschlossen?", kam Sedek gleich auf das Thema, das ihn am meisten interessierte.

„Ja, klar. Wir haben eine einvernehmliche Auflösung vereinbart. Es ist dann am Ende doch rasch gegangen."

„Wieso, war vorher irgendwas problematisch?"

„Na ja. Georg war ziemlich zickig. Anscheinend hat ihm Petra, bevor sie auf Urlaub gegangen ist, ganz schön eingeschenkt. Und jetzt wollte er ihr das anscheinend zurückzahlen. Du kennst ihn ja. Wenn er in seiner Eitelkeit gekränkt ist, kann er mühsam sein."

„Na, da sollte er sich aber rasch umstellen. Die Briten werden auf seine Empfindlichkeiten keine Rücksicht nehmen."

„Das hat er eh schon gemerkt. Drum ist er ja so unleidlich und lässt intern den Zampano raushängen. Und deshalb wollte er sich auch an Petra abreagieren. Er wollte, dass sie selbst kündigt und auf alles verzichtet, wenn sie geht."

„Was hätte sie verloren? Wir haben ja eh alle keine alte Abfertigung mehr."

„Trotzdem. Es ist auch eine Stilfrage. Wir haben jetzt jahrelang wie Freunde zusammengearbeitet. Da kann man doch jetzt nicht so auseinandergehen. Drum wollte ich es sauber machen und ein schönes Paket schnüren. Wir haben eine Beendigung mit Ende des Quartals fixiert. Bis dahin verbraucht sie ihren Resturlaub beziehungsweise ist sie freigestellt. Und für das laufende Rumpfjahr kriegt sie noch den Bonus mit 125% Zielerreichung. Das haben wir bereits unterschrieben, und damit ist es fix."

„Den Bonus wollte Georg ihr nicht geben? Wieso eigentlich?"

„Sie hat ihn Verräter genannt, weil er den Wolf angepatzt hat, damit er den Job bekommt. Sie hat gemeint, dass es jemand aus dem Führungsteam gewesen sein muss. Nachdem sie uns beide für zu ehrlich hält, muss es eben er gewesen sein."

„Sehe ich auch so", stimmte Sedek zu.

„Dann sind wir uns ja alle einig." Wittsohn hob das Wasserglas. „Lass uns darauf anstoßen."

Inzwischen war die Suppe gekommen und sie unterbrachen ihr Gespräch, bis Sedek fragte: „Wie gehst du nun mit der Situation um? Wirst du auch aufhören so wie Petra?"

„Ich hatte Gelegenheit, ausführlich mit ihr zu reden. Sie geht nicht nur weg, weil Wolf nicht mehr da und Georg ein Arsch ist, sondern weil sie ihr Leben komplett umgestalten möchte. Sie hat in Panama über viele Dinge nachgedacht und möchte in Zukunft das Richtige tun."

„Wollen wir das nicht alle? Und haben wir in den letzten Jahren vielleicht alles falsch gemacht? Was meint sie damit?" Melchior Sedek war verwirrt.

„Sie hat für sich erkannt, dass Arbeit so viel Zeit und Raum im Leben einnimmt, dass sie nicht im Widerspruch zu den Lebenszielen und Idealen stehen darf. Beruf als Berufung – du kennst den Spruch."

„Ja, man muss aber auch das nötige Kleingeld haben, um so denken zu können. Sie hat als alleinstehende Topverdienerin sicher genug auf der hohen Kante, um sich einige Zeit auch einen Spleen leisten zu können. Aber was sollen zum Beispiel meine Damen in der Buchhaltung oder deine in der Gehaltsverrechnung dazu sagen? Worin besteht die Berufung, wenn ich täglich irgendwelche Buchungen in einem System vornehme? Oder was ist die Berufung von dem Kellner hier?"

„Das ist lustig, dass du das ansprichst. Ich war gerade kürzlich bei einem HR-Event, wo ein neues Buch vorgestellt wurde: ‚Wie aus Arbeit Freude wird.' Der Autor führte aus, dass wir bei der Frage nach ‚Was oder Wie' der Arbeit den Fokus auf den Inhalt legen. Bei der Frage nach dem ‚Warum' erfahren wir den Grund oder die Ursache und schauen damit in die Vergangenheit. Bei der Frage ‚Wozu' richten wir aber die Aufmerksamkeit auf den Zweck und damit zum Kunden, zum Umfeld und in die Zukunft. Damit lässt sich die Perspektive wechseln."

„Und was hat unser Kellner jetzt davon? Wird sein Job dadurch besser?"

„Nein. Am Inhalt ändert sich nichts. Aber wenn er sich bewusst macht …" Er unterbrach sich, da der Kellner gerade die Hauptgerichte brachte. „Herr Franz, jetzt muss ich Ihnen einmal was sagen. Wir kommen gerne und oft her, weil Sie gute Qualität bieten und alles rasch abläuft. Aber wissen Sie, was mir am Wichtigsten ist? Ich hätte weder die Zeit noch die Fähigkeit, jeden Tag so ein gutes Mittagessen zu kochen. Daher danke für den super Job, den ihr da alle macht!"

„Danke, das freut mich, dass Sie das so sehen. In dem Mittagsstress vergisst man manchmal, wozu man sich abrackert." Er strahlte über das ganze Gesicht. „So, und jetzt lassen Sie sich die Fleischlaberln gut schmecken. Und dem Koch werde ich auch gleich erzählen, was Sie gesagt haben." Dann huschte er beschwingt weiter. Manuel Wittsohn feixte zufrieden.

„Okay. Ich habe es verstanden. 1:0 für dich", sagte Melchior Sedek. „Jetzt ist er stolz und zufrieden, weil er uns beiden gerade den Tag sehr erleichtert hat. Jetzt mach bitte das 2:0, und erkläre mir, wozu du deinen Job machst."

„Der Zweck meiner Arbeit ist, dass unsere Firma zur rechten Zeit den rechten Mitarbeiter am rechten Platz hat. Und dass alle so arbeiten, dass die geltenden Gesetze eingehalten werden. Damit stelle ich sicher, dass mobitronics funktioniert. Das ist eine dienende Supportfunktion. Wolf hat einmal gesagt: ‚HR & Legal ist wie die Klospülung. Solange sie funktioniert, fällt gar nichts auf. Aber wenn sie ausfällt, stinkt es zum Himmel.' Das ist doch eine gute Beschreibung."

„Na, wenn dir das genügt." Sedek war nicht sehr beeindruckt.

„Ich finde es gar nicht so trivial. Auch wenn es wie ein Kalenderspruch wirkt. Doch das Richtige richtig getan, ist wohl die höchste Perfektion. Wir reden da von Effizienz und Effektivität. Aber Effektivität kommt vor Effizienz, auch im Alphabet, wie wir als Eselsbrücke gelernt haben. Dazu gehört auch, dass die Dinge ihre richtige Zeit brauchen. Kairos. So nannte man im antiken Griechenland diesen besonderen

Moment, den geglückten, den richtigen, den angemessenen, den lebensverändernden. Natürlich gibt es auch den falschen Zeitpunkt. Wenn du einen Vorschlag zu früh machst, wird er nicht einmal gehört. Und was früher als Lösung getaugt hat, ist heute vielleicht unpassend. Die Dosis macht das Gift. Bei der Zeit ist es ähnlich."

„So habe ich das noch nicht gesehen."

„So? Dann kennst du wohl den Manichäismus auch nicht?"

„Nein, was ist denn das?", fragte Sedek.

„Das ist eine Lehre aus dem 3. Jahrhundert. Sie heißt so nach ihrem Begründer Mani. Mani war Perser und ursprünglich Sklave. Sein Herr war Skythianus, ein reicher, sehr gelehrter Kaufmann gewesen. Dieser hatte vier große Bücher verfasst, in denen das gesamte Wissen der alten Hochkulturen des Ostens gesammelt war. Nach dem Tod seines Herren wurde er von der Witwe freigelassen und erhielt die Bücher, aus denen er seine Weisheit bezog. Er wird deshalb auch Sohn der Witwe genannt."

„Du machst Scherze!" Mel Sedek fiel seinem Kollegen ins Wort. „Du denkst dir das gerade aus und bindest mir einen Bären auf."

„Wie kommst du darauf?"

„Na, hör mal. Manuel Wittsohn erzählt mir von einer alten Weisheitslehre, die ein Mani, Sohn der Witwe, gegründet hat."

„Ja. Aber das ist Zufall. Oder Karma. Ich bin durch meinen Namen auf diese Erzählung gekommen. Es ist unklar, woher unsere Familie den Namen Wittsohn hat. Meine Eltern kannten bereits die Mani-Legende. Sie haben mich deshalb Manuel genannt. Zu meiner Volljährigkeit haben sie mir dann die Geschichte erzählt. Sie haben gemeint, als Erwachsener habe ich die freie Entscheidung, wie ich damit umgehe. Zuerst ist mir das fremd und auch irgendwie egal gewesen, doch dann habe ich mich damit beschäftigt und ein bisschen geforscht. Und das hat großen

Einfluss auf mein Leben gehabt. Vielleicht sollte jeder der Bedeutung seines Namens mehr Aufmerksamkeit schenken."

„Das ist ja unglaublich. Was hast du herausgefunden? Erzähl!" Mel Sedek rutschte aufgeregt auf seinem Platz herum.

„Mani verstand sich selbst als Nachfolger der großen Religionsstifter Zarathustra, Buddha und Jesus. Er verband die verschiedenen Inhalte zu einem gemeinsamen Verständnis. Dadurch konnte sich die Lehre auch recht leicht und rasch ausbreiten, da sie problemlos lokale Vorlieben integrieren konnte. Das Verbreitungsgebiet reichte demnach auch vom Römischen Reich im Westen bis nach China. Auch der große christliche Kirchenlehrer Augustinus war ursprünglich Anhänger dieses Glaubens. An der Frage, was denn das Böse sei, schieden sich dann aber die Geister. Augustinus wurde ein wesentlicher Verfolger des Manichäismus, den er als unchristlich bezeichnete."

„Ich bin fasziniert, was du alles weißt. Natürlich habe ich den Namen Augustinus auch schon gehört. Aber mehr im Zusammenhang mit Bier als mit der Frage nach ‚Gut und Böse'. Augustiner Edelstoff ist eines meiner Lieblingsbiere."

„Wollen wir beim Bier bleiben oder willst du mehr hören?"

„Sorry für die Unterbrechung. Mach weiter, ich finde das wirklich spannend."

„Wahrscheinlich hast du auch schon den Namen ‚Faust' gehört. Goethes Faust geht auf den manichäischen Bischof Faustus von Mileve zurück. Dessen Reden hatte Augustinus gehört. Sie hatten ihn aber nicht überzeugt. Als er sich später vom Manichäismus loslöste, verwendete er den Namen Faustus als Synonym für diesen. Der Protestant Goethe wiederum konnte sich mit der Figur des Faust wunderbar am Katholizismus reiben, da er die Erlösung durch Gnade kategorisch abgelehnt hatte. Für ihn war das Christentum eine zur Menschenwürde führende Religion, die die individuelle und freie Tat benötigt. So ist es auch nicht erstaunlich, dass Goethe Freimaurer war. Denn diese stehen im Strom des Manichäismus und damit im Widerstreit mit dem Katholizismus."

„Willst du damit sagen, dass Goethe den Namen Faust nicht zufällig gewählt hat?"

„Also vielleicht habe ich meinen Namen zufällig. Aber bei der klassischen Weltliteratur ist das sicher kein Zufall. Diese Dichter schöpfen aus einem anderen Quell als bloß aus ihrer menschlichen Fantasie. Sie nutzen ihre Kunst, um beim Leser oder Theaterbesucher etwas anzuregen. Die alten Lehren wurden in Kunstformen gebracht, um sie weiterzugeben. Die Märchen, Sagen und Legenden sind solche Erzählformen. Und daher gibt es auch eine große, kosmische Legende des Manichäismus. Soll ich sie erzählen, oder hast du keine Zeit und Lust mehr?"

„Ich habe einen Office-Nachmittag. Da kann ich ruhig auch später zurückkommen. Also mach weiter", forderte Mel Sedek.

„Ich habe schon gesagt, es geht vor allem um die Auffassung des Bösen. Während das katholische Christentum der Ansicht ist, dass das Böse auf einem Abfall vom göttlichen Ursprung beruhe, auf einem Abfall ursprünglich guter Geister von Gott, so lehrt der Manichäismus, dass das Böse ebenso ewig ist wie das Gute. Das Böse hat also keinen Anfang und auch kein Ende. Das wirkt schon radikal unchristlich und auch unverständlich.

In der Legende wird erzählt, dass einstmals die Geister der Finsternis anstürmen wollten gegen das Lichtreich. Sie kamen in der Tat bis an die Grenze des Lichtreiches und wollten es erobern. Sie vermochten aber nichts gegen das Lichtreich auszurichten. Nun sollten sie für ihren Angriff bestraft werden. Aber in dem Lichtreich gab es nichts Böses, sondern nur Gutes. Also hätten die Dämonen der Finsternis nur mit etwas Gutem bestraft werden können. Was geschah also? Die Geister des Lichtreiches nahmen einen Teil ihres eigenen Reiches und mischten diesen in das materielle Reich der Finsternis hinein. Dadurch, dass nun ein

Teil des Lichtreiches vermischt wurde mit dem Reich der Finsternis, ist in diesem Reich der Finsternis ein Sauerteig, ein Gärungsstoff entstanden, der es in einen chaotischen Wirbeltanz versetzte, wodurch es ein neues Element bekommen hat, nämlich den Tod. Sodass es sich nun fortwährend selbst aufzehrt und so den Keim zu seiner eigenen Vernichtung in sich trägt. Weiter wird erzählt, dass dadurch das Menschengeschlecht entstanden ist. Der Urmensch ist das, was vom Lichtreich her gesendet worden ist, um sich mit dem Reich der Finsternis zu vermischen und das, was im Reich der Finsternis nicht sein soll, zu überwinden durch den Tod, es also in sich selbst zu überwinden. Der tiefere Gedanke darin ist der, dass das Reich der Finsternis nicht durch Strafe überwunden werden soll, sondern durch Milde, nicht durch Widerstreben dem Bösen, sondern durch Vermischung mit dem Bösen, um das Böse als solches zu erlösen. Dadurch, dass ein Teil des Lichtes hineingeht in das Böse, wird das Böse selbst überwunden."

„Das klingt jetzt aber doch sehr positiv. Und diese Opferbereitschaft ist nicht christlich? Was passte dem Augustinus daran nicht?"

„Gute Frage. Es gab in der christlichen Geschichte immer wieder Gruppen, die sich darum bemühten, durch asketische Lebensführung eine innere Reinheit zu erzeugen. Das Ziel war wohl, ein menschliches Lichtreich zu erzeugen. Da gibt es zum Beispiel die Bogomilen und die Katharer. Ziemlich zeitgleich wirkten auch die Templer, die noch heute einen geheimnisvollen Ruf haben. Alle diese Gruppierungen wurden vom römischen Katholizismus verfolgt und hart bekämpft. So wie deren Nachfolger unter den Freimaurern und Rosenkreuzern."

„Ich habe schon einige dieser Namen gehört, aber ich kenne mich damit nicht aus. Warum gibt es bei ihnen so große Divergenzen und Ablehnungen?"

„Ich bin kein Religionshistoriker. Aber ich glaube, dass man die geschichtlichen Ereignisse und die inhaltliche Entwicklung einer Glaubensrichtung nicht ganz trennen kann."

„Wie meinst du das?", fragte Sedek.

„Kannst du dich erinnern, wo du am 11. September 2001 gewesen bist?"

„9/11? Klar. Ich ..."

„Schon gut", unterbrach ihn Manuel Wittsohn. „Die meisten Menschen wissen, wo sie an diesem Tag waren und was sie gemacht haben. Da hat sich etwas in unser kollektives Bewusstsein eingeprägt. Und es hat die Geschichte verändert. Wir werden das Datum sicherlich noch bis ans Ende dieses Jahrhundert sofort mit dem Ereignis in Zusammenhang bringen. Solche markanten Tage gab es immer wieder in der Menschheitsgeschichte. Am 29. Mai 1453 fiel Konstantinopel in die Hände der belagernden Osmanen. Das Oströmische Reich, Byzanz, ging endgültig unter. Eine neue Zeit brach an. Und so ein Tag war auch der 24. August 410. Weißt du, was damals war?"

„Nein. Aber du wirst es mir gleich sagen."

„Genau. Das war das 9/11 der Römer. Die Germanen unter ihrem Führer Alarich plünderten Rom. Bereits nach drei Tagen sind sie wieder abgezogen, um von Süditalien aus die reiche Provinz Nordafrika zu besetzen. Unterwegs wurde Alarich plötzlich krank und starb. Dadurch war die Gefahr durch Alarich gebannt, und dennoch hatte der Gotenführer einen Mythos zerstört. Seit der Zeit des Kaisers Augustus war Rom die ewige Stadt. Als religiöses und politisches Zentrum des Reiches galt Rom als unbesiegbar. Inzwischen war die offizielle Politik im Römischen Reich zwar zum Christentum übergegangen, aber die Christen hatten die alte Rom-Idee auch für sich übernommen. Der Aufbau der römisch-katholischen Kirche war eine exakte Nachbildung des Römischen Reiches. Deshalb stellten sich die Kirchenführer die bange Frage: ‚Wenn Rom untergehen kann, was mag dann überhaupt noch in dieser Welt Bestand haben?' Vielleicht war das große Werk des Augustinus die Antwort darauf. Ab 413 schrieb er in insgesamt 22 Büchern über den Gottesstaat – civitas die. Dieser steht im Gegensatz zu civitas terrena, dem irdischen Staat.

Diese beiden Reiche sind für ihn allerdings nicht durch eine Demarkationslinie getrennt, sondern wenn Augustinus von den beiden Reichen spricht, dann geht es ihm um zwei Idealbilder. Die beiden Reiche sind in ihrer wirklichen Form, als wahre Kirche und wahres irdisches Reich, mit keiner geschichtlichen und soziologischen Gemeinschaft identisch, sondern sie bleiben bis zum Ende der Geschichte unsichtbar. Die Grenze der beiden Reiche geht vielmehr quer durch alle weltlichen Gemeinschaften. Diese undurchschaubare Vielschichtigkeit bestimmt für Augustinus auch die Realität im Verhältnis von Kirche und Staat. Allerdings wurde dann später nicht beachtet, dass Augustinus von zwei Idealbildern gesprochen hatte, die bis zum Ende der Zeit unsichtbar bleiben. Man übertrug die beiden Reiche in die Realität und sah das himmlische Reich durch die Papstkirche und das irdische Reich durch das Kaisertum repräsentiert. Dieser politische Augustinismus tat dann - in der Zwei-Schwerter-Theorie - genau das, was Augustinus strikt abgelehnt hatte, nämlich die beiden Idealbilder gegeneinander abzugrenzen. Für ihn konnte die sichtbare Kirche keineswegs nur für das Gute stehen und der irdische Staat nicht nur für das Böse, denn in beiden gibt es sowohl Ungerechtigkeit wie Gerechtigkeit."

„Vielleicht sind dann Mani und Augustinus gar nicht so weit voneinander entfernt", vermutete Sedek.

„Es gibt schon einen großen Unterschied. Augustinus vertritt in einem Gespräch, in dem er sich zum Gegner des Faustus macht, das Prinzip: ‚Ich würde die Lehre Christi nicht annehmen, wenn sie nicht auf die Autorität der Kirche begründet wäre.' Der Manichäer Faustus sagt aber: ‚Ihr sollt auf Autorität hin keine Lehre annehmen; wir wollen eine Lehre nur annehmen in Freiheit.' Spannend finde ich, dass Joseph Ratzinger, der dann Papst Benedikt XVI wurde, seine Dissertation über

‚Volk und Haus Gottes in Augustins Lehre von der Kirche' geschrieben hat. Die Fragen haben also nichts an Aktualität verloren."

Mel Sedek schaute auf die Uhr. „Ui, jetzt ist es aber sehr spät geworden. Aber das war schon sehr interessant. Aber wie sind wir eigentlich auf die Geschichte gekommen?"

„Du hast mich gefragt, ob ich so wie Petra ausscheide, und was der Zweck meiner Arbeit ist. Und nach der langen Einleitung: Nein, ich bleibe. Und mein Zweck – aber eigentlich noch viel mehr mein Sinn – ist, Licht in die Finsternis zu bringen."

„Na, da wirst du ja mit Georg als Chef noch genug zu tun haben", entgegnete Sedek.

Und damit beendeten die beiden mobitronics-Manager ihre Unterhaltung, um an ihre Arbeitsplätze zurückzukehren. Wittsohn war überrascht, dass sich ein Gespräch in diese Richtung ergeben hatte. Sedek war ihm immer sympathisch gewesen, doch er hatte nicht erwartet, dass er Interesse an philosophischen oder religiösen Themen haben würde. Doch hätte jemand von ihm dieses Interesse erwartet? Wohl kaum. Und doch war es etwas, das ihn fast sein ganzes Leben begleitete. Das ihm auch wichtiger war als alles andere. Das war ihm von Beginn an nicht bewusst gewesen. Erst im Laufe der Jahre hatte er diese Gewissheit gewonnen.

Es war ein Prozess gewesen, von dem er erst später realisierte, dass er überhaupt stattfindet. Es hatte viele Kreuzungen und Weggabeln gegeben, an denen er anders hätte gehen können. Doch irgendetwas in ihm wies immer in dieselbe Richtung. Vielleicht hatte manche Etappe länger gedauert, da er einen Nebenstrang beschritt, der nicht der kürzeste Weg war. Aber die große Linie blieb gleich. Doch worum ging es? Es war der Antrieb, hinter die Fassade der Geschehnisse zu blicken. Er wollte Gesetzmäßigkeiten erkennen, die Wurzeln des Schicksals ergründen, den Sinn seines Lebens verstehen. Woher komme ich? Warum lebe ich? Wozu lebe ich, was ist der Sinn? Fragen, die jeden irgendwann einmal beschäftigen, waren zum Kompass seines Lebens geworden, da er sich mit oberflächlichen Antworten nicht zufriedengab. Natürlich gab es Antworten der Naturwissenschaft, wie das Universum und das Leben auf der Erde entstanden waren. Und es war ein schöner Gedanke, dass jeder Mensch Sternenstaub in sich trägt. Doch war das nicht auch eine perfekte Metapher dafür, dass jeder einen Gottesfunken in sich trägt?

Heute wusste er, dass der Lebensweg einer zu sich selbst ist. Die äußeren Erlebnisse sind die Wegweiser, die einem wie ein Spiegel Facetten der eigenen Persönlichkeit zeigen. Die Ecken und Kanten des Lebens runden die Persönlichkeit ab und geben dem Charakter seinen ganz persönlichen Schliff. So ist jede Individualität einzigartig. Und doch steht hinter diesem persönlichen Weg ein universelles Prinzip. Nämlich jenes der Entwicklung und Vervollkommnung. Doch es ist kein allwissender Gott, der uns mit dem Schicksal straft oder belohnt. Es ist unser höheres Ich, das uns weisheitsvoll durch den Trainingsparcours unseres Lebens führt. Mit einer wahren Engelsgeduld bereitet es stets neue Aufgaben, um uns die Augen zu öffnen.

Das Gespräch mit Melchior Sedek erinnerte ihn an einen Film, den er in seiner Jugend gesehen hatte. Seine Eltern hatten ihn auf einer VHS-Videokassette aufgezeichnet. Gelegentlich wurde er wieder angeschaut: ‚Mein Essen mit André' von Louis Malle. Zwei Personen treffen sich bei einem Abendessen in New York nach mehreren Jahren wieder. Die Erzählungen von André bringen seinen Gesprächspartner Wally an die Grenzen seiner Auffassungsgabe. André berichtet von seinen Reisen mit tibetischen Mönchen in die Sahara, von seinem Aufenthalt bei der Findhorn Community in Nordschottland und seiner Teilnahme an einem Wiedergeburtsritual. Damals kam ihm der Film fantastisch vor. Und doch hatte er sich gewünscht, jemanden wie André kennenzulernen, der ihm solche Geschichten erzählen könnte. Seit damals waren viele Jahre vergangen. Zu seiner Überraschung musste er feststellen, dass er nun selbst die Rolle des André übernehmen könnte. Suchend und fragend war er ins Leben gegangen. Schrittweise hatte er Antworten und Gewissheit gefunden. André hatte nicht vor, seinen Gesprächspartner von irgendwas zu überzeugen. Er berichtete über Erlebnisse und seine Schlüsse daraus. Und er nahm nicht in Anspruch, die letzte Wahrheit gefunden zu haben. Er erwartete nichts von anderen, sondern nur Treue zu sich selbst. Auch Manuel Wittsohn würde niemals missionieren. Warum sollte er auch, wenn doch das jeweilige ‚Ich' der wirkliche Lehrmeister ist. Er konnte bestenfalls Antworten auf Fragen geben, die ihm Menschen stellten, die zu ihm geführt wurden.

Zu seinem 21. Geburtstag hatte er von Irmtraud Königshofer zwei Bücher geschenkt bekommen. Irmtraud war eine Studienkollegin, die Jus nur gewählt hatte, weil ihr nichts Besseres eingefallen war. Ihr Studienfortschritt war dementsprechend bescheiden. Sie verbrachte aber viel Zeit mit Yoga und buddhistischer Meditation. Sie hatten eine kurze Affäre, deren Sinn wohl darin bestand, dass er die beiden Bücher geschenkt bekam. ‚Das unpersönliche Leben' war ein kleines, unscheinbares Büchlein. Das andere Buch war ein esoterischer Fantasyroman, den eine ungarische Yogalehrerin geschrieben hatte. Manuel und Irmtraud hatten einen gemeinsamen Sommerurlaub auf einer griechischen Insel geplant. Doch dann erhielt Irmtraud bei der Autorin des Buches einen Yoga-Kursplatz in der Schweiz. Und damit verschwand sie zuerst aus den Urlaubsplänen und dann gänzlich aus Manuels Leben.

Er verbrachte stattdessen die Sommertage im Stadionbad. Rund um die Schwimmbecken war ihm der Trubel zu groß. Doch am Ende der Anlage, im Schatten der Pappelzeile, breitete er sein Liegetuch aus und widmete sich der Lektüre. Das kleine Büchlein schien ihm praktischer, da er es leicht in seinem Rucksack unterbringen konnte. Das Buch selbst gab sich als sein ‚Ich' aus, das zu ihm spricht.

‚Zu dir, der liest, spreche Ich. Ich bin DU. Dein SELBST, der Teil von dir, der ICH BIN sagt und ICH BIN ist. Dieser transzendente, innerste Teil von dir, der sich im Inneren regt, während du liest; der auf dieses mein Wort antwortet, der seine Wahrheit versteht, der alle Wahrheit erkennt und allen Irrtum ablegt, wo er ihn auch findet, - nicht jener Teil, der alle diese Jahre vom Irrtum genährt wurde. Denn ICH bin dein wahrer Lehrer, der einzig wirkliche, den du je kennen wirst, und der einzige Meister. Ich, DEIN göttliches SELBST.'

Zuerst fand er den Zugang ungewöhnlich und spannend. Doch bald verlor er das Interesse, da er es irgendwie nicht verstand. Mit dem Gefühl, dass es sich trotzdem um ein ganz besonderes Buch handelt, stellte er es in seine Bibliothek. Viele Jahre später nahm er es wieder zur Hand. Zu seiner Überraschung konnte er es nun leicht und flüssig lesen. Und er stellte fest, dass es Antworten auf Fragen gab, über die er lange gegrübelt hatte. Nachdem er diese auf anderem Weg beantwortet hatte, war er nun beeindruckt über die Präzision, mit der ein innerer Prozess gleichzeitig beschrieben und auch angeregt wurde. Und es zeigte ihm auch, dass man immer nur das auffassen kann, zu dem man schon reif ist. In jungen Jahren verschloss sich der Inhalt von selbst. In reifen Jahren, die nicht unbedingt mit dem Alter zusammenhängen, lösten sich die Siegel. So verwenden wir Menschen eine gemeinsame Sprache, und doch versteht jeder etwas anderes. Im Buch Genesis des Alten Testaments wird beschrieben, wie die Menschen in Babylon, dem ‚Tor der Götter', einen Turm bauen wollen, der bis in den Himmel reichen soll, um Gott gleich zu kommen. Durch die Sprachverwirrung setzt Gott diesem Bestreben ein Ende. Erst mit der Ausgießung des Heiligen Geistes zu Ur-Pfingsten – fünfzig Tage nach der Auferstehung Christi – wird diese Verwirrung wieder aufgehoben. Jeder wird von diesem Geist in seiner eigenen Sprache angesprochen – durch Bücher, Filme, andere Menschen, Wendungen des Schicksals. Alle großen Geister der Menschheit, die Religionsstifter, die Propheten und großen Philosophen, sprechen von und aus diesem Geist. Ob Zarathustra, Buddha oder Jesus, sie offenbaren die zeitlose Wahrheit, die in die Sprache der jeweiligen Zeit gebracht wird. Jedes Zeitalter hat seine Offenbarer. Und wer ein Ohr hat, möge hören.

Manuel Wittsohn hörte auf das andere Buch. Es war eine kleine Episode, eigentlich ein entbehrlicher Nebenstrang der Hauptgeschichte, die ihn faszinierte. Die Hauptperson besucht jemanden und borgt sich ein Buch aus. Zuhause entdeckt sie, dass sie das falsche Buch eingesteckt hat. Zuerst denkt sie an eine Verwechslung, einen Irrtum. Doch dann liest sie in dem Buch und bemerkt, dass es eher ein ‚Zufall' ist, also eine Botschaft, die ihr zukommen soll. Es geht um eine geheime Bruderschaft, der spirituell hochstehende Menschen angehören. Sie impulsiert die Weltentwicklung, indem sie Menschen auf ihrer Suche nach Erkenntnis unterstützt. Diese Gemeinschaft umspannt die ganze Welt, denn die Zugehörigkeit beruht weder auf Geschlecht, Religion, Rasse noch auf Ausbildung oder Berufsstand, sondern auf dem Erreichen eines gewissen spirituellen Entwicklungsstandes. Wer von der Existenz dieser Bruderschaft erfährt, der kann für sich prüfen, ob er Mitglied werden möchte. Dann muss er sich gegebenenfalls innerlich ernsthaft dafür entscheiden, und damit beginnt eine siebenjährige Prüfungsphase. Diese endet, indem man auf geeignete Weise erfährt, dass man aufgenommen wurde. Oder man bleibt ohne weitere Nachricht draußen.

Manuel Wittsohn war tief berührt. Er hatte schon von verschiedenen Gruppierungen gehört, denen man nur durch Einladung beitreten konnte. Aber dabei ging es meist um Clubs und Orden, bei denen der gesellschaftliche Stand oder die berufliche Position für die Auswahl relevant war. Wie sollte die spirituelle Reife ausschlaggebend sein? Und worin bestand sie? Die Anforderungen waren ihm schleierhaft und viel zu vage. Er konnte nur mutmaßen. Und dann kam er zu dem Schluss, dass es dafür nur einen Erklärungsansatz gab. Wenn diese Bruderschaft wirklich existierte, dann müsste die Menschheit hierarchisch gegliedert sein. Er sah dazu ein Bild: Zwölf hohe Berge wachsen von der Erde in den Himmel. Auf jedem sitzt ein Mitglied der weißen Loge. Sie verbinden den Himmel und die Erde. Sie führen nicht selbst, aber sie geben Impulse. Und sie blicken hinab ins Tal, wo die Menschen unter einer Nebeldecke ihren Alltagssorgen nachgehen und den Blick zum Himmel vergessen haben. Sie beobachten, wie sich einzelne Menschen auf einen Weg aus dem Tal machen. Wenn diese Individualitäten aus dem Nebel treten und von der Sonne so geblendet sind, dass sie zuerst noch gar nichts erkennen können, dann fällt das Auge der Weisen auf sie. Und sie hegen die Hoffnung, dass die Menschen ihren Aufstieg fortsetzen. Doch manche erschrecken vor der Sonne und kehren in den Nebel zurück. Andere verharren oberhalb des Nebels und meinen, bereits am Gipfel zu sein. Nur wenige setzen den Weg fort und gewinnen schrittweise Sicherheit. Diesen gilt die Aufmerksamkeit und das Wohlwollen der Bruderschaft.

Tagelang kreisten Wittsohns Gedanken um die Frage, ob er sich um die Aufnahme bewerben sollte. Offensichtlich war er bereits aus dem Nebel gekommen, sonst hätte er von dieser Bruderschaft keine Kenntnis erlangt. Doch war er würdig? Würde er die Prüfungen bestehen? Worin würden sie bestehen? Wie würde er damit umgehen, wenn er keine Aufnahme finden würde? Letztlich fasste er allen Mut zusammen und bekannte sich zu seinem Wunsch nach Aufnahme in die Große Bruderschaft. Irgendwie hatte er mit einem Zeichen gerechnet. Doch nichts geschah – kein Donnerschlag, kein Vogel, der sich auf seine Schulter setzte, einfach nichts. Er musste über seine überspannten Erwartungen lachen. Er zerbrach sich den Kopf, wie er in den nächsten sieben Jahren seinen Weg fortsetzen könnte. Obwohl er ohne besondere religiöse Erziehung aufgewachsen war, schien es ihm naheliegend, dass Beten eine zweckmäßige Unterstützung sein könnte. Und so nahm er sich vor, jeden Tag vor dem Einschlafen und nach dem Aufwachen das ‚Vater unser' zu beten. Diese Wahl fiel ihm leicht, da er kein anderes Gebet auswendig konnte.

Eines Tages suchte er seine alte Bibel, die er in der Volksschule erhalten hatte, heraus, um den Text des Gebets nachzulesen. Er brauchte einige Zeit, bis er die Stelle gefunden hatte. Zu seiner Überraschung stellte er fest, dass Jesus Christus dieses Gebet bei der sogenannten Bergpredigt an seine Jünger gab. Mit großem Interesse vertiefte er sich nunmehr regelmäßig in die Kapitel 5 bis 7 des Matthäusevangeliums. Er nahm die Unterweisung als einen Fingerzeig, nach welchen Regeln er leben müsste, um die Aufnahme zu bestehen. Es erschien ihm stimmig zu seinem Bild, dass Jesus Christus die Seligpreisungen, Gleichnisworte und Gebete auf einem Berg sitzend an seine Jünger weitergab, denn gewiss war Meister Jesu einer der Weisen der Bruderschaft.

Als er später nach seinem Studium als junger Familienvater und Berufseinsteiger von finanziellen Sorgen geplagt war, meditierte er regelmäßig über den Vers 19 im 6. Kapitel, der ihm Zuversicht und Stärke gab. So machte er die Bergpredigt zu seinem Fundament: ‚Jeder, der diese meine Worte hört und danach handelt, ist wie ein kluger Mann, der sein Haus auf Fels baute. Als ein Wolkenbruch kam und die Wassermassen heranfluteten, als die Stürme tobten und an dem Haus rüttelten, da stürzte es nicht ein; denn es war auf Fels gebaut. Und jeder, der diese meine Worte hört und nicht danach handelt, ist ein Tor, der sein Haus auf Sand baute. Als ein Wolkenbruch kam und die Wassermassen heranfluteten, als die Stürme tobten und an dem Haus rüttelten, da stürzte es ein und wurde völlig zerstört.'

In den Lehr- und Wanderjahren des Studiums, der ersten Berufserfahrungen, seiner Hochzeit und der Geburt seiner Kinder hatte er das Buch aus dem Sommer seines 21. Geburtstages vergessen. Doch seine täglichen Gebete und das Lesen in der Bibel waren ihm zu vertrauten Gewohnheiten geworden. Je turbulenter die Welt um ihn war, umso lieber schmökerte er vor dem Schlafengehen darin. Wenn er abends Akten aus dem Büro oder Tageszeitungen las, nahm er die Sorgen in den Schlaf mit. Das Bibellesen hingegen, und da vor allem das Johannes-Evangelium, hob ihn aus dem Alltag heraus und hatte eine heilende Wirkung auf seine Schlafqualität. Oft hatte er beim Aufwachen das Gefühl, dass er im Traum Nachrichten erhalten hatte, die wichtig waren. Doch selten konnte er sich daran erinnern. Umso mehr konnte er sich an den Tag erinnern, an dem er die Nachricht der Bruderschaft empfing.

Nach seinem Jus-Studium an der Universität Wien absolvierte er das Gerichtsjahr und arbeitete danach als Konzipient in einer Anwaltskanzlei. Sein Chef war spezialisiert auf Arbeitsrecht und unterstützte große Unternehmen bei deren Anliegen. Wittsohn erkannte rasch, dass das Anwaltsleben nicht seinen Erwartungen entsprach. Insbesondere die enorme Arbeitszeit stand im Gegensatz zu seinen familiären Plänen. Er legte zwar die Anwaltsprüfung erfolgreich ab. Doch dann verließ er die Kanzlei und heuerte als Leiter der Abteilung Arbeitsrecht in der Personalabteilung eines ihrer größten Kunden an. Er war in dieser Rolle auch für die Errichtung der Arbeitsverträge zuständig. Deshalb nahm ihn das Recruiting-Team gerne auf Jobmessen mit, wo er Fragen von Studierenden kompetent beantworten konnte. So war er wieder einmal an der Technischen Universität tätig. Normalerweise war er in Wien mit der U-Bahn unterwegs. Doch diesmal kam er direkt von einem Gerichtstermin in Eisenstadt. Er kreiste auf Parkplatzsuche in immer größeren Runden durch den 4. Bezirk. Endlich fand er in einer Sackgasse neben der Favoritenstraße eine Parklücke. Er war noch nie auf diesem Platz gewesen, dessen von alten Bäumen beschattete Mitte von schönen Gründerzeitfassaden umgeben war. Trotz der Nähe zum Stadtzentrum herrschte eine große Ruhe. Er verspürte fast eine Wochenendstimmung. Gemütlich schlenderte er dahin und bewunderte die schönen Häuserfronten. Und so fiel sein Blick auf einen Schaukasten neben einer Eingangstüre. Darin stand: Haus der Anthroposophie – Vortrag von Sergej O. Prokofieff: Die Bruderschaft des Christian Rosencreutz, Rudolf Steiner und die Grundlegung der neuen Mysterien. Darunter waren ein Datum und die Uhrzeit des Vortrags angeführt. Er war an seinem 28. Geburtstag.

Wie angewurzelt stand er vor dem Plakat. Immer wieder musste er es lesen. Keinen der drei Namen hatte er jemals zuvor gehört. Und auch Anthroposophie war ihm nicht bekannt. Doch das Wort Bruderschaft im Zusammenhang mit seinem Geburtstag machte ihn atemlos. Er hatte schon lange nicht mehr an das Buch seiner Studienzeit gedacht.

Er rekapitulierte mit rasenden Gedanken, wann er es gelesen hatte. Ja, er hatte es von Irmtraud geschenkt bekommen. Ja, das war der Sommer seines 21. Geburtstags gewesen. Ja, das sind also jetzt sieben Jahre seit damals. War das also jetzt das Zeichen, von dem geschrieben stand? Ganz klar, das musste es sein! Er nahm seinen Kalender zur Hand, um den Vortragstermin zu prüfen. Es war ein Freitag, und sie hatten geplant, über das Wochenende zu den Schwiegereltern an den Attersee zu fahren, um seinen Geburtstag zu feiern. Roswitha, seine Frau, würde ihm den Kopf abreißen, wenn er das Fest verschieben würde. Wie sollte er das begründen? Eine mystische Verheißung von vor sieben Jahren war nicht sehr plausibel. Sie würde wohl eher an eine Affäre denken.

An diesem Arbeitstag beantwortete er die Fragen der Studierenden nicht sehr ambitioniert. Seine Gedanken kreisten ständig um die Bruderschaft. Am frühen Nachmittag brach er seine Teilnahme ab und fuhr nach Hause. Anscheinend war Roswitha mit den Kindern am Spielplatz. Er war froh, dass er nichts erklären musste und suchte das Buch im Regal. Bald fand er die entsprechende Seite und las nach. ‚Diese Probezeit fängt damit an, dass der Neophyt sieben Jahre vollkommen allein gelassen wird. Er findet während dieser sieben Jahre keinen Kontakt mit dem Orden, wenn er ihn auch noch so sucht. Aber er muss sieben Prüfungen in den menschlichen Tugenden bestehen. Wenn er diese bestanden hat und weiterhin in seinem Entschluss zum Beitritt verharrt, dann ist er dafür reif und wird endgültig aufgenommen. Das erfährt er durch einen scheinbaren Zufall noch am selben Tage.'

Er hatte die feste Gewissheit, dass dieses Plakat am Haus der Anthroposophie jener Zufall war, von dem das Buch berichtete. Er verspürte eine feierliche Dankbarkeit. Bei der Sponsion oder der bestandenen Anwaltsprüfung hatte er Stolz und Erleichterung empfunden. Doch jetzt war es ein tiefes, aber ernstes Glücksgefühl. Er hatte die Antwort bekommen, dass er ein gutes Leben führt. Aber es war auch eine heilige

Berufung, auf diesem Weg weiterzugehen. Still. Bescheiden. Ohne großes Fest. Denn es war ihm klar, dass man ein derartiges Ereignis nicht an die große Glocke hängt.

Gleichzeitig war er erleichtert, dass es nicht nötig war, den Vortrag zu besuchen. Die Botschaft hatte ihn bereits erreicht. Und doch wusste er, dass er dieser Spur weiter nachgehen musste, um mehr über die Bruderschaft und den Weg eines Geistesschülers zu erfahren. Als Orientierung für diesen Weg nahm er noch einen Absatz aus dem Buch mit: ‚Als Mitglieder des Ordens werden nur vollkommen selbstständige, unbeeinflussbare Menschen aufgenommen. Solche, die nicht aus Folgsamkeit, weil sie dafür einen Lohn erwarten und ins Himmelreich kommen wollen, oder aus Feigheit, weil sie die Strafe fürchten und nicht in die Hölle kommen wollen, das Gute tun oder das Böse nicht tun. Also nur jene, die immer, in Leben und Tod, ihrer eigenen tiefsten Überzeugung folgen und danach handeln. Denn: das Wort des Ordens hören die Mitglieder in ihrem Herzen als ihre eigene, tiefste Überzeugung!'

Für die Entwicklung dieser Charakterstärke war ihm in den nächsten Jahren das Werk Rudolf Steiners, seine Bücher und Vortragsmitschriften, eine gute Schule. Immer wieder erfolgte darin der Hinweis, nicht bloß nachzubeten, sondern eine eigene, lebendige Anschauung zu entwickeln. Seine abendlichen Lesestunden wurden nun noch umfangreicher. Nur selten besuchte er Vorträge oder Seminare der Anthroposophischen Gesellschaft. Zu häufig erlebte er bei den Besuchern eine gewisse Geneigtheit zum Zitieren von Aussagen des großen Lehrers, um eigene Ansichten mit mehr Gewicht zu versehen. Deshalb bevorzugte er bei seinen Studien zuerst auch die Bücher, da die Vorträge eben auch auf konkrete Orte und Personen Bezug nahmen. Die Bücher hingegen hatten vom Aufbau und der Wortwahl jene Gestaltung, die einem allgemeinen Verständnis am besten entsprach. Manches erschien ihm erst ungewöhnlich und für das Alltagsbewusstsein des 21. Jahrhunderts eine Provokation. Doch er erlebte an sich das, was auch in Aussicht gestellt wird: die gedankliche und meditative Beschäftigung verändert über die

Jahre die eigene Konstitution. Die Instrumente der Seele werden immer besser gestimmt und öffnen dem Geist die Türe. Und dieser Geist tritt dann ein, bahnt sich seinen Weg und wird selbst zum Lehrer. Während in früheren Zeiten derartige Prozesse die Abgeschiedenheit eines Klosters erforderten, war es ihm möglich, gleichzeitig seinen beruflichen und familiären Verpflichtungen völlig zu entsprechen. Er hatte sogar den Eindruck, dass er über viel mehr Energie und Schaffenskraft verfügte als jene, die sich bloß auf ihre Karriere konzentrierten.

Einige Wochen nach dem Mittagsgespräch im Wirtshaus tauchte Melchior Sedek überraschend bei Manuel Wittsohn im Büro auf. Er ging an der Sekretärin vorbei und stand unvermutet in seinem Büro. Die Sekretärin war irritiert und wollte gerade Protest erheben.

Als Wittsohn jedoch Sedeks Gesichtsausdruck sah, hob er rasch die Hand und sagte zur Sekretärin gewandt: „Schon gut. Bitte jetzt keine Störungen."

Und Sedek fragte er: „Mel, was ist denn mit dir los? Du bist ja weiß wie die Wand."

„Meine Frau hat gerade angerufen. Sie war beim Arzt. Eigentlich wegen einer reinen Vorsorgeuntersuchung. Du weißt schon, mit 50+ soll man sich regelmäßig checken lassen. Dabei war sie auch beim Bauchultraschall. Der Arzt sprach von einem Schatten, den er abklären möchte. Er hat sie zum CT überwiesen. Das dauert natürlich ein paar Wochen. Aber nachdem sie ja überhaupt keine Beschwerden hat, haben wir uns keine Gedanken gemacht. Doch jetzt hat sie den CT-Befund: Pankreas-Karzinom. Weit fortgeschritten. Nicht operierbar."

„Was bedeutet das?"

„Der Arzt hat nicht herumgeredet. Ihre Lebenserwartung liegt bei drei bis vier Monaten, maximal sechs. Kannst du dir vorstellen, wie es ihr jetzt geht? Das kommt aus heiterem Himmel. Und jetzt wird sie

Weihnachten nicht mehr erleben." Sedek verbarg das Gesicht in den Händen und schluchzte.

Wittsohn stand auf und legte ihm beide Hände auf die Schultern. „Mel, du bist stark. Du wirst sie auf diesem Weg unterstützen. Und wenn du dabei Hilfe brauchst, dann komm zu mir."

„Deshalb bin ich da. Nach unserem letzten Gespräch hatte ich das Gefühl, dass du der einzige bist, der mir dabei eine Stütze sein kann."

„Leben und Tod sind bloß zwei Seiten einer Medaille. Oft blenden wir aus, dass unsere Lebenszeit begrenzt ist. Wir schieben Dinge auf die lange Bank, heben sie uns auf für später. Und dabei wissen wir nicht, ob es das Später geben wird. Mel, du kannst nicht einmal sicher sein, dass du länger lebst als deine Frau. Und deshalb darfst du nicht zulassen, dass diese kostbaren Momente mit Trauer oder Wut auf das Schicksal vergeudet werden. Liebst du deine Frau?"

„Spinnst du? Sie wäre doch nicht meine Frau, wenn ich sie nicht lieben würde."

„Manche Menschen sind aus Gewohnheit verheiratet und nicht aus Liebe. Es hat vielleicht mit Verliebtheit und mit körperlicher Anziehung begonnen, und dann wurde daraus eine Wohngemeinschaft, die man beibehält, weil es wirtschaftlich sinnvoll ist. Liebe ist aber etwas anderes."

„Bei uns ist es sicher etwas anderes. Wir haben immer gewusst, dass unsere Beziehung etwas Besonderes ist. Wir haben uns mit anderen Paaren verglichen, und wir waren immer froh, dass wir nicht so normal waren. Natürlich war es auch anders, weil wir keine Kinder bekommen konnten. Aber auch das war kein Problem. Wir haben es als eine Besonderheit, für die wir keine Erklärung haben, aber nicht als einen Makel verstanden."

„Wenn ihr euch beide darüber einig seid, dann wird eure Liebe auch über den Tod bestehen. Und der Tod wird kein Ende in Trauer sein, sondern eine Metamorphose. Der kleine Bruder des Todes ist die Angst. Sie greift uns kalt ans Herz. Sie drückt zusammen und nimmt uns den Atem und die Lebenskraft. Ihr wisst jetzt beide, dass deine Frau bald sterben wird. Und schon ist die Angst da. Wie wird das sein? Wie werden wir damit umgehen? Wird sie Schmerzen haben? Doch jetzt einmal ganz provokant: Wusstest du nicht auch vor dem Anruf, dass sie einmal sterben wird? Was ist der Unterschied? Die Konkretheit? Doch auch jetzt weißt du kein genaues Datum. Eigentlich müssten wir vom ersten Atemzug an in Angst vor dem Tod leben."

„Hast du nicht den Eindruck, dass es bei vielen Menschen so ist?"

„Ja schon. Aber nicht bei dir. Du hast ein klares Auge, einen aufrechten Gang, lebst nach Grundsätzen, stellst dich deinem Schicksal. Du bist der Typus Mensch, der die Angst nicht verdrängt, sondern überwindet. Du hast die Anlage, in der Überwindung der Angst und des Todes ein neues Leben zu finden. Ich kenne deine Frau kaum. Doch sie wird auch so sein, sonst wäre sie wohl nicht deine Frau. Also gehe jetzt nach Hause und hilf deiner Frau, ihren ewigen Wesenskern zu spüren statt ihren vergänglichen Körper."

„Und wie soll das gehen?" Melchior Sedek war aufgestanden und blickte Manuel Wittsohn offen in die Augen. Warme Herzlichkeit und Anteilnahme flossen ihm entgegen.

„Folge deinem Herzen", lautete die einfache Antwort. Und eingebettet in die Liebe des strahlenden Blicks war ihm das Erklärung genug.

Er umarmte Wittsohn. „Danke Manuel. Vor einigen Minuten dachte ich, mein Leben ist zerstört. Und jetzt spreche ich kurz mit dir, und ich habe den Eindruck, dass ein Fenster aufgeht. Ich weiß nicht, was du da anstellst, aber es tut gut."

Wittsohn erwiderte den Druck der Umarmung. „Ich tue gar nichts. Es ist die Kraft in dir, die dir guttut. Du brauchst auch nicht versuchen, etwas für deine Frau zu tun. Auch sie hat diese Kraft in sich. Du brauchst ihr nur helfen, sie selbst zu finden."

Am nächsten Tag trafen sich die beiden Kollegen am Nachmittag. Sie hatten das Büro früh verlassen und sich bei einem Parkplatz an der Höhenstraße verabredet. Jetzt saßen sie im Schatten eines Baumes auf einer Bank und blickten über Wien zu ihren Füßen. Es war ein herrlicher Junitag. Die Blumenwiese wogte im leisen Wind, und der Blütenduft von Holunder und Linde vermischte sich zu einem betörendsüßen, schweren Aroma. Die Schwere passte zu Sedeks Gemütslage. Er hatte eine lange Nacht mit seiner Frau gesprochen. In einem Wechselbad der Gefühle mengte sich trauernde Sentimentalität und Rebellion gegen das Unausweichliche, ehe sie in einen Schlaf der Erschöpfung gefallen waren.

Manuel Wittsohn wollte dieser Gefühlslage keinen Raum geben. Daher fragte er nicht nach Sedeks Stimmung. Stattdessen bestimmte er die Richtung des Gesprächs.

„1975 veröffentlichte Raymond Moody sein Buch ‚Leben nach dem Tod'. Es erschien 1977 auch auf Deutsch und war ein Weltbestseller. Moody ist sowohl graduierter Philosoph als auch Psychiater, also kein Populismusautor. Er beschreibt in diesem Buch seine Forschungsergebnisse über 150 Menschen, die einmal im medizinischen Sinne gestorben waren und doch überlebt haben. Von diesem Buch war Pim van Lommel, ein niederländischer Kardiologe, wiederum angeregt, der ab 1986 zahllose weitere Nahtoderfahrungen analysierte. Er präsentierte die Ergebnisse 2001 in der medizinischen Fachzeitschrift ‚The Lancet'. Sein Buch ‚Endloses Bewusstsein' wurde ebenfalls ein Bestseller."

„Worauf willst du hinaus? Willst du mir jetzt eine Vorlesung über das Sterben halten?", fragte Sedek.

„Nein. Ich möchte dir alle fachärztlichen Details ersparen. Denn beide Werke gehen auf eine Inspiration oder Quelle zurück. Das ist der Erlebnisbericht von George Ritchie, der 1943 im Alter von zwanzig

Jahren an einer Lungenentzündung verstorben und nach neun Minuten wieder ins Leben zurückgekehrt ist. Er hat darüber auch ein Buch geschrieben - ‚Rückkehr von morgen'. Und das habe ich dir mitgebracht." Er drückte ihm ein dünnes Taschenbuch in die Hand. „Das kannst du heute am Abend auslesen. Und dann kannst du dir alle anderen Geschichten darüber ersparen. Denn dann weißt du alles, was wichtig ist."

„Und was ist wichtig?", fragte Sedek.

„Van Lommel beschreibt es so: Ein Bewusstsein, das unabhängig vom Gehirn existiert, kann man mit einer Fernsehsendung vergleichen. Wenn man den Fernseher aufschraubt, wird man keine Sendung finden. Das Gerät ist nur der Empfänger. Aber auch wenn man ihn ausschaltet, existiert immer noch eine Sendung."

„Du willst mir also sagen, dass unsere Persönlichkeit – also auch die meiner Frau – mit dem Tod nicht untergeht. Sie bleibt bestehen, aber sie hat eben keinen Körper mehr."

„Du bist ein Blitzgneißer. Genau so kann man das zusammenfassen." Wittsohn strahlte über das ganze Gesicht.

„Aber wenn das stimmt, dann muss es ja auch ein Bewusstsein vor der Geburt gegeben haben", warf Sedek ein.

„Genau. Ich freue mich, dass dir das auch gleich klar ist."

„Nun, das gibt unserem Leben einen ganz anderen Rahmen. Aber es eröffnet natürlich auch neue Fragen."

„Klar. Welche Fragen meinst du?"

„Nun. Ich habe mir immer gedacht, dass es eine unglaubliche Verschwendung ist, dass so viele Menschen geboren werden, lernen, arbeiten, wieder Kinder bekommen – also einfach leben, und dann sterben sie eben wieder. Natürlich, die Gattung bleibt erhalten. Doch zu unserer Art gehört auch das Bewusstsein. Es ist gerade das, was unser Menschsein ausmacht. Und gerade dieses Bewusstsein können wir nicht vererben. Es würde mit dem Tod für immer verschwinden. Das ist jetzt beim Bewusstsein irgendeines beliebigen Menschen vielleicht verschmerzbar. Doch was ist mit den großen Geistern der Menschheit – den Künstlern, Erfindern und Philosophen? Können wir als Art einfach auf sie verzichten? Mein Eindruck von der Evolution war immer, dass die Natur mit ihren Ressourcen äußerst sparsam umgeht. Sie verschwendet nichts. Denke nur daran, wie sehr der Bauplan unserer Knochen optimiert ist, um mit minimalem Mitteleinsatz die höchste Stabilität zu erreichen. Da wäre es doch unlogisch, wenn gerade das Bewusstsein, für dessen Hervorbringung tausende Jahre benötigt wurden, so verschwenderisch nach jedem Leben wieder weggeworfen wird."

„Und um die Entwicklung genau dieses Bewusstsein geht es anscheinend auch. Ritchie schreibt in seinen Erinnerungen, dass, nachdem er realisiert hatte, dass er außerhalb des Körpers aber bei Bewusstsein war, eine Persönlichkeit aus hellstem Licht, die er für sich unzweifelhaft als Christus identifizierte, ihm ein Lebenspanorama darbot. Dabei sah er alle Details der zwanzig Jahre seines Lebens. Und es kristallisierte sich eine zentrale Leitfrage heraus: ‚Was hast du aus deinem Leben gemacht?' Er versuchte, Verdienste und Leistungen im Kaleidoskop seiner Erlebnisse zu entdecken. Doch es wurde ihm zunehmend klar, dass das die falsche Richtschnur war, um zu ermessen, was er aus seinem Leben gemacht hatte. Es ging darum, wieviel Liebe er gegeben hatte."

„Wieso Liebe?" Sedek war irritiert.

„Ja. Ritchie hat auch Zeit gebraucht, um das zu verstehen. Es war das erschütterndste Motiv seiner Christus-Begegnung, dass er sich vollkommen geliebt und geborgen gefühlt hat. Trotz all seiner kleinen Sünden und Verfehlungen. ‚Love is all you need', haben die Beatles gesungen. Diese Richtschnur wurde Ritchie auch von Christus vermittelt. Nur dass eben Richtschnur nicht nach Fülle, Lachen, Verzeihen und Liebe klingt. Ritchie hat dagegen protestiert. Er war entrüstet, dass er zu einer

Abschlussprüfung kam, um zu entdecken, dass er in einem Fach geprüft wurde, das er nicht studiert hatte. Er machte Christus darüber Vorhalte. Und dessen Antwort war: ‚Ich sagte es dir durch das Leben, das ich lebte. Ich sagte es dir durch den Tod, den ich starb. Und, wenn du mich im Auge behältst, wirst du noch mehr sehen.' Und dann zeigte Christus dem jungen George Ritchie die Welt hinter dem Spiegel. Er führte ihn durch das Fegefeuer der Süchte und Perversionen, das Zeitgefängnis der Selbstmörder. Er erhob ihn an den devachanischen Campus aller Wissenschaften und Künste und in die Bibliothek der Gedanken der Welt. Und er gewährte ihm eine Ahnung des ‚Himmlischen Jerusalem'.

Als er danach ins Leben zurückkehrte, verspürte er keine Erleichterung, kein Gefühl der Heimkehr. Ganz im Gegenteil. Er empfand das körperliche Leben als schmerzliches Getrenntsein. Er vermisste die Liebe des Christus. Die Sehnsucht brannte in seinem Herzen. Später war er als Soldat im Zweiten Weltkrieg. Er hatte keine Angst vor dem Tod. Eher spielte er mit dem Gedanken des Selbstmords, um wieder zurückkehren zu dürfen. Doch davon hielt ihn ab, dass er das Schicksal der Selbstmörder selbst gesehen hatte."

„Was hat er dann aus seinem Leben gemacht?"

„Es war ihm zuerst sehr schwer, über sein Erlebnis zu berichten. Es brauchte besondere Situationen mit vertrauten Personen. Erst als er erkannte, dass er den Christus in jedem Mitmenschen finden kann, verstand er die Aufgabe. Dann konnte er offen darüber sprechen. So hat er auch Moody angeregt. Interessanterweise hat er sein eigenes Buch erst nach Moody geschrieben. Er hat als Psychiater gearbeitet, hat vielen Menschen geholfen und ist 2007 mit 84 Jahren verstorben."

„Ob Christus dann beim zweiten Tod 2007 wohl mit ihm zufrieden war?"

„Das war doch nicht sein zweiter Tod. Ritchie konnte uns etwas erzählen, das jeder von uns schon unzählige Male erlebt hat. Aus der leibfreien Perspektive erkennen wir nach dem Tod die Zusammenhänge unseres Schicksals. Und wir ahnen einen Entwicklungspfad, der noch vor uns liegt. Christus ist dabei unser Helfer der Erkenntnis. Mit dieser Einsicht legen wir selbst die Lernschritte unseres nächsten Lebens fest. Und dann kommt unsere nächste Geburt."

„Du meinst, wir kommen immer wieder auf die Welt? Und sterben dann immer wieder? Glaubst du an Reinkarnation, an wiederholte Erdenleben? Aber wieso können wir uns dann daran nicht erinnern?"

„Reinkarnation und Karma ist nur unter einem Entwicklungsgesichtspunkt verständlich. Ritchie hat in Bereiche der übersinnlichen Welt geblickt, die er noch nicht verstehen und erfassen konnte. Dieses Verständnis zu entwickeln braucht Zeit. Ein Leben reicht dafür nicht aus. In einer langen Reihe von Leben sammeln wir die Erfahrungen, die uns vielleicht einmal gemeinsam in das ‚Himmlische Jerusalem', zum Vatergott, führen werden. Doch zum Vater kommen wir nur über den Sohn, der uns mit dem Geist den Weg weist. Doch alle Wege führen nach Rom, sagt das Sprichwort. Und deshalb erhalten wir nach jeder Geburt wieder den ‚Trank des Vergessens'. Damit haben wir in jedem Leben wieder die völlige Freiheit über unsere Entscheidungen."

„Willst du damit sagen, dass wir vor unserer Geburt die Herausforderungen des kommenden Lebens nicht nur kennen, sondern sogar selbst mitgestalten, damit wir uns vervollkommnen können. Und dann vergessen wir das, damit wir freie Entschlüsse fassen können?"

„Schau dir die Babys und Kleinkinder an. Sie sind doch unsere kleinen Engel. Es wäre hilfreich, darauf zu achten, was diese Kinder an Impulsen ausdrücken. Es sind keine Erfindungen oder Fantasien, sondern reale übersinnliche Realitäten. Später, etwa mit der Trotzphase, zieht ein erstes Ich-Bewusstsein ein. Und damit schließt sich der Vorhang der Erinnerung. Versuche dich an deine ‚Engelzeit' zu erinnern, es wird dir nur bis an diese Grenze gelingen."

„Ja, aber umso älter jemand wird, desto unwahrscheinlicher ist es, dass der Plan und seine Umsetzung noch zusammenpassen."

„Genau. Du kennst doch sicher alte Menschen, die sagen: ‚Das ist nicht mehr meine Zeit.' Da ist dann die Abweichung vielleicht zu groß geworden. Und natürlich leben viele Menschen auf der Welt, die ihre Vorstellungen verwirklichen wollen. Das muss nicht immer günstig für das eigene Vorhaben sein."

„Aber wie weiß man dann, wofür man gekommen ist?"

„Die innere Stimme kann der Kompass sein. Das stete darauf Lauschen, ob der Zeiger noch auf ‚Liebe' steht. Immer dann, wenn der Zeiger auf ‚Ego' steht, entfernen wir uns von unserem höheren Ich."

„Woher willst du das so sicher sagen? Wenn jeder seinen eigenen Weg geht und seine eigenen Entscheidungen trifft, dann gibt es doch kein Richtig oder Falsch."

„Der Weg ist verschieden. Doch die Richtung führt vom ‚niederen Ich' zum ‚höheren Ich' und dann zum ‚wahren Ich'. Das zeigt auch die übersinnliche Reise des George Ritchie ganz gut."

„Und wenn ich nicht weiß, wie das geht, auf die innere Stimme zu hören?"

„Dann mache das, was deine Frau jetzt sicher macht. Überlege dir, was du machst, wenn du noch 10, 5, 1 Jahr, 6 Monate, 4 Wochen, 7 Tage zu leben hast. Mache einen Countdown. Du wirst sehen, dass viele Dinge wegfallen werden. Und es wird Dinge geben, die noch unbedingt sein müssen. Das muss nichts Großes sein. Vielleicht auch nur ein Dank, eine Entschuldigung oder eine Vergebung."

„Und wenn wir alles vergessen, uns verlaufen und nichts von unserem vorgeburtlichen Plan realisiert haben, was ist dann? Ist Karma dann die Strafe für das Versagen?"

„Die Liebe des Christus kennt keine Strafe. Sie bietet immer wieder an, zu erkennen. Und aus dem Erkennen können wir neu handeln. Das gibt uns immer wieder die Möglichkeit zum Neubeginn. Wenn du auf der Universität bei einer Prüfung einige Male durchgefallen bist, dann wirst du aus dem Studiengang exmatrikuliert. Aus dem Leben werden wir nicht exmatrikuliert. Doch wenn wir wissen, welche Fächer geprüft werden, dann können wir auch rasch aufsteigen."

„Und wie geht es mit unseren Mitmenschen weiter? Lieben und geliebt werden braucht ja mehr als einen. Werde ich meine Frau im nächsten Leben wiedersehen?"

„Das weiß ich nicht. Wir haben zu vielen verschiedenen Menschen unterschiedliche Verbindungslinien. Nicht nur Liebe verbindet uns. Auch Hass und Wut sind Ketten, die Schicksale verknüpfen. Und so ergibt sich ein Netzwerk von Beziehungsfäden. In der nordischen Mythologie sitzen die drei Nornen an der Wurzel der Weltenesche Yggdrasil und spinnen die Fäden dieses Geflechts. Unser Tun und Lassen knüpft oder löst Knoten unseres Schicksals. Mit manchen Menschen verbinden uns wahrscheinlich schon viele Leben in unterschiedlichen Konstellationen. Als Mann, als Frau, als Kind, als Eltern, als Lehrer und Schüler. Und dieses Netz unserer Geistfamilie reicht auch über den Tod hinaus. Unsere Beziehungen enden nicht mit dem Ablegen des Körpers. So wird bei vielen Nahtoderfahrungen beschrieben, dass nahe Angehörige bereits jenseits der Schwelle gewartet haben."

„Du meinst, dass wir zu den Toten auch in Kontakt bleiben können?"

„Ja sicher. Doch dazu brauchen wir eine Brücke über den Strom."

„Wie baut man eine Brücke in die übersinnliche Welt?"

„Egal welche Geistwesen wir erreichen wollen, können wir Ankerpunkte bilden. Das tun wir mit Meditationen oder Gebeten. Und je regelmäßiger wir diese machen, desto fester wird der Pfeiler, auf dem unsere Brücke ruht. Und von der anderen Seite kann auch gebaut werden, dann geht es schneller."

Melchior Sedek lehnte sich zurück und stieß die Luft aus. „Manuel, du bist mir ein Rätsel. Wir sind seit Jahren Kollegen. Und niemals hatte ich eine Ahnung, dass du über solche Sachen Bescheid weißt. Du machst den Eindruck, dass du nicht nur über Hörensagen sprichst, sondern dass du die Gewissheit hast, dass das alles wahr ist."

„Mel, du schaust jetzt über den Gartenzaun. Die Umstände haben dich dazu gebracht. Deine Schicksalsgöttinnen, also dein höheres Ich, haben dich zu mir geführt. Wir sitzen hier und blicken über Wien. Im leibfreien Zustand schauen wir so über Zeit und Raum, wenn unser Bewusstsein dafür reicht. Ich nehme an, dass ein Funke in dir nunmehr zu brennen beginnt. Willst du dieses Feuer nähren?"

„Ja natürlich. Wie kannst du fragen?"

„Na ja. Du hast es selbst gesagt. Wir kennen uns schon lange, aber du hast nie gefragt. Dabei wäre es so einfach: ‚Bittet, dann wird euch gegeben; sucht, dann werdet ihr finden; klopft an, dann wird euch geöffnet. Denn wer bittet, der empfängt; wer sucht, der findet; und wer anklopft, dem wird geöffnet. Oder ist einer unter euch, der seinem Sohn einen Stein gibt, wenn er um Brot bittet, oder eine Schlange, wenn er um einen Fisch bittet? Wenn nun schon ihr, die ihr böse seid, euren Kindern gebt, was gut ist, wie viel mehr wird euer Vater im Himmel denen Gutes geben, die ihn bitten.' Also, hast du Fragen?"

„Ja. Sage mir die Gebete für die Brücke über den Strom."

Manuel Wittsohn lächelte. Er griff in die Innentasche seines Sakkos und nahm ein Kuvert heraus. Er drückte es Melchior Sedek in die Hand.

„Hier. Bete es zur angegebenen Tageszeit. Und freue dich, wenn deine Frau mitmacht, aber sie soll es selbst entscheiden. Behalte es bei, solange du willst. Du wirst wissen, was zu tun ist."

Danach waren sie aufgebrochen. Als Melchior Sedek zu Hause war, öffnete er das Kuvert und nahm das Papier heraus, auf dem in sauberer Handschrift geschrieben stand:

Morgens / nach dem Aufwachen:
Ich will Dir, meinem Erlöser, diesen Tag weihen.
Nichts soll an mich heran, das nicht von Dir ausgeht.
Groß ist mein Wille, o Gott,
aber größer meine Liebe zu Dir.

Vormittags:
Ich bin und Du in mir.
Ich war und Du bei mir.
Ich will und Du bist mein.

Mittags:
Ich habe den Willen, zum Höchsten zu gelangen.
Ich will es erreichen.
Du musst mir verzeihen,
Ich habe gesündigt
und sündige noch.
Jetzt aber weiß ich, dass Du zu mir kommst
Und darum geht die Sünde von mir.
Hilf mir, Du Hehrster, Allmächtigster!
Dein Wille ist mein Wille,
Ich beuge mich vor Dir.

Nachmittags:

Gottheit der Welt,

Du Kraft, Liebe und Ewigkeit,

In Dir ruhen sollen wir.

Alles wiederholt sich,

Ewiges Weiterdrehen mit der Entwicklung Rad,

Bis unser Sorgenweg

Im Lichtermeer sein Ende hat.

Dann erst ich ruhen darf

Nach vollbrachtem Tag –

In Dir.

Abends:

Groß ist die Kraft des Guten,

Groß ist der Wille zum Guten,

Groß ist die Liebe zu Gott,

Groß ist die Kraft in mir.

Böses muss weichen,

Alles nach oben strebt,

Himmlisches zu erschauen.

Heiligste Liebe,

Du Urkraft des Guten,

Nur Du bestehst.

Vor dem Einschlafen:

Niemals verzagen!

Heute wurde ich schwach,

Aber zum letzten Mal.

Morgen habe ich erreicht mein Ziel.

Anfang Oktober fand das Begräbnis am Zentralfriedhof statt. Auf dem Fußweg von der Aufbahrungshalle zum Grab entlockte die milde Sonnenstrahlung den verfärbten Blättern der alten Kastanienbäume einen goldenen Glanz. Es war nur eine kleine Trauergemeinde, die sich eingefunden hatte. Alle waren gefasst, und dadurch entstand eine ernste, aber innige Atmosphäre.

Manuel Wittsohn ließ allen Familienangehörigen und Freunden den Vortritt. Als letzter warf er eine Rose auf den Sarg und kondolierte Melchior Sedek, der etwas abseits die Beileidsbekundungen entgegennahm.

„Du weißt, dass der Todestag deiner Frau, der 29. September, dem Erzengel Michael gewidmet ist?", fragte Wittsohn.

„Ja", entgegnete Sedek mit feinem Lächeln. „Und ich weiß inzwischen auch, dass deine Gebete für die ‚Brücke über den Strom' aus dem gleichnamigen Buch stammen. Und dass sie uns in Beziehung mit ‚Michaels Heerscharen' bringen können."

„Du bist ein guter und aufmerksamer Schüler." Wittsohn umarmte seinen Kollegen. Er blickte ihm tief in die Augen und sagte: „Mach weiter so." Dann ging er mit festem Schritt davon.

Jenseits der Grenze

Melchior Sedek war allein am Oberdeck. Die Sonne stand bereits sehr tief. Sie würde jetzt rasch hinter den Bergrücken des Sinai untergehen. Doch davor tauchte sie den Himmel noch in sattes Gold. Das Rote Meer war abendlich ruhig, der Wind war eingeschlafen. Ihr Schiff, die Sea Lady, schaukelte sanft in der schwachen Dünung. Die Wellen plätscherten leise an die Schiffsplanken, und diese zarte, aber stete Musik des Wassers vermischte sich mit den klagenden Klängen eines Saxofons, das vom Mitteldeck heraufklang. Dort hatte sich der Rest der Gruppe zum täglichen Sun-Downer versammelt. Es wurden kleine Snacks gereicht, es gab Bier und verschiedene Drinks, und passend zu dieser Chill-out-Stimmung legte Andreas, ihr Chefguide, gerne Lounge-Musik auf. Sedek hatte sich ein großes Glas Campari Orange genommen und war mit seinem Tauch-Logbuch aufs Oberdeck gestiegen. Er stand an der Reling und blickte auf das Wasser. Die untergehende Sonne zog einen breiten Goldstrich über die sanften Wellen. Er hatte das Gefühl, dass die Wärme und das milde Licht direkt in seinem Herzen endeten. Abseits des Lichts aber war das Meer dunkel geworden. Es wirkte kalt und abweisend. Und so war er froh, dass an diesem Abend kein Nachttauchgang am Programm stand.

Die Tauchsafari hatte vor einer Woche mit einem Flug nach Marsa Alam begonnen. Eine Woche Sonne, Wind und Meer sowie mindestens zwei Tauchgänge pro Tag hatten bereits ihre Wirkung entfaltet: er war entspannt, zufrieden und glücklich in sich ruhend. Nach dem Einschiffen in Port Ghalib setzten sie zuerst Kurs nach Süden. Entlang der Küste erfolgte ein lockeres Eingewöhnen und das Bilden von Buddy-Teams, ehe sie am Elphinstone Riff erstmals etwas anspruchsvollere Tauchgänge unternahmen. Dann ging es hinaus auf das offene Meer zum Daedalus Riff, wo sie beim ‚Early-Morning-Dive' zwar vergeblich auf Hammerhaie warteten, dafür aber tagsüber mit spektakulären Begegnungen mit Weißspitzen-Hochseehaien versöhnt wurden. Schließlich wendeten sie nach Norden, betauchten auf den Brother Islands die Wracks der Aida und der Numidia und bewunderten große Gruppen von Grauen Riffhaien im offenen Wasser und bei ihren Putzerstationen. Über das Shaab Sheer Riff vor Safaga näherten sie sich wieder der Küste und betauchten die Wracks der Salem Express und der Al Kahfain. Anschließend verbrachten sie einen Abend in Hurghada, ehe sie in die Straße von Tiran übersetzten, um in der zweiten Safariwoche die Tour rund um die Südspitze der Sinai-Halbinsel anzugehen. Und das hatte gleich großartig begonnen.

Mel Sedek setzte sich auf die große lederbezogene Bank, öffnete das Logbuch und notierte die heutigen Tauchgänge. Es waren nur zwei gewesen, doch sie gehörten zu den besten Tauchgängen, die er jemals gemacht hatte. Am Vormittag waren sie am Woodhouse Reef gewesen. Dieses liegt gemeinsam mit dem Jackson-, Thomas- und Gordon Reef, die nach englischen Kartographen des 19. Jahrhunderts benannt sind, die die erste nautische Karte dieser Region zeichneten, in der Straße von Tiran. Diese Wasserstraße befindet sich an der Mündung des Golfes von Akaba und grenzt im Westen an die Küste des Sinai und im Osten an die Insel Tiran. In der Mitte dieses Kanals liegen die vier Riffe in nordöstlicher und südwestlicher Richtung. Sie teilen die Meerenge in zwei Kanäle: im Osten befindet sich die Grafton Passage, die ausschließlich von Schiffen benutzt wird, die nach Norden fahren, während im Westen die Enterprise Passage für die Route nach Süden reserviert ist. Die starken Strömungen in der Straße von Tiran machen die Tauchgänge anspruchsvoll, aber auch interessant. Die großen Mengen an Plankton und anderen Nährstoffen versorgen die Korallen und die Rifffische, die wiederum die großen Raubfische wie Stachelmakrele, Thunfisch und Barrakudas anlocken.

Der erste Tauchgang fand an der östlichen Seite des Riffs statt und begann im Süden. Sie waren rasch auf etwa 30 Meter Tiefe gesunken, wo sie ein mit Korallen besetztes Plateau fanden. Zwischen den Korallen führte sie der Guide zu einem unscheinbaren Spalt, den man trotz vorherigem Briefing allein niemals finden würde. Kopfüber zwängten sie sich einzeln senkrecht in den Kamin hinein, der sich nach dem Einstieg langsam erweiterte. Trotzdem galt es darauf zu achten, dass die Luftflasche nicht an den Felsen anschlägt. Am Tiefpunkt bildete sich eine kleine sandige Fläche, die dann den Blick auf einen sanften Aufstieg freigab. Beim Briefing war festgelegt worden, dass jeder mit einem Zeitabstand von mindestens einer halben Minute in den Siphon eintaucht, um von Aufwirbelungen und Sichteinschränkungen verschont zu bleiben. Das Abtauchen in die enge Finsternis erforderte einige Überwindung. Mel hatte seinen eigenen Atem laut und viel schneller als sonst wahrgenommen. Als er allerdings den sandigen Tiefpunkt erreicht hatte, öffnete sich ein breiter werdender Ausgang, an dessen Ende wieder Licht zu sehen war. Es war wie ein Geburtserlebnis, durch den engen Kanal Richtung Sonne zu tauchen. Er vermerkte in seinem Logbuch eine Tiefe von 47 Metern. Das war damit sein persönlicher Tiefenrekord. Er nahm einen Schluck Campari und prostete sich selbst zu.

Am Nachmittag hatte ihr Schiff sie nahe an die Küste herangebracht. Am White Knight Beach vor dem Hotel Savoy begann ihr Tauchgang im seichten Wasser mit weißem Sandgrund. Gemütlich ließen sie sich in etwa 10 Metern Tiefe auf den Spitzen ihrer Flossen nieder und pivotierten im Rhythmus ihrer Atmung auf und ab. Ihre Geduld wurde nur auf eine kurze Probe gestellt. Bald lugte eine ganze Kolonie von Röhrenaalen aus ihren Verstecken und ließ sich von der Dünung zu einem langsamen, wogenden Tanz verführen. Nachdem sie das Schauspiel lange genug bewundert hatten, folgten sie der Sandfläche in einen schmaler werdenden Canyon zwischen zwei großen Felsmassiven. Immer wieder bildete der Canyon Stufen, bei denen es steil in die Tiefe ging. Darunter folgte wieder eine Terrasse, die sanft abfiel. Der weiße Sand und die Geländestufen erinnerten an eine Schi-Abfahrt, über der sie schwebten und immer tiefer gingen. Nach einiger Zeit zeigte der

Guide eine Stelle, bei der man im Sand am Bauch liegend unter den Felsen schlüpfen konnte. Der Guide verschwand zur Gänze darin und einzeln folgte jeder Taucher, wie es zuvor im Briefing besprochen worden war. Wenn man durch den Einschlupf durch war und sich die Augen an die Dunkelheit gewöhnt hatten, konnte man im Inneren eine große kuppelförmige Höhle erkennen. Der Guide schwebte frei in der Mitte und leuchtete mit seiner Handlampe den Innenraum aus.

Als Sedek wieder aus der Höhle kam, nutzte er die Zeit, während der Rest der Gruppe den Durchschlupf machte, um gemeinsam mit seinem Buddy dem Canyon weiter in die Tiefe zu folgen. Sie waren bereits wieder 2 Stufen tiefer gegangen, als sie noch eine weitere Stufe tiefer einen Autoreifen entdeckten, den sie nun als Ziel ansteuerten. Mit Handzeichen blödelten sie, und Mel Sedek musste in seine Tauchermaske lachen. Plötzlich hörten sie die Signalrassel des Guides, der ihnen anzeigte, sofort wieder höher zu steigen. Ein Blick auf den Tiefenmesser ergab 42 Meter. Nach dem Auftauchen waren sich die beiden Taucher einig, dass sie wohl einen beginnenden Tiefenrausch erlebt hatten. Die spontane Heiterkeit und die Absicht, ohne den Tiefenmesser zu kontrollieren noch weiter abzusinken, waren dafür beste Hinweise.

Nach dem Abendessen im großzügigen Salon im Mitteldeck zogen sich die meisten Tauchkameraden rasch zurück. Die langen und tiefen Tauchgänge forderten ihren Tribut. Eine ausreichende Nachtpause war vernünftig, um die Stickstoff-Sättigung im Körper wieder abzubauen. Sedek kontrollierte auf dem Tauchdeck nochmals seine gesamte Ausrüstung. Er traf den Entschluss, am nächsten Tag mit einer höheren Sauerstoffkonzentration – einem sogenannten Nitrox-Gemisch – zu tauchen, um die Gefahr einer Stickstoffvergiftung zu verringern. Er wollte gerade ebenfalls seine Einzelkabine aufsuchen, als er mit Ilse Muchta zusammenlief. Sie war Single, so wie er. Trotzdem waren sie nicht als Buddy-Team zusammengespannt worden. Sie war eine sehr erfahrene Taucherin mit über tausend Tauchgängen. Deshalb bildete sie mit Monika Trauner ein Team, die sich als jüngste und unerfahrenste

Taucherin gern in Ilses Obhut begab, während Sedek mit Monikas Mann Gottfried eingeteilt war.

„Na, wie wars heute?", fragte sie.

„Für mich waren beide Tauchgänge totale Highlights. Aber es macht mich auch nachdenklich, dass man ganz leicht etwas übersehen kann. Beim zweiten Tauchgang hatten wir, glaube ich – und Gottfried meint das auch -, einen beginnenden Tiefenrausch. Wenn uns Andreas nicht hinaufgewunken hätte, weiß ich nicht, wie das ausgegangen wäre."

„Ja, tauchen ist wunderschön. Aber es bleibt immer auch ein Risiko. Aber was solls: leben ist eben lebensgefährlich. Habt ihr auch Visionen gehabt?", fragte Ilse Muchta.

„Nein, wir haben einfach nur gekichert wie die Kinder. Und wir hatten überhaupt kein Gefühl für die Gefahr. Aber wieso Visionen?"

„Na ja. Weißt du … Ach, mir kommt das komisch vor. Vergiss es", druckste sie herum.

„Nein, jetzt raus damit. Was ist los?"

„Na gut. Als ich heute bei White Knight vom Sand in die Höhle hineingekrochen bin, da habe ich zuerst gar nichts gesehen. Dann hat Andreas die Lampe aufgedreht und vor mir den Grund beleuchtet, damit ich mich orientieren kann."

„Ja, das war bei mir auch so."

„Und dann hat er die Lampe vor sich hochgehalten, damit ich die ganze Höhle sehen kann. Er hat mit gekreuzten Beinen gehovert und ist ganz ruhig frei in der Mitte der Höhle geschwebt. In dem diffusen Licht hat die Höhle ausgesehen wie die Kuppel einer Kathedrale. Und der schwebende Andreas hat ausgesehen wie der gekreuzigte Jesus. Plötzlich hatte ich das Gefühl, dass es beim Sterben auch so sein muss. Dass man nämlich in völliger Ruhe nach oben schwebt, hin zum Licht, hin zum Christus." Ilse Muchta stockte. Mel Sedek konnte das Bild gut nachempfinden. Doch er hatte nicht erwartet, an Bord eines Tauchschiffes über das Sterben zu sprechen.

„Ja, ich verstehe, was du meinst. Lustigerweise hatte ich heute genau die umgekehrte Assoziation. Nämlich beim Raustauchen aus dem Siphon. Da kam es mir wie eine Geburt vor."

„Hm, Geburt und Tod. Zwei große Momente, über die aber nicht oft gesprochen wird. An unsere Geburt können wir uns nicht erinnern. Und an den eigenen Tod wollen wir nicht gerne denken."

„Ich weiß nicht. Ich hätte kein Problem damit, wenn ich sterben müsste. Ich bin mit mir im Einklang."

„Nach einer Woche Urlaub hast du leicht reden. Da fühlt sich bald wer entspannt und im Einklang. Und dann kommst du zurück, dein Leben springt dich an, und du steckst wieder bis über beide Ohren drinnen. Und schon kannst du dich nicht mehr erinnern, dass du geglaubt hast, du stehst über den Dingen. Ich kenne das. So gehts mir bei jeder Tauchsafari. Deshalb mache ich auch jedes Jahr eine. Manchmal auch zwei." Ilse Muchta lächelte schelmisch.

„Bei mir war das im Urlaub auch oft so. Aber jetzt ist es schon anders. Das hängt damit zusammen, dass ich alles verloren habe, was mir früher wichtig war. Und dafür habe ich aber etwas gewonnen, was ich früher gar nicht gekannt habe. Und außerdem hat mir einmal wer gesagt, dass der Tod von der anderen Seite aussieht wie die Metamorphose des Schmetterlings. Die Seele schlüpft aus der Puppe des Körpers, entfaltet ihre wunderschönen Flügel und fliegt zum Licht."

„Hast du noch immer einen Tiefenrausch oder hast du was geraucht?", fragte Muchta zweifelnd. Mel Sedek schaute Ilse Muchta direkt in die Augen. Sein strahlender Blick zeigte ihr, dass er nicht nur leere Worte sprach.

„Schau. Vor zirka einem Jahr hat mein Chef seine Firma verkauft. Danach war alles anders. Für mich war Arbeit nie das Wichtigste. Aber trotzdem war es fein, in einer erfolgreichen Firma als Finanzchef zu arbeiten. Wenn du irgendwo gefragt wirst, wer du bist, und du kannst sagen: ‚Ich bin der CFO von mobitronics', dann kann das schon was. Und gut verdient habe ich dabei auch. Doch plötzlich ist das ganze Team auseinandergefallen. Einer hat sich umgebracht. Eine Kollegin hat gekündigt und ist ausgewandert. Und der, den wir eigentlich immer für das schwächste Glied in der Kette gehalten haben, ist Boss geworden."

„Na ja, das kann einen schon ins Grübeln bringen. Hast du es hingeschmissen?"

„Es kam noch dicker. Kurz darauf wurde bei meiner Frau ein Krebs der Bauchspeicheldrüse festgestellt. Eine Operation war nicht mehr möglich. Sie ist vor einem halben Jahr gestorben."

„Oh mein Gott. Ich dachte, du bist geschieden. Das tut mir aber leid. Aber jetzt verstehe ich auch, warum du ans Sterben denkst."

„Nein. Du verstehst mich völlig falsch. Ich habe keine Depressionen. Und es fehlt mir auch nicht an Lebensfreude. Ich bin durch diese Erlebnisse aber in eine ganz neue Lebensbahn gerückt worden. Jetzt habe ich auch keine Angst mehr."

„Hast du eine Therapie gemacht? Normalerweise werfen einen solche Schicksalsschläge um. Aber ich hätte gar nichts gemerkt, wenn wir nicht ins Gespräch gekommen wären."

„Ja, da hast du schon recht. Ich war auch komplett durch den Wind. Aber dann hatte ich Glück. Ich habe jemanden getroffen, der mir die entscheidenden Denkanstöße gegeben hat. Ich kannte ihn schon jahrelang. Aber ich hatte keine Ahnung, dass er ein spiritueller Meister ist. Er hat mir einige Anregungen gegeben, über die ich dann viel nachgedacht habe. Und ich habe begonnen, viel darüber zu lesen und zu forschen.

Das Spannende ist, dass einem, wenn man seine Interessen neu ausrichtet, plötzlich ganz viel passiert, was man vorher nicht für möglich gehalten hat."

„Was ist ein spiritueller Meister? Ist das so ein Yoga-Guru, der ohne Essen leben und beim Meditieren fliegen kann?" Muchta flüchtete in Ironie, um ihr Interesse zu verstecken.

„Es ist typisch, dass man bei solchen Worten sofort an asiatische Lehrer denkt. Vieles kommt auch von dort. Das hängt aber auch damit zusammen, dass die ersten und damit alten Hochkulturen der Menschheit in Indien, in Persien, im Zweistromland und in Ägypten waren. ‚Ex oriente lux – aus dem Osten kommt das Licht' beschreibt diesen Umstand. Und das meint nicht nur, dass jeden Tag im Osten die Sonne aufgeht. Dieser Kulturstrom ist über die Philosophen des antiken Griechenlands und ihre Schüler, die Römer, nach Europa gelangt. Und es hat sich auf diesem Weg mit dem Christentum verbunden. Eigentlich liegt das Zentrum der esoterischen Entwicklung der Menschheit heute in der Mitte Europas."

„Das hat dir also ein Priester erzählt? Ist dein Meister ein Pfarrer? Bist du denn gläubig?", fragte Muchta nach.

„Wie kommst du darauf?" Sedek war wirklich überrascht über diese Frage.

„Na ja, du hast vom Christentum gesprochen. Da dachte ich eben an einen Pfarrer."

„Ach so, das ist ein Missverständnis. Ich habe auch einige Zeit gebraucht, um das zu verstehen. Der Punkt ist folgender: die Menschheit verändert sich im Laufe ihrer Entwicklung. Das ist für jeden einleuchtend. Wir sehen ein, dass wir heute anders leben als in der Steinzeit, der Antike oder im Mittelalter. Diese Entwicklung ist als Geschichte mehr oder weniger gut dokumentiert und aufgeschrieben. Das bezieht sich auf die historischen Ereignisse, auf den äußeren Verlauf der Weltgeschichte. Hinter dieser äußeren Ablauffolge stehen aber Änderungen in der Ideenwelt, unserem Verständnis für die Ursachen des Seins. Es ist also eine Kulturgeschichte. Diese Geschichte wurde aber nicht von Herrschern und Kriegsherren geschrieben, sondern von eingeweihten Lehrern. Die weltlichen Führer haben ihre Erfolge in der Geschichtsschreibung verewigt. Die spirituellen Führer haben sich jedoch auf das gesprochene Wort verlassen. In ihren Mysterienschulen haben sie ihr Wissen von Mund zu Ohr weitergegeben – aber nur an Schüler, die dazu ausgesucht und speziell vorbereitet waren. Das erfolgte also im Geheimen. Man spricht daher von Esoterik, also einer Lehre, die nur für einen begrenzten, inneren Personenkreis zugänglich ist, im Gegensatz zu Exoterik als allgemein zugänglichem Wissen. Der Einfluss dieser Geheimschulen bestand darin, dass sie einerseits immer wieder die weltlichen Führer berieten und andererseits für das Volk in Festen, Ritualen und Spielen wichtige Botschaften und moralische Orientierung in einer verklausulierten, versteckten Form gaben. Die Kunst war daher lange das Verbindungsglied zwischen Religion und weltlichem Leben. Religion ist nicht etwas, das einer Kirche gehört, sondern eine Grundlage unseres Menschseins, die sich zu verschiedenen Zeiten in unterschiedliche Worte und Offenbarungen kleidet."

„Diese Geheimbünde gibt es ja heute auch noch. Ich habe erst unlängst im Fernsehen eine Dokumentation darüber gesehen. Da gibt es die Freimaurer, die Illuminaten, Skull & Bones, die Bilderberger und wahrscheinlich noch viele mehr."

„Ja, ja. Da gibt es noch viele. Aber nicht alles, was geheim ist, hat mit Fortentwicklung der Welt und der Menschheit zu tun. Eine Terrorzelle bereitet einen Anschlag im Geheimen vor, die Mafia handelt im Verborgenen mit Drogen, Waffen und sogar Menschen. Und trotzdem hat das nichts damit zu tun, wovon ich spreche. Dann kommt noch etwas dazu, was viel wichtiger ist: seit der Gottessohn selbst auf der Welt gelebt hat, sind alle Mysterien veröffentlicht. Vorchristlich war es, die

Mysterien im Tempel oder eben in Geheimschulen zu bewahren. Christlich ist es, dass alle Geheimnisse offenbart sind. Das ist aber paradoxerweise der beste Schutz. Das Offensichtliche wird am leichtesten übersehen. Ein japanisches Sprichwort sagt: ‚Unter dem Leuchtturm ist es am dunkelsten'. Joseph Beuys meinte, dass Mysterien heute im Hauptbahnhof stattfinden. Und auch Geheimdienste verrichten ihre Geschäfte am liebsten mitten im größten Trubel und nicht abseits, wo jede Bewegung auffällt. Der Christus Jesus wurde von den Sadduzäern und Pharisäern auch deshalb verfolgt und letztlich hingerichtet, weil er als Verräter der Tempelgeheimnisse galt. Sinnbildlich für die Veröffentlichung ist das Zerreißen des Vorhangs vor dem Allerheiligsten im Tempel in der Todesstunde."

„Was meinst du mit Offenlegung der Geheimnisse? Davon habe ich noch nichts gehört."

„Ich gebe dir ein einfaches Beispiel: du willst dir ein neues Auto kaufen und hast dich für irgendein Modell entschieden. Plötzlich siehst du diese Type ständig auf der Straße. Gibt es plötzlich mehr davon? Nein, aber du hast deine Aufmerksamkeit darauf gerichtet, und deshalb fällt es dir auf."

„Ja, das ist selektive Wahrnehmung. Aber was hat das mit Geheimwissen und Esoterik zu tun?"

„Schau, wenn du das alles für Blödsinn hältst, dann kommst du damit nie in Berührung. Oder jedenfalls siehst du es nicht. Aber wenn du dich zu interessieren beginnst, dann läuft dir ständig was über den Weg. Es gibt zum Beispiel in Wien seit Jahrzehnten eine Esoterikmesse in der Stadthalle."

„Und dort gehst du hin?" Ilse Muchta hatte einen ungläubigen und zugleich geringschätzigen Gesichtsausdruck.

Mel Sedek lachte herzlich. „Nein. Ich wollte nur aufzeigen, dass man alles finden kann, wenn man danach sucht."

„Aber wenn ich Religion suche, dann brauche ich doch nur in meine Kirche gehen."

„Ja, genau. Und für viele Menschen ist das genau das Richtige. Es ist aber spannend, dass in den Kirchen immer weniger Gläubige anzutreffen sind, aber die Esoterikmessen großen Zustrom haben. Offensichtlich suchen viele Menschen etwas, das sie in den Kirchen nicht mehr finden."

„Nein, die Kirchen sind leer, weil die Priester durch die Missbrauchsfälle in Verruf geraten sind. Und dann nimmt man ihnen eben die Unfehlbarkeit, die Dogmen und die Geheimnisse des Glaubens nicht mehr ab. Wie soll denn ein moderner Mensch das aushalten?"

„Bist du katholisch?"

„Ja. Ich bin getauft, gefirmt und zahle sogar meinen Kirchenbeitrag. Aber ich gehe nur mehr sehr selten in die Messe - manchmal zu Ostern oder zu Weihnachten."

„Kannst du dich noch an dein stärkstes religiöses Erlebnis erinnern?"

Muchta dachte kurz nach, dann antwortete sie: „Ja. Es war im Firmunterricht. Wir haben uns auf einer Video-Kassette das Musical ‚Jesus Christ Superstar' angesehen. Mir hat es sehr gut gefallen. Die Musik war gut, und auch das Schauspiel hat mir getaugt. Ich habe mir danach die Schallplatte gekauft. Ich weiß noch, es war kurz vor Ostern. In der Karwoche habe ich sie immer wieder angehört. Vor allem das Solo der Maria Magdalena. Kennst du das?"

„Ich weiß nicht. Jesus Christ Superstar ist schon ziemlich lange her."

„Der Song heißt ‚I don't know how to love Him'. Es ist ein Liebeslied der Maria Magdalena für Jesus Christus. Aber es geht nicht um die leidenschaftliche, erotische Liebe. Es geht um ihr Ringen, in diesem

Mann den Gottessohn zu erkennen. Sie erkennt, dass er sie völlig verändert hat. Diese Veränderung ist ihr Gottesbeweis. Sie hätte das in ihrem Leben nicht für möglich gehalten. Und die Agape, die Gottesliebe, zerreißt ihr förmlich das Herz. Immer wenn ich dieses Lied höre, überwältigt mich dieser Eindruck des übergehenden Herzens. Ich fühle wie sie. Und meine Tränen strömen aus Liebe. Ich würde alles für ihn tun." Sie wandte ihr Gesicht ab. Mel Sedek sollte nicht sehen, dass bei der Erinnerung schon wieder Tränen in ihren Augen standen.

Er legte seine Hand um ihre Schulter. „Ich hatte einmal ein ähnliches Erlebnis. Ich bin der Taufpate meiner Nichte. Und als sie im Kindergarten zu St. Martin ihr Laternenfest feierte, war ich eingeladen. Es gab zuerst eine Erzählung über Martin von Tours, der seinen Mantel mit einem Bettler geteilt hatte. Und dann gingen wir hinaus in den Garten. Es war schon finster, die Kinder trugen die Laternen, die sie selbst gebastelt hatten. Und sie sangen mit ihren hellen Stimmen wunderschöne Lieder. Vielleicht kennst du das ja: ‚Ich geh mit meiner Laterne und meine Laterne mit mir. Da oben leuchten die Sterne, und unten da leuchten wir.' Es war, als ob Engel über die Erde gehen würden. Und ich hatte den Wunsch, dass auch wir erwachsene Menschen göttliche Lichtfunken auf der Erde sein sollten. Ich war froh, dass es dunkel war, denn vor Rührung kamen mir die Tränen."

„Wir sind anscheinend ziemliche Heulsusen." Muchta blinzelte ihn lächelnd an und wischte sich mit dem Handrücken über die Augen.

„Nein, wir sind zwei Menschen, die einen starken inneren Bezug zu Religion haben. Wenn wir es zulassen oder auch davon überrascht werden, dann spüren wir, dass unser Herz für Christus schlägt. Und trotzdem sind die Kirchen nicht der Ort, wo wir uns völlig angesprochen fühlen. Die Esoterikmessen sind es allerdings auch nicht. Es bleibt immer etwas offen."

„Ah, und da kommt jetzt dein Meister ins Spiel?"

„Schau, der moderne Mensch kann nicht einfach glauben. Wir folgen nicht mehr bedingungslos irgendwelchen Autoritäten. Auch nicht den geweihten Priestern unserer Kirchen, wenn wir sie nicht authentisch erleben. Wir spüren unsere Verbundenheit zu Christus und seiner zentralen Botschaft – der Liebe. Diese brennt so sehr im Herz, dass uns die Tränen kommen. Diese Liebe kann sich aber nur in Freiheit entfalten. Liebe in Freiheit ist das wahre Christentum. Diese Freiheit wurde im 2. Vatikanischen Konzil in den 1960er-Jahren festgehalten: ‚Diese Freiheit besteht darin, dass alle Menschen frei sein müssen von jedem Zwang sowohl von seiten einzelner und gesellschaftlicher Gruppen, wie jeglicher menschlicher Gewalt, so dass in religiösen Dingen niemand gezwungen wird, gegen sein Gewissen zu handeln. Das Recht auf religiöse Freiheit sei in Wahrheit auf die Würde der menschlichen Person selbst gegründet, so wie sie durch das geoffenbarte Wort Gottes und durch die Vernunft selbst erkannt wird.' Dieses Dokument heißt sogar ‚Dignitatis humanae', also Würde des Menschen. Ob die vorhin von dir genannten Geheimbünde diese Freiheit gewähren, ist fraglich. Aber es ist genauso fraglich, ob die Kirchen selbst diese Freiheit zum mündigen Christentum geben. Ich verstehe unter moderner Religion, ausgehend vom individuellen Denken ein Empfinden für das Gute und Richtige zu entwickeln. Und aus dieser moralischen Intuition muss ein Wollen und Handeln werden, das Freiheit und Verantwortung aber auch Erdenleben und Transzendenz verbindet. Damit wird genau das Gewissen, das vom Konzil erwähnt wird, zur Leitlinie und Richtschnur für das Leben."

„Also irgendwie verstehe ich noch immer nicht, worauf du hinauswillst. Wie passt jetzt die persönliche Freiheit mit Geheimlehren und esoterischen Meistern zusammen? Ich stehe auf der Leitung."

„Nein. Das stimmt schon. Es passt eben nicht zusammen. Geheimlehren haben in der modernen Welt keinen Platz mehr. Das Wort Esoterik ist eben auch nur ein Marketing-Gag, denn wenn ich Dinge auf einer Messe in der Stadthalle anbiete, dann kann es sich wohl nicht um ein verborgenes Geheimwissen handeln. Es geht dabei oft um Geschäftemacherei von Scharlatanen mit dem spirituellen Bedürfnis von Menschen, die ahnen, dass es neben dem materialistischen Weltbild auch noch etwas anderes gibt. Dann gibt es Gruppen, die ihre Bedeutung durch Herleitung aus antiken oder mittelalterlichen Wurzeln begründen. Diese Orden, Geheimbünde und Sekten greifen auf Versatzstücke aus verschiedensten Quellen zurück. Häufig sind sie hierarchisch in Graden strukturiert, die eine Art von Einweihung nahelegen. Doch statt persönlicher Vervollkommnung steht oft der profane Wunsch nach weltlicher Anerkennung und materiellem Wohlstand im Vordergrund. Sowohl bei der Geschäftemacherei als auch bei den Interessensgruppen ist zu sehen, dass Abhängigkeiten der Kunden oder Mitglieder von ihren Gurus erzeugt werden. Ein echter Meister würde den Freiraum seiner Schüler nicht einengen. Er würde sich auch selbst gar nicht als Meister oder Lehrer bezeichnen. Er wird von seinem Schüler erkannt und gewählt. Und er gibt Antworten auf konkrete Fragen, drängt aber nichts auf."

„Das heißt also, dass dein Meister gar kein Meister ist?"

„Für mich ist er das, weil er mir sehr weitergeholfen hat. Aber ich bin jeden Schritt freiwillig selbst gegangen. Ich hatte sogar manchmal den Eindruck, dass es ihm gar nicht recht war, dass ich so viel von ihm und damit auch über ihn erfahren habe."

„Und was hat er dir beigebracht?"

„Angesichts der schweren Krankheit meiner Frau war es die Erkenntnis, dass es ein Leben nach dem Tod gibt. Das hat uns noch sehr intensive und eigentlich schöne letzte Monate und Wochen beschert. Und damit ist ein Schleier vor meinen Augen weggezogen worden. Denn wenn es ein Leben nach dem Tod gibt, dann gibt es auch eines vor der Geburt. Dann ist der Kern unserer Existenz nicht materiell, sondern geistig. Das ändert eigentlich alles. Der Standort bestimmt den

Standpunkt, heißt es. Und es ist ein ganz anderes Fundament, ob wir uns als primär geistiges oder bloß physisches Wesen ansehen."

„Ja klar. Das verstehe ich. Aber damit sind wir doch wieder beim Glauben. Denn ob wir so oder so sind, können wir nicht wissen, sondern nur glauben."

„Stimmt. Du hast vorhin gesagt, für Maria Magdalena war die erlebte Veränderung der Gottesbeweis. Wir können in unserem Leben auch solche Momente der Veränderung erfahren. Dann ist es für uns persönlich kein Glaube mehr, sondern Gewissheit. Und dann ist es auch nicht wichtig, ob andere das auch so sehen oder nicht. Und es ist kein Zufall, dass Gewissen und Gewissheit so ähnlich klingen. Wir können unserer inneren Stimme getrost folgen. Wir müssen nur aufpassen, dass wir uns nicht etwas zusammenreimen, Luftschlösser bauen und Wunschbildern folgen. Dafür kann es hilfreich sein, Berichte von Menschen zu beachten, die derartige Erfahrungen schon vor uns hatten. Das machen wir schließlich auch, wenn wir einen Reiseführer lesen. Es gibt eben auch Menschen, die Reiseführer in die übersinnliche Welt geschrieben haben."

„Und dein Meister hat so einen Führer geschrieben?"

„Nein, aber er konnte mir einige nennen, die ich dann gelesen habe."

„Darfst du mir das auch sagen, oder ist das ein Geheimnis?"

„Ich habe schon gesagt, dass es heute keine Geheimnisse mehr gibt. Und Bücher sind ja wohl eindeutig öffentlich, oder? Mir wurden jedenfalls die Werke von Rudolf Steiner empfohlen. Der hat ein unglaubliches Lebenswerk hinterlassen. Es gibt nämlich nicht nur die eigentlichen Bücher, sondern noch unzählige Mitschriften von Vorträgen, die er gehalten hat, und die dann niedergeschrieben wurden. Seine Gesamtausgabe umfasst mehr als 300 Bände."

„Ist das auch der mit der Waldorf-Pädagogik? Von dem habe ich schon etwas gehört."

„Ja, genau. Und von der biodynamischen Landwirtschaft und noch vielem mehr. Aber es gilt auch für ihn: er soll nicht wegen seines umfangreichen Nachlasses zur Autorität erhoben werden, der man blind nachläuft. Dagegen hat er sich stets verwehrt. Sein Plädoyer ist, alle von ihm gemachten Aussagen – und da sind schon einige sehr überraschende dabei – selbst zu überprüfen und sich selbst ein Urteil zu bilden. Er bietet einen Weg an, durch Übungen und Meditationen eine Empfänglichkeit für geistige Wahrnehmungen zu entwickeln. So wie wir Organe für die Wahrnehmung der materiellen Welt haben, so haben wir auch Organe für die Wahrnehmung der spirituellen Welt. Diese Organe sind beim modernen Menschen nicht ausgebildet. Wir können unseren Körper trainieren und erreichen dann zum Beispiel bessere sportliche Leistungen. Ein guter Trainer wird uns Tipps geben, wie wir die Sache richtig angehen müssen, um bestmöglichen Erfolg zu haben. Und wenn der Trainer das selbst beherrscht, worin er uns anleitet, dann werden wir ihm vertrauen. Nachher, wenn wir das Ziel erreicht haben, können wir nachvollziehen, dass das Training zweckmäßig war. Steiner sah, glaube ich, seine Aufgabe vor allem darin, eine Art Trainingsprogramm zur Hellsichtigkeit zu hinterlassen. Denn wenn viele Menschen diese Erfahrungen sammeln und feststellen, dass ihre Erkenntnisse gleich sind, dann braucht es nicht mehr den Guru, der uns seine Offenbarungen mitteilt. Es braucht dann eben keinen Glauben mehr, sondern es handelt sich um Wissen. Wenn ich dich bitte, die Augen zu schließen, und dir einen Gegenstand beschreibe, dann kannst du ihn dir vielleicht auch richtig vorstellen. Aber wenn du dann die Augen aufmachst, kannst du selbst überprüfen, ob dein Gedankenbild, deine Vorstellung, mit der Realität übereinstimmt. Steiner gibt Anleitungen, wie man seine Geistes-Augen und seine anderen spirituellen Organe selbst entwickeln kann."

„Wow. Jetzt bin ich aber beeindruckt. Bist du auch hellsichtig geworden?"

„Aha, jetzt bist du aber sensationslüstern geworden! Eigentlich geht dich gar das nichts an. Das ist nämlich eine sehr intime Frage, die man nicht einfach so stellt, und schon gar nicht beantwortet."

„Sei nicht so. Du hast mich neugierig gemacht. Jetzt möchte ich schon mehr erfahren."

„In neugierig steckt die Gier. Doch die Gier ist eine der sieben Todsünden. Also sei vorsichtig", sagte Sedek mit einem Schmunzeln.

„Dann erzähle mir wenigstens, welche Auswirkungen es auf dich gehabt hat."

„Okay. Ich werde dir ein paar Erlebnisse schildern, die mich hierhergeführt haben. Und die wahrscheinlich auch mein weiteres Leben beeinflussen werden. Interessiert es dich wirklich?"

„Ja klar, fang an."

„Also nach dem Tod meiner Frau war mir klar, dass ich einmal eine Auszeit brauche. Und irgendwie ging mir die Idee eines Pilgerweges durch den Kopf. Ich habe vor Jahren einmal den Roman ‚Auf dem Jakobsweg' von Paulo Coelho gelesen."

„Ja, ich auch. Der hat mich sehr angesprochen. Bist du ihn auch gegangen?", unterbrach ihn Ilse Muchta.

„Nein. Der Coelho gehört aus meiner Sicht genau zu denen, die mit den mystischen Bedürfnissen der Menschen Geschäfte machen. Und mit über 220 Millionen verkauften Büchern sind das keine schlechten Geschäfte. Er erfindet einen alten, katholischen Orden, fabuliert etwas von einer missglückten Einweihung zum Meister, bekommt vom Schicksal eine zweite Chance, und irgendwie rappelt er sich wieder auf und besteht seine Prüfungen. Das ist Fantasy, die gerne gelesen wird. Genauso wie ‚Herr der Ringe' oder ‚Harry Potter'. Aber er hat den Pilgerweg nach Santiago de Compostela berühmt gemacht. Weil ich von Coelho nichts halte, war mir klar, dass ich diesen Weg nicht gehen würde. Und überhaupt war mir nicht nach Wandern. Ich bin dann jedenfalls mit dem Auto nach Rom gefahren. Ich wollte unbedingt einmal das Machtzentrum der Antike und das Zentrum des Katholizismus sehen."

„Bist du eigentlich katholisch? Das hast du noch gar nicht gesagt", fragte Muchta.

„Nein. Ich bin evangelisch gewesen. Aber ich bin kürzlich ausgetreten. Das hat mit meinen aktuellen Erlebnissen zu tun."

„Sorry, dann will ich dich nicht dauernd unterbrechen. Aber warum interessiert dich dann der Vatikan?"

„Du hast ja gesagt, wenn man ein spirituelles Interesse hat, dann soll man in die Kirche gehen. Ich dachte mir, Rom und der Vatikan wären noch besser als irgendeine Kirche in Wien."

„Und hast du gefunden, was du gesucht hast?"

„Eigentlich schon. Zuerst einmal ist mir klar geworden, dass eine Form ohne Inhalt nichts wert ist. Wenn du bedenkst, dass Rom einmal die ganze Welt beherrscht hat, und dann siehst du heute bloß Ruinen dieses Erbes, dann macht das betroffen. Die alten Tempel und Paläste dienten als Steinbrüche für die Alltagsbauten der heutigen Italiener. Es herrscht ein buntes Treiben, und es hat auch sein spezielles Flair. Aber in diesem profanen Alltag weht kein Hauch der Geschichte mehr. Über Jahrhunderte haben die Römer die Kultur rund um das Mittelmeer geprägt. Ein Bürger Roms zu sein, war ein Privileg. Heute funktioniert nicht einmal die Müllabfuhr. Die griechischen Philosophen und die römischen Juristen und Staatstheoretiker hatten eine Vision für eine ideale Welt entwickelt, die man im Römischen Reich verwirklichen wollte. Dieser Traum ist ausgeträumt. Die Ruinen am Forum Romanum erinnern mich an einen Friedhof vergangener Größe. Und auf den Gräbern des alten Rom tanzt ein modernes Rom in alltäglicher, dekadenter Bedeutungslosigkeit.

Ich bin mir sicher geworden, dass der Katholizismus nicht mein Ding ist. Als Protestant erlebt man einen sehr kargen Kultus, der vor allem die Predigt in den Mittelpunkt stellt. Mir hat dabei immer das mystische Erlebnis gefehlt. Im katholischen Ritus ist zwar noch mehr Substanz spürbar. Aber irgendwie ist dieser Kern vom Prunk, den prächtigen Talaren, dem Gold und allem anderen überladen. Viele Priester haben mir zu wenig Ehrfurcht vermittelt. Ich hatte das Gefühl, dass sie glauben, ihre Weihe und das korrekte Sprechen der Liturgie reichen aus. Oft ist das dann lieblos dahingehudelt. Die fehlende Inbrunst des Priesters kann nicht durch Beiträge der Laien, die zwar engagiert, aber manchmal wie bei einem Schülertheater wirken, ersetzt werden. Das macht ein Hochamt zu einer sehr flachen Inszenierung. Ich frage mich, ob die Diskrepanz zwischen altem und modernen Rom nicht auch ein Fingerzeig für den Vatikan sein muss."

„Gehst du jetzt nicht zu weit mit deiner Kritik?" Ilse Muchta fühlte sich gezwungen, ihre Kirche zu verteidigen.

„Vielleicht. Aber ich will nicht Kritik üben. Denn ich bin nicht berufen, ein Urteil zu sprechen. Ich kann nur meine Eindrücke wiedergeben. Ich empfinde die katholische Kirche nicht als das Königreich der Himmel, das Reich Gottes auf der Erde. Ich habe eher die Empfindung, die auch Tolstoi formuliert hat als er sich auf das Lukas-Evangelium bezieht, dass das Reich Gottes inwendig in uns ist. Im sogenannten Thomas-Evangelium, das 1945 in Nag Hammadi in Ägypten gefunden wurde, heißt es im Vers 77: ‚Spaltet ein Holz, ich bin da. Hebt den Stein auf, und ihr werdet mich finden.' Das soll uns wohl sagen, dass wir selbst überall Gott finden können. Wir brauchen dann also keine Kirche, die uns sagt, dass wir nur durch sie zu Gott kommen."

„Glaubst du also an eine Art von Selbsterlösung? Aber was ist dann mit der Gnade? Und was ist mit denen, die wie Hiob mit schweren Prüfungen belegt werden?"

„Ich weiß auch nicht auf alles eine Antwort. Ich taste da noch nach Zugängen. Aber ich habe stark das Gefühl, dass sich das nur beantworten lässt, wenn man es für möglich hält, dass wir nicht nur ein Leben haben, in dem wir das lösen müssen. Wenn wir Reinkarnation als Denkmöglichkeit offenhalten, dann kann so ein Entwicklungsweg schon möglich sein. Es gibt noch einen schönen Vers aus dem Thomas-Evangelium: ‚Das Königreich ist in euch, und es ist außerhalb von euch. Wenn ihr euch erkennen werdet, dann werdet ihr erkannt, und ihr werdet wissen, dass ihr die Söhne des lebendigen Vaters seid. Aber wenn ihr euch nicht erkennt, dann seid ihr in der Armut, und ihr seid die Armut'. Ich bin sicher, dass dieses Erkennen der Zweck unseres Lebens ist. Ein Leben reicht eben nicht, um all die Erkenntnisse zu sammeln, die uns das Göttliche in uns erschließen."

„Ja. ‚Erkenne dich selbst.' Dieser Spruch soll schon über dem Orakel von Delphi gestanden sein. Platon vertrat die Auffassung, der Satz besagt, der Mensch solle sich als das erkennen, was er ist, nämlich eine den Körper bewohnende, unsterbliche und gottähnliche Seele."

„Das wusste ich gar nicht, dass Platon so dachte. Bei Steiner habe ich dazu folgende Aussage gefunden: ‚Willst du dich selbst erkennen, so suche in den Weltenweiten dich selbst; willst du die Welt erkennen, so dringe in deine eigenen Tiefen. Deine eigenen Tiefen werden dir wie in einem Weltgedächtnis die Geheimnisse des Kosmos erschließen.' Das ist doch eine schöne Beschreibung über den Zusammenklang von Mikrokosmos und Makrokosmos. Es heiligt den einzelnen Menschen und stellt ihn in Beziehung zum gesamten Kosmos und zu Gott."

„Das gefällt mir, wie du das sagst", entgegnete Muchta. „Viele Menschen sehen heute im Menschen ein Tier und keinen werdenden Gott. Seit Darwin verbreitet sich die Ansicht, dass wir Menschen bloß spärlich behaarte Affen sind. Und es gibt ja sogar schon Fernseh-Dokus, wo mit dem Gedanken gespielt wird, dass es für den Planeten besser wäre, wenn die Menschen aussterben, und wie sich dann die Natur erholen würde."

„Ja, diese ‚darwinistische Kränkung' sitzt tief. Sie hat vor allem dazu geführt, dass Ursache und Wirkung vertauscht wurden. Denn das Bild des Stammbaums, das dabei gerne verwendet wird, legt nahe, dass wir unsere Existenz den Vorläufern verdanken. Wir verstehen uns, die Gattung Mensch, als einen beliebigen Ast des Baumes. Wir sind einer unter vielen Ästen, ein Zufallsprodukt, das auch wieder verschwinden kann. Wir Menschen können abgehackt werden, und der Baum steht weiter. Und um wieviel bedeutungsloser ist dann erst der einzelne Mensch? Ich bin bloß ein Blatt im Wind, auf das es nicht ankommt."

„Ja, aber ist es denn nicht so? Es stimmt schon, das ist keine wichtige Rolle. Aber warum müssen wir uns einreden, dass wir wichtig sind?"

„Wenn wir Metaphern verwenden, und der Stammbaum ist nicht mehr, dann müssen wir darauf achten, dass wir das richtige Bild verwenden. Wenn wir uns im Bild als das Holz verstehen, dann entspricht das dem üblichen Verständnis der heutigen Zeit, dass das Materielle das Wichtigste ist. Das kann man angreifen, das ist ein Baustoff, das hat einen Wert. Aber: das Holz ist das Abgestorbene an einer Pflanze. Wir können es daher gut verwenden, um ein Kreuz als Sinnbild für den Tod daraus zu machen. Der Protestantismus ist mit seinem Blick auf den Karfreitag an diesem Todespol hängengeblieben. Deshalb bin ich jetzt auch ausgetreten. Denn wirklich christlich ist die Frage nach der Auferstehung, nach dem neuen Leben. Wo finden wir das? Nicht im Kreuz, nicht im Holz. Denke aber an eine Rose. Ihr Werden, ihr Leben finden wir in der Knospe. In der Knospe liegt der Vegetationspunkt, das sogenannte Wachstumsauge. Dieser Teil der Pflanze ist das schöpferische Wachstumszentrum, das aus omnipotenten, embryonalen Zellen, dem Meristem, besteht. Diese Knospe strebt zum Licht und zieht die ganze Pflanze hinter sich her. Aus dem Meristem, also den noch undifferenzierten Zellen bilden sich dann später durch Spezialisierung alle anderen

Pflanzenteile wie Stamm und Blätter. Der Vegetationspunkt der Knospe ist das stets werdende Gleichnis für den Menschen. Wir sind also nicht bedeutungslose Blätter der Evolution, sondern wir ziehen als Knospe den ganzen physischen Stammbaum hinter uns her und lassen eine ausdifferenzierte materielle Welt zurück. Zur Krönung der Schöpfung macht uns der Umstand, dass sich im Menschen die physische Evolution und die geistige Involution trifft."

„Du solltest Pfarrer werden. Wenn du das erklärst, fühle ich mich gleich viel bedeutsamer. Es macht für mich empfindbar und verständlich, was es heißt, dass der Mensch nach Gottes Ebenbild erschaffen ist. Als Zufallsprodukt, herausgewachsen aus einer schleimigen Ursuppe, habe ich mich nicht so gut gefühlt."

„Ich trage mich tatsächlich mit dem Gedanken, Priester zu werden", sagte Melchior Sedek.

„Wie soll das denn gehen, wenn du an jeder Kirche etwas zu bemängeln hast? Wenn ich dich richtig verstanden habe, dann ist dir die katholische Kirche zu überladen aber vor allem auch zu bevormundend. Die evangelische Kirche ist dir zu wenig mystisch, zu kopfig und todeslastig. Da wirds dann aber eng."

„Stimmt. Doch wenn die Geschichte mit der Knospe mehr als eine Metapher sein soll, dann ist folgendes klar: Es kann sich keine religiöse Strömung finden lassen, die einerseits den modernen Auferstehungsstrom, das Werden, verkörpert und gleichzeitig bereits als Weltkirche etabliert ist. Es muss etwas Neues sein, das noch kaum sichtbar ist, und erst in Zukunft seine Ausdifferenzierung erleben wird. Das Urchristentum hat sich zu Beginn auch fast unerkannt ausgebreitet. Dass in Roms Katakomben zelebriert wurde, ist doch ein schönes Sinnbild für eine Wirkung unter der Oberfläche."

„Gibt es so etwas? Hast du so eine Strömung gefunden?", fragte Muchta.

„Ja. Aber bevor ich es dir erzähle, lass uns aus dem Salon hinauf auf das Deck gehen. Hier ist es warm und stickig. An Deck müsste es sehr angenehm sein."

„Gute Idee", stimmte Muchta zu. „Schau, der Mond leuchtet auch so schön. Bald ist Vollmond, da werden die nächsten Nachttauchgänge viel einfacher." Sie lehnte sich an die Reling. Der sanfte Wind spielte in ihren Haaren. Versonnen blickte sie zum Himmel. „Hier auf dem Wasser sieht man so viele Sterne, trotz Mondschein. Deine Erzählungen und das funkelnde Firmament über uns rufen bei mir ein ganz heiliges Gefühl hervor. Mel, ich danke dir."

„Du brauchst mir nicht zu danken. Du spürst deinen Gottesfunken in dir. Wenn du ihn dir nicht erhalten hättest, wären wir gar nicht darüber ins Gespräch gekommen."

„Wie ist es bei dir weitergegangen?", wollte Muchta wissen.

„Nach meiner Rückkehr aus Rom habe ich meinem Mentor von meiner Enttäuschung erzählt. Er hat mich darauf hingewiesen, dass das Mittelalter durch den schrittweisen Übergang der Regentschaft von den Römern auf die germanisch stämmigen und dann christianisierten Völker geprägt war. Spätestens mit dem Untergang von Byzanz und dem Beginn der Neuzeit wurde das Heilige Römische Reich ein Reich deutscher Nation. Seit damals lässt sich erkennen, dass unser Zeitalter unter dem prägenden Einfluss einer germanisch-angelsächsischen Kultur steht. Diese Epoche hat anscheinend die Aufgabe, eine neue Form des Zusammenlebens freier Individuen zu entwickeln. Das Deutschland der Dichter und Denker könnte die Heimat dieser Aufgabe sein. Durch die völkische Ent-Ichung im Dritten Reich wurde jedoch genau das konterkariert. Und so wird es einige Zeit brauchen, bis wieder ein Bewusstsein dafür entstehen kann, dass das Deutschtum eine Mission zu erfüllen hat. Der Deutsche hat vorzumachen, wie man frei sein kann, ohne die Welt auseinanderzusprengen, und wie man allmenschlich sein kann, ohne sich selbst untreu zu werden. Diese Fähigkeit hängt nicht an Blut und Boden. Sie ist universell. Ich habe daher noch eine Deutschland-Rundfahrt angeschlossen. Dabei konnte ich in Berlin zufällig eine Priesterweihe bei der Christengemeinschaft miterleben."

„Was ist die Christengemeinschaft? Darüber habe ich noch nie gehört."

„Sie ist eine christliche Kirche, die sich selbst als Bewegung für religiöse Erneuerung bezeichnet, eine selbstständige Kultusgemeinschaft, die 1922 unter der Leitung von Friedrich Rittelmeyer, einem großen Prediger der protestantischen Kirche Deutschlands, gegründet wurde. Rudolf Steiner gab dazu wesentliche Anregungen und stiftete den Kultus. Interessant ist, dass es zwar ganz klar ausgeformte Sakramente, aber keine feststehende Lehrmeinung gibt. Seit der Gründung gibt es das Frauenpriestertum und das Priestertum für Verheiratete. Anfang des 20. Jahrhunderts muss das unglaublich progressiv gewesen sein."

„Wie bist du auf die gestoßen - noch dazu in Berlin?"

„Das war wieder so ein Zufall. Es ist mir wahrlich zugefallen, und zwar bei einer abendlichen Google-Recherche, wo ich von einem Thema zum nächsten weitergehoppt bin. Heute weiß ich, dass viele Mitglieder der Christengemeinschaft noch nie eine Priesterweihe erlebt haben, da sie nicht sehr häufig vorkommt. Und für mich war die Priesterweihe gleich der erste Kontakt. Nachdem ich die Homepage durch Zufall entdeckte, fand ich die Veranstaltungshinweise. Und just zwei Tage später war in Berlin-Wilmersdorf eine Weihe angekündigt."

„Und da bist du einfach hingegangen?"

„Ja, Mut kann man sich nicht kaufen." Mel Sedek strahlte über das ganze Gesicht.

„Na und, wie wars?"

„Also, ich kam zu dieser sehr modernen Kirche, die ganz schön groß ist. Ich habe mich recht weit hinten an den Rand gesetzt und gewartet was passiert. Es gab eine kurze organisatorische Ansage, bei der auf ein absolutes Fotoverbot hingewiesen wurde, was mir recht sympathisch war. Dann hat jemand eine inhaltliche Ansprache zur Einstimmung gehalten. Und obwohl die Kirche bis auf den letzten Platz gefüllt war, herrschte totale Stille und feierliche Andacht. Es öffnete sich die Tür, und das Kollegium der Priester und Priesterinnen, die aus der ganzen Welt angereist waren, zog ein. In ihren weißen, bodenlangen Gewändern schritten sie in mehreren Reihen in würdiger Prozession durch den Saal. Man hörte die Schritte und das Rauschen ihrer Alben. Die Priester nahmen in den vordersten Reihen Platz. Erst danach zogen die drei Kandidaten, die zur Weihe anstanden, ein. Für jeden wurde der Ritus vollzogen und am Ende umschritt der Zelebrant die gesamte Synode der anwesenden Priester. Damit wurden die Neuen symbolisch in den Kreis aufgenommen. An einer Stelle riefen alle Priester gleichzeitig ‚Ja, so sei es'. Das war ein überwältigender Moment für mich! Ich habe heute noch eine Gänsehaut, wenn ich daran denke."

„Wieso, was war so besonders?"

„Das kann ich nicht beschreiben. Das muss man erlebt haben. Aber jedenfalls hatte ich damals ganz fest den Eindruck, dass diese Gemeinschaft der Priester meine spirituelle Familie ist. Ich kannte natürlich keinen Menschen. Und doch war mir alles sehr vertraut. Es war wie ein Heimkommen."

„Wie ist es weitergegangen?"

„Ich bin nach der Weihe sofort gegangen. Ich wollte diese heilige Empfindung durch keinen Smalltalk zerstören. Da ich allein unterwegs war, konnte ich die Stimmung einige Zeit konservieren. Doch während der Heimfahrt nach Wien, verflog sie dann. Zuhause habe ich im Internet nach einer Gemeinde in Wien gesucht und bin sehr bald danach in die normale Sonntagsmesse, die Menschenweihehandlung genannt wird, gegangen."

„Ach, das gibts in Wien auch. War das auch so bewegend?"

„Die Sprache ist am Anfang ungewöhnlich. Aber auch diesmal war die Andacht und Feierlichkeit für mich spürbar. Eigentlich wollte ich nur einen Eindruck gewinnen. Doch in dieser besonderen Atmosphäre entschied ich, auch zur Kommunion zu gehen. Ich orientierte mich an den anderen Besuchern und stellte mich in einer Reihe vor dem Altar auf. Während bei der katholischen Messe oft nur das Brot gereicht wird, erfolgte hier die Kommunion unter beiderlei Gestalt, wie ich es aus der evangelischen Kirche kannte. Der Priester spendete zuerst das Brot, dann reichte ein zweiter den Kelch mit dem Wein, und danach segnete der erste Priester mit einem Friedensgruß. Während ich so dastand, das Altarbild betrachtete und wartete, ging mir plötzlich ein Gedanke durch den Kopf: ‚Jetzt bin ich aber gespannt, wie stark eure Magie ist. Ob ihr wirklich aus Wein Blut machen könnt?' Im nächsten Moment war mir dieser Gedanke selbst peinlich. Wie kann man nur so oberflächlich sein?"

„Sei nicht so streng zu dir. Das war ja irgendwie nur ein Spaß", versuchte Muchta etwas Versöhnliches einzuwerfen.

„Nein, damit macht man keinen Spaß. Es geht immerhin um die Transsubstantiation, also die Wandlung von Brot und Wein in den Leib und das Blut Christi. Das ist ein Mysterium und kein Witz."

„Oh, jetzt bist du aber bierernst." Muchta war überrascht, dass Melchior Sedek auf einmal so humorlos geworden war.

„Du wirst mich gleich verstehen. Wenn du in der Messe den Wein erhältst und in den Kelch blickst – was siehst du?"

„Na, den Wein. Was soll das?"

„Weiß oder rot?"

„Weiß natürlich."

„Eben. Bei einer katholischen Messe bekommst du weißen Wein. Bei einer evangelischen Messe bekommst du weißen Wein. Wenn du erstmals bei einer Messe einer anderen Glaubensgemeinschaft bist, erwartest du also wohl auch weißen Wein. Ich machte mir meine blöden Gedanken, ob die Christengemeinschaft wohl einen besseren Zauber hat, und dann reicht mir der Priester den Kelch, hält ihn schief – und die Flüssigkeit ist rot! Ich bin fast zurückgeprallt, weil ich dachte, es sei wirklich Blut."

„Oh, mein Gott. Was war passiert?"

„In der Christengemeinschaft wird unvergorener, roter Traubensaft verwendet, der vor der Opferung und Wandlung mit Wasser vermischt wird. Offensichtlich habe ich nicht aufgepasst, als der Traubensaft in den Kelch gegossen wurde. Ich habe aber gesehen, wie aus dem zweiten Glaskrug Wasser in den Kelch geleert wurde. Damit war für mich klar, dass im Kelch eine helle Flüssigkeit sein würde. Du kannst dir meinen Schreck vorstellen, als ich auf einmal glaubte, Blut zu sehen."

„Na ja, offensichtlich hat die Christengemeinschaft einen starken Zauber", lachte Muchta. „Bist du wieder hingegangen oder warst du verschreckt?"

„Nachdem ich mich von diesem ersten Schreck erholt hatte, war mir klar, dass das für mich ein Zeichen ist. Zuerst dieses Gefühl der Zugehörigkeit in Berlin. Dann dieses Wandlungserlebnis, das so starke Emotionen auslöst. Du weißt, dass mir der Protestantismus zu wenig mystisch ist. Hier habe ich genau das andere Extrem erlebt. Deshalb bin ich aus der evangelischen Kirche ausgetreten. Ja, ich gehe jetzt regelmäßig in die Weihehandlung. Und weißt du, es ist lustig: Wenn ich mir die urchristlichen Messen in den Katakomben des antiken Rom vorstelle, dann sehe ich belebte Straßen mit regem Treiben vor mir. Und in den Kellern darunter findet das sakrale Leben statt, das eine ganz andere Färbung hat. In der Christengemeinschaft ist es ähnlich. Die Wiener Gemeinde befindet sich in einer großen Einkaufsstraße. Gleich daneben ist ein Sexshop. Dort erwartet man kein spirituelles Zentrum. Und doch ist es da: Wandlung bis in den Alltag."

„Eine unglaubliche Geschichte! Wenn man so etwas in einem Buch liest, sagt man, das ist unglaubwürdig erfunden. Aber bei dir kann ich mir schon vorstellen, dass du das als Berufung empfindest. Wenn ich meinen Priestern vorwerfe, dass sie unglaubwürdig sind, dann kann ich sehr wohl sagen, dass ich zu dir als Pfarrer Vertrauen hätte. Denn du stehst mit beiden Beinen im Leben. Und trotzdem spürt man deine spirituelle Kraft, weil du auf schwierige Fragen deine eigenen Antworten gefunden hast. Du hast mir heute sehr viel Persönliches erzählt. Aber es war niemals peinlich und es war niemals bloß angelesenes Buchwissen. Ich danke dir für den schönen Abend." Muchta nahm seinen Kopf zwischen ihre beiden Hände und gab ihm einen festen Kuss.

„Danke. Es ist sehr schön, was du gerade gesagt hast. Denn natürlich habe ich auch meine Zweifel darüber. Aber wenn jemand, der mich eigentlich gar nicht kennt, so reagiert, dann kann der Weg nicht ganz falsch sein."

Als er in seine Kabine zurückkehrte, öffnete Melchior Sedek zuerst einmal das Bullauge und ließ die frische Meeresluft herein. Nach der Abendtoilette legte er sich in seine Koje und ehe er das Licht löschte, nahm er noch sein ledergebundenes Notizbuch heraus, in dem er seit dem Tod seiner Frau persönliche Eintragungen machte. Es war eine Form des schriftlichen Dialogs mit seiner Frau. Er schrieb ihr gleichsam Briefe ins Jenseits.

„Seit Monaten reift bei mir ein Entschluss. Immer wieder schrecke ich vor der Größe des Gedankens zurück. Und doch scheint es eine unausweichliche Notwendigkeit und Konsequenz. Wie kann ich mein Leben in Einklang bringen zwischen innerer Überzeugung und Taten im Alltag? Mein Gewissen sagt mir, ehrlich zu sein, und den Ruf ernst zu nehmen. Doch der Zweifel nagt: Was werden meine Freunde dazu sagen? Wird man mich auslachen? Gelte ich dann als sentimentaler Idiot, der deinen Tod nicht überwunden hat? Wird dadurch auch unsere gemeinsame Gewissheit über ein Leben nach dem Tod entweiht? Aber warum soll ich mir Sorgen machen? Das Leben gibt doch immer die richtigen Signale. Heute sendete mir die Vorsehung ein Gespräch mit einer Tauchkameradin. Sie hat mich darin bestärkt, Priester zu werden. Kann die Botschaft noch deutlicher sein?

Ja! ICH WERDE PRIESTER. Gleich nach der Rückkehr werde ich mich am Priesterseminar anmelden. Denn der Priester zelebriert den Kultus und reiht damit die Menschen in den ewigen Kultus der himmlischen Hierarchien ein. Im Jahreskreis wiederholt sich das Geschehen. Doch niemals kommt man auf diesem Weg an dieselbe Stelle zurück. Es ist eine Spirale, auf der sich der Mensch emporarbeitet und der Christus sich im Übersinnlichen immer deutlicher manifestiert. Welcher Beruf könnte edler sein als der des Helfers an der Jakobsleiter, des Liftwarts im himmlischen Paternoster?"

Er klappte das Buch zu, knipste das Licht aus und blickte aus dem Bullauge. Die Sterne funkelten. Das Schiff schaukelte in der Dünung. Es sah aus, als würden ihm die Sterne sanft zuwinken. Tiefer Friede war in ihm. Der Entschluss war getroffen, die Zeit des Zweifels war vorbei. Er lächelte, während er das Nachtgebet, das er von Manuel Wittsohn erhalten hatte, zu den Sternen flüsterte:

,Niemals verzagen!

Heute wurde ich schwach,

aber zum letzten Mal.

Morgen habe ich erreicht mein Ziel.'

Am nächsten Morgen gab es keinen ,Early-Morning-Dive'. Auf der Hinweistafel war das Briefing für 9.30 Uhr angekündigt. Er hatte also genug Zeit für ein ausführliches Frühstück. Pünktlich fanden sich alle

Taucher im Salon ein, und Andreas, ihr Instructor und Tourguide, konnte gleich mit der Einweisung beginnen.

„Wir haben heute etwas Besonderes vor, das bei einer Nordtour einfach dabei sein muss – einen Tauchgang am ‚Shark Observatory', an der Südspitze der Sinai-Halbinsel. Weil es ein Muss ist, wird der Spot von vielen Schiffen angelaufen. Daraus ergeben sich einige Besonderheiten: Wir werden aus dem fahrenden Schiff abgesetzt und müssen rasch weg, damit es kein Problem mit anderen Schiffen gibt. Die Wellen laufen direkt vom offenen Meer auf die Steilküste und brechen dort. Daher muss das Schiff einen großen Sicherheitsabstand einhalten. Das Manöver wird so aussehen: Wir machen uns am Tauchdeck komplett fertig. Dann stellen wir uns in den Buddy-Teams in Zweierreihen auf. Wir lassen die Luft völlig aus dem Jacket aus und werden mit negativer Tarierung ins Meer hineinspringen und sofort abtauchen. Erst wenn wir völlig fertig sind, fährt das Schiff an die Steilwand heran. Abhängig vom Wellengang entscheidet der Kapitän, wie nahe er heranfährt. Dann dreht er ab, stellt den Bug in die Wellen und unser Heck schaut zur Küste. Schließlich fährt er ganz langsam ablandig dahin, und auf mein Kommando ‚Go' springt ein Buddy-Team nach dem anderen ohne Abstand hinein und taucht ab. Ist das soweit einmal klar?"

Alle nickten.

„Okay. Dann kommen wir zur Reihenfolge. Es beginnen Gottfried und Mel. Übrigens: Herzlichen Glückwunsch, Mel. Wenn ich mich nicht irre, ist das heute dein 300er Tauchgang. Mit dieser Erfahrung bist du als Vorhut gut eingesetzt. Am Abend werden wir dich feiern müssen."

Alle johlten. Und Melchior Sedek sagte: „Klar, heute geht die erste Runde auf mich."

Andreas applaudierte. „Das ist sehr großzügig, vor allem bei einer All-In-Safari. So, wer sind die nächsten? Jedenfalls will ich Ilse als erfahrenste Taucherin in der Mitte des Pakets, und ich mache den Schließenden. Dann habe ich euch von hinten gut im Blick." Rasch war die Einteilung getroffen.

„Jetzt weiter im Ablauf: Nach dem Absetzen tauchen wir ab. Lasst euch gemütlich sinken und genießt den Blick. Ich sage gar nichts mehr, aber ihr werdet etwas geboten kriegen. Durch das ins Freiwasser ragende Riff gibt es einen enormen Fischreichtum. Den Grund braucht ihr aber nicht suchen. Es geht ein paar hundert Meter hinunter. Das heißt, am Anfang sind wir komplett im Blauwasser. Schaut bei Orientierungsproblemen auf den Kompass – das Riff ist im Norden. Und achtet auf den Tiefenmesser. Wir treffen uns bei 30 Metern Tiefe. Wenn die Gruppe komplett ist, gehts Richtung Riff und ab dann langsam aufwärts. Damit tauchen wir die Stickstoffsättigung gleich wieder weg. Wenn wir das Riff erreicht haben, nehmen wir es an der rechten Schulter und folgen ihm solange, bis der Erste 70 Bar erreicht hat, dann gehen wir höher und tauchen langsam aus. Am Ende setze ich die Boje, und das Zodiac wird uns abholen. Gibt es dazu Fragen?"

Mel Sedek meldete sich: „Gottfried und ich waren gestern ganz schön tief. Ich werde daher heute mit Nitrox tauchen. Ich nehme 36%-Sauerstoff und werde daher eher oberhalb von 30 Metern bleiben. Ist das okay?"

„Ja klar. Mir ist das lieber als eure Ausflüge in die Tiefe. Bei welcher Tiefe erreichst du die 1,4 Bar-Grenze für den Partialdruck des Sauerstoffs?"

„Bei 28,9 Metern", antwortete Melchior Sedek. „Und bei 34,4 Metern sind es dann 1,6 Bar."

„Okay. Das passt ja dann eh recht gut. Wahrscheinlich hast du deshalb auch EAN36 gewählt."

„Exakt. Gut erkannt", grinste Sedek.

„Leute, wenn es keine Fragen mehr gibt, dann macht euch jetzt fertig. Bis wir im Wasser sind, wird es 11.00 Uhr sein. Das ist ideal. Die Sonne steht hoch und leuchtet uns das Blauwasser ideal aus. Danach gibts Mittagessen", beschloss der Tauchlehrer das Briefing.

Mel Sedek stand neben Gottfried Trauner am Ende des Tauchdecks. Das Schiff stampfte durch die Dünung Richtung Steilküste und wogte ziemlich auf und ab. Er hatte vorhin nochmals die Nitrox-Mischung kontrolliert und war auf 37 % Sauerstoff gekommen. Er sollte also lieber noch einen Meter höher bleiben. Sie standen in der vollen Montur in der prallen Sonne, die von Süden auf das Deck schien. Langsam wurde ihm heiß und die Taucherbrille begann anzulaufen. Er hätte sie gerne nochmals ausgespült, aber dann hätte er den Haltegriff auslassen müssen. Dazu war der Wellengang zu stark. Außerdem begann das Schiff sein Wendemanöver. Gleich würden sie abspringen. Trotz aller Erfahrung spürte er den steigenden Puls. Jetzt sah er die Küste vor sich, der Kapitän drosselte das Tempo, und er hörte Andreas rufen: „Go, go, go!"

Mit einem großen Schritt, die Hand schützend an Maske und Atemregler ging er über Bord. Das Wasser hatte zwar etwa 26 Grad, aber trotzdem kam es ihm jetzt angenehm erfrischend vor. Er war von einer Wolke von Luftblasen umgeben und konnte zuerst gar nichts sehen. Jedenfalls ging er sofort in eine waagrechte Position. Diese liebte er besonders. Es war wie fliegen. Dann stellte er fest, dass die Taucherbrille zu stark beschlagen war. Alles erschien wie im Nebel. Also flutete er die Maske und blies sie wieder aus. Jetzt war der Blick klar und deutlich. Zuerst suchte er seinen Buddy. Er befand sich über seiner rechten

Schulter. Man gab sich rasch wechselseitig das Okay-Zeichen. Dann blickte er sich um und hielt den Atem an. Dadurch war es still, und keine Luftblasen störten die Sicht. Es tat sich ein faszinierendes Panorama auf. Die Sonnenstrahlen fielen wie Finger oder Suchscheinwerfer in das Wasser und verloren sich in der Tiefe. Ein riesiger Schwarm von Glasfischen tanzte unter ihm einen großen, ruhigen Reigen. Immer wieder blitzten einzelne Körper wie Diamanten auf. Seitlich davon hatte bereits eine Schule von Stachelmakrelen Position bezogen. Noch standen sie ruhig und beobachteten den Schwarm, doch wahrscheinlich würde die Jagd bald beginnen.

Noch tiefer und etwas abseits entdeckte er einen Schwarm von Barrakudas. Sie schienen ihm teilweise bis zu einem Meter lang. Durch ihre Seitenstreifen und ihre ruhige Ausrichtung in Reih und Glied waren sie zuerst wie getarnt gewesen. Er blickte nach oben und wies seinen Buddy auf die Jäger mit den markanten Fangzähnen hin. Er wollte gerade einen Blick auf seinen Tiefenmesser machen, als sich das Licht verdunkelte und seine Aufmerksamkeit ablenkte. Er schaute wieder hoch zu Gottfried Trauner, der sich senkrecht aufgerichtet hatte und auf etwas links oberhalb von Mel Sedek zeigte. Gleichzeitig versuchte er, mit kräftigen Flossenschlägen nach oben zu steigen.

Sedek folgte der gezeigten Richtung mit dem Blick. Was da aus dem Blau des offenen Meeres kam, war nicht zu übersehen: ein gewaltiger Walhai steuerte mit weit aufgerissenem Maul direkt auf die beiden Taucher zu. Trotz der enormen Größe ist ein Walhai völlig ungefährlich, da er sich von Plankton und Kleinfischen ernährt, die er aus dem Wasser ausfiltriert. Dennoch galt es, einen Zusammenstoß zu vermeiden. Sedek drehte sich auf den Rücken, um den Riesenfisch weiter im Blick zu haben, und ließ sich weiter absinken, um unter dem Walhai wegzutauchen. Dabei sah er, dass es Gottfried Trauner gerade noch schaffte, nach oben auszuweichen. Damit war das Buddy-Team zerrissen, und der Walhai befand sich zwischen ihnen. Sedek blickte auf den Tiefenmesser: 40 Meter. Oberhalb des Walhais hatte sich inzwischen die ganze Tauchgruppe in etwa 25 bis 30 Meter Tiefe eingefunden und beobachtete das seltene Schauspiel. Andreas, der Guide, ließ sich durch den Walhai nicht ablenken. Er schüttelte seine Signalrassel und deutete Sedek, sofort aufzusteigen.

Sedek wusste selbst, dass er deutlich zu tief war. Bei diesem Druck bestand die Gefahr einer Sauerstoffvergiftung. Er musste sofort steigen. Doch dazu musste erst die Sinkbewegung gestoppt werden, die sich durch den steigenden Wasserdruck in der Tiefe ständig erhöht. Er griff zum Inflator, um Luft in seine Tarierweste zu blasen. Der Tiefenmesser zeigt inzwischen 47 Meter. Er hörte den Luftstrom in sein Jacket und die Rassel des Guides.

Unvermutet setzte der Krampf in seinem linken Arm ein. Der Inflatorschlauch fiel aus seiner Hand und der Zustrom von Luft in das Jacket setzte aus. Er schwebte noch immer waagrecht mit dem Rücken nach unten im Wasser. Majestätisch zog der Walhai über ihm dahin. Die großen Putzerfische an seinem Bauch waren aus dieser Perspektive gut zu sehen. Seine Tauchkameraden oberhalb des Hais erschienen ihm im Vergleich winzig. Der Hai musste wohl an die zehn Meter Länge haben. Darüber sah er das Glitzern der Glasfische, an deren Körpern sich die Sonnenstrahlen brachen.

Eine tiefe Ruhe breitete sich in ihm aus. Sein Atem ging ruhig. Er saugte mit seinen Augen diesen Anblick über sich auf. Es war der Höhepunkt seines Taucherlebens. Aber es war auch der Endpunkt. Bei 55 Metern verkrampfte sein Gesicht, und der Atemregler fiel ihm aus dem Mund. Völlige Stille setzte ein. Das Glitzern über ihm sah aus wie eine Kathedrale aus Licht. ‚Jetzt werde ich also doch nicht Priester – zumindest diesmal', ging es ihm durch den Kopf. Ein ‚Vater unser' wird sich nicht mehr ausgehen. Aber ein Spruch muss noch sein: ‚Ex Deo nascimur - In Christo morimur - Per Spiritum Sanctum reviviscimus'. Und dann fiel ihm ein Filmzitat ein, das ein Lächeln auf sein Gesicht zauberte, ehe die Bewusstlosigkeit einsetzte:

Am Ende wird alles gut. Und wenn es noch nicht gut ist, ist es noch nicht zu

ENDE.

Anstelle eines Nachwortes

Dem Engel der Gemeinde in Sardes schreibe: So spricht, der die sieben göttlichen Geistmächte und die sieben Sterne hat:

Ich kenne deine Werke; dem Namen nach bist du lebendig und bist doch tot. Werde wach und stärke die übrigen Werke, die sonst ersterben würden!

Denn ich habe gefunden, dass sie keinen vollen Bestand haben vor dem Angesicht meines Gottes. Besinne dich auf das, was du empfangen und gehört hast; bewahre es und wende deinen Sinn!

Wenn du nicht wach bist, werde ich kommen wie ein Dieb, und du wirst nicht wissen, zu welcher Stunde ich über dich komme.

Doch du hast in Sardes auch einige Namen, die ihre Gewänder nicht befleckt haben; sie werden mit mir wandeln in weißen Gewändern; dessen sind sie würdig.

Der Überwinder wird ebenso mit weißen Gewändern bekleidet werden, nimmer werde ich seinen Namen auslöschen aus dem Buch des Lebens, und ich werde seinen Namen bekennen vor dem Angesicht meines Vaters und vor seinen Engeln.

Wer ein Ohr dafür hat, höre, was der Geist zu den Gemeinden spricht!

(Offenbarung des Johannes: 3, 1-6